나의
　　때가
　오면

나의
때가
오면

when
my
time
comes

존엄사에 대한
스물세 번의 대화

다이앤 렘
성원 옮김

문예출판사

이 책을 먼저 작고한 남편 존 렘과의 추억에 바친다.

우리의 오랜 결혼 생활과 그의 죽음은 내 인생에 지대한 영향을 미쳤다.

다음으로는 2년간 내 남편이었던 존 해기돈에게 바친다.

해기돈은 내 인생에 새로운 즐거움을 안겨주었다.

마지막으로 사랑하는 아이들, 데이비드와 제니퍼 렘

그리고 그들의 가족에게 바친다.

서문

어렸을 때 내게 죽음은 삶의 일부였다.

때는 1955년 12월. 내 아름다운 어머니가 조지타운대학병원 침상에 누워 있다. 울며, 신음하며, 아파하며, 하나님에게 자신을 데려가달라고 애원하며. 아마 여섯 번 정도, 어머니는 몇 리터에 달하는 복수를 빼낸 상태다. 복수를 빼기 전에는 매번 배가 너무 심각하게 부풀어 올라서 임신 9개월은 된 듯이 보일 정도다. 어머니를 지켜보는 나는 혼자다. 어머니의 고통을 누그러뜨릴 힘이 없는 나는 완전히 무력하다는 기분에 휩싸여 어머니의 발을 만지며 오열한다. 어머니를 괴롭히는 고통이, 어머니가 계속 살아야 한다는 사실이 너무 싫다. 어머니는 49세, 나는 19살이다. 우리는 어머니가 간경변이라는 말을 듣는다. 보통은 알코올 중독 때문에 발생하는 병이다. 어머니는 알코올 중독이 아니다. 어머니와 아버지는 크리스마스와 새해 전야에 작은 잔에 담긴 위스키를 나눠 마신다.

의사들은 어머니의 부인을 의심하지만 결국은 어머니의 말을 믿는다. 그들이 내게 물었더라면 어머니가 술을 잘 마시지 않았다고 보증해주었을 것이다. 내가 알기로 어머니는 10대 시절 이집트 알렉산드리아에 몇 년 살면서 말라리아에 걸린 적이 있다. 나는 그 병이 40년이나 지난 뒤에 어머니의 간에 안 좋은 영향을 미칠 수 있는지 알지 못한다. 주름 하나 없는 아름다운 피부에 황달기로 눈에 노란빛이 도는 어머니는 계속 복수가 차서 배가 불러오고 다시 불러오는 상태로 병원 침상에 몇 주간 누워 있었다.

1955년 12월 31일. 남편과 나는 부모님의 집에서 몇 블록 떨어진 새 아파트로 막 이사를 마친 참이었다. 우리는 전화가 없다. 교회에서 여는 새해 전야 축하 모임에 갈 계획이지만 일단 어머니를 보러 병원을 찾는다.

우리가 밤 10시에 도착했을 때 어머니는 침상 양옆의 레일을 올린 채 잠들어 있다. 나는 어머니를 깨우고 싶지 않다. 그래서 우리는 조용히 살금살금 병실을 나온다.

우연히 마주친 어머니의 주치의는 우리에게 어머니를 봤는지 묻는다.

"들어만 갔다 나왔어요. 어머니가 잠들어 계셔서 깨우고 싶지 않아서요."

의사는 우리에게 다시 병실로 돌아가서 어머니를 깨우라고, 어머니에게 우리의 방문을 알리라고 말한다. 나는 주저하지만 의사는 고집을 꺾지 않는다. 나는 의사의 말을 따르지만 잠에서 깬 어머니는 나를 잘 알아보지 못한다. 가슴이 철렁한다. 새해 전야 파티에 가고 싶지 않다. 하지만

간다. 의사는 말하지 않았지만 알고 있었다. 어머니가 그날 밤을 넘기기 힘들다는 사실을.

1956년 새해 첫날. 아파트 문을 세차게 두드리는 소리. 남편의 형이다. 그는 우리가 당장 병원에 가야 한다고 말한다. 우리는 속도위반을 해가며 병원으로 향한다. 경찰에게 걸리기를, 그래서 경찰이 우리를 조지타운으로 데려다주기를 바라면서. 나는 주차장에서 남편과 그의 형보다 먼저 달려 병원으로, 어머니의 병실로 뛴다. 아버지, 여동생, 이모들이 있다. 모두가 흐느낀다. 어머니는 아직 침상에 있다. 하지만 너무 늦었다. 어머니는 우리가 도착하기 20분 전에 돌아가셨다.

어머니는 죽게 해달라고 애원했다. 회복할 가망은 전혀 없었다. 어머니의 고통을 덜어주기 위해 또는 어머니가 편안하게 지낼 수 있도록 더 해줄 수 있는 일은 없었다. 어머니는 고통받으며 돌아가셨다.

여섯 살 때 그리고 그 후로도 여러 해 동안 나는 어머니에게 이렇게 말하고는 했다.

"엄마가 죽기 전에 죽고 싶어요. 엄마가 없으면 살기 싫어요."

나는 마음 깊은 곳에서 어머니가 건강하지 않다는 사실을 알았고, 남겨지는 게 두려웠다. 그러다가 어머니가 아주 오랫동안 고통받는 모습을 지켜보면서 죽을 권리에 대한 열정적인 믿음이 싹트기 시작했다.

그 믿음은 어머니가 고통으로 몸부림치는 모습을 지켜보는 동안, 어머니가 불가피함에 이르는 길을 쉬이 가는 데 의사들이 아무런 도움도 주지 못한다는 사실에 극심한 분노를 느끼는 동안 시작되었다. 아무런 방도가 보이지 않을 때 나는 어째서 어머니가 고통받아야 하는지, 어째서 어머니가 절망의 구렁텅이에서 그냥 빠져나올 수 없는지 생각하고 또 생각했다.

물론 1955년만 해도 간 이식 시술은 없었고 이 나라 어디에도 "죽을 권리" 법 같은 건 없었다. 오리건이 미국 최초로 그 법을 채택한 해는 1998년이었다. 2009년 워싱턴주가, 법정 소송으로 몬태나주가 그 뒤를 따랐고, 버몬트는 2013년, 캘리포니아는 2015년, 콜로라도는 2016년, 워싱턴DC는 2017년, 하와이는 2018년, 뉴저지와 메인은 2019년에 속속 같은 길을 갔다. 개인이 의료조력사망medical aid in dying을 이용해서 자신의 고통을 언제 중단할지를 선택하도록 허락받은 곳은 현재까지 겨우 아홉 개 주와 워싱턴DC뿐이다.* 아직 숱한 주의 입법부에서 나처럼 우리 각자에게는 자신의 고통을 언제 끝낼지 선택할 권리가 있다고 믿는 쪽과 종교적이거나 도덕적이거나 윤리적인 이유에서 그 어떤 인간에게도 죽음을 앞당길 권리는 없다고 믿는 쪽이 격렬히 토론 중이다. 반대 측에서는 죽을 권리를 자살로 규정한다. 스위스와 네덜란드 같은 나라는 오래전부터 의사들이 육체적 질병이나 심각한 정신적 곤경을 이유로 자기 삶을 끝내달라는 사람들의 요구에 응할 수 있도록 법적으로 허용해주었다.

지난 2년간 나는 많은 사람을 인터뷰했다. 말기 환자, 의사, 간호사, 윤리학자 그리고 남겨진 이들. 이들은 삶의 마지막을 준비하는 자신들의

---

* 2024년 6월 기준 뉴멕시코주에서도 의료조력사망이 합법이다.

전 여정을 이야기해주고, 관점을 공유해주고, 믿음, 희망, 공포를 허심탄회하게 털어놓았다. 이들 대부분은 이 책과 짝을 이루는 텔레비전 다큐멘터리 〈나의 때가 오면〉에 등장한다.

이 책과 다큐멘터리 모두 의료조력사망의 현실, 과정, 자격 조건, 승인받은 사람들에게 의료조력사망이 가지는 의미, 관련 의사들의 감정 그리고 남겨진 이들의 생각을 조명할 의도로 기획되었다.

다큐멘터리 작업을 함께한 사람들에게는 한 가지 목표가 있다. 바로 많은 사람이 입에 올리기를 꺼리는 주제인 죽음에 대한 논의를 활성화하는 것이다. 실제로 너무 많은 가족이 죽음이라는 주제를 절대 거론하지 않다가 중요한 타이밍을 놓치고는 한다. 그래서 자녀나 형제자매들은 사랑하는 사람의 병세가 악화하면 그 사람이 무엇을 원할지 전혀 알 수 없는 상황에 놓인다. "소생시키지 말라"거나 "생명을 유지하는 인공적인 수단을 사용하지 말라"고 명시한 법적 문서로는 충분하지 않다.

대화가 필요하다. 가족뿐만 아니라 의사, 성직자, 친구들과 실제적이면서도 진실한 대화를 나눠야 한다. 당신은 삶의 끝이 가까워졌을 때 무엇을 원하는가? 기계와 산소 호흡기로 연명하면서 가능한 모든 의학적 선택지를 당신의 몸에 마지막까지 적용해본 뒤 병원에서 죽기를 바라는가? 아니면 당신이 이제 할 만큼 했다고 결정을 내렸을 때 당신의 고통을 끝내줄 약을 제공하는 살뜰한 의사의 다독임과 가족들에게 둘러싸여 집에 있는 당신의 침대에서 죽기를 바라는가? 나는 이 책과 다큐멘터리에서 이런 대화를 촉발하고 싶다. 이런 대화가 주의 입법 기관에 닿을 때,

결정을 앞둔 사람들이 삶을 끝낼 시기를 결정할 개인의 권리가 적법하다는 점을 수긍할 때, 우리는 죽음이 삶의 중요한 일부라는 생각을 좀 더 편하게 할 것이다.

차례

첫 번째 　　　　　존엄사로 아내를 보낸
　　　　　　　　　　남자와의 대화

댄 디아스,

아내 브리트니 메이너드와 사별한 남성

2007년, 댄 디아스는 아내가 될 여성을 만났다. 브리트니는 캘리포니아 버클리대학을 갓 졸업한 상태였다. 댄이 생각하기에 "현실 지향적이고 안정적이며 건실한" 자신과는 달리 브리트니는 모험심이 있었다. 첫 데이트 이후 이들이 커플이 되기까지는 오랜 시간이 걸리지 않았다. 브리트니는 항상 해변과 서핑과 모래를 즐기며 캘리포니아 남부에서 자랐다. 그러다가 20대 초에는 산으로 눈을 돌렸고 콜로라도 볼더에서 지내기를 정말로 사랑하게 되었다.

브리트니는 킬리만자로와 코토팍시 정상에 올랐다. 동남아시아의 한 고아원에서 6개월 동안 일하기도 했다. 댄과 브리트니는 2012년 9월에 결혼했고 신혼여행으로 파타고니아에서 빙하를 탐험했다.

나는 언제 브리트니에게 건강 문제가 있다는 사실을 알았는지 물으며 말문을 열었다.

| 댄 | 결혼하고 몇 달 뒤에 아내한테 두통이 생겼어요. 두통 때문에 한밤중에 깨고는 했죠. 아내는 너무 아파서 다시 잠들지도 못할 지경이었어요. 그런 상태가 두어 달 이어졌어요. 살이 빠지거나 식욕이 줄어들지는 않더라고요. 그냥 두통뿐이었죠. 전문의를 만났는데 CT를 찍어보라고 하지는 않았어요. 증상을 설명하니까 아마 빛 민감증이나 큰 소리 민감증 같은 걸 거라고, 그 외 몇 가지는 편두통하고 관련 있을 거라고 했어요. |

2013년 여름쯤에는 두통이 사라졌고 아내는 괜찮아졌죠. 그런데 그해 말에 다시 시작됐어요. 연휴 기간에, 특히 새해 전야에 브리트니가 미리 계획을 세운 여행을 하면서 와인 컨트리에 있었는데 통증이 너무 심해서 뭔가 끔찍하게 잘못됐다 싶더라고요. 캘리포니아 힐즈버그에 있는 응급실에 갔더니 의사가 CT를 찍어보라고 했어요.

그때 종양의 존재와 그게 얼마나 큰지를 알았죠. 종양을 본 의사들은 대부분 자기가 본 종양 중에서 제일 크다고 할 정도였어요.

| 다이앤 | 의사가 종양을 전체적으로 들어내는 수술을 제안하던가요? |
| 댄 | 네. 안타깝게도 완전히 낫게 하는 치료법은 없고 몇 가지 처치만 가능한데 그중 첫째가 수술이었어요. 그래서 열흘 뒤 1월 10일에 캘리포니아대학 샌프란시스코 의료 센터에서 8시간 동안 뇌수술을 받았죠. 의사들은 종양의 35~40퍼센트 정도밖에 |

제거하지 못했어요. 크기랑 위치 때문에 그 정도가 안전하게 할 수 있는 최선이었대요. 그 시점에 의사들이 브리트니의 여생이 3년에서 5년밖에 안 된다고 알려줬어요.

다이앤 의사들이 종양을 더 제거하려고 했더라면 어땠을까요?

댄 뇌에 자기들이 들어갈 수 없는 부분이 있다고 했어요. 잘못하면 환자가 수술에서 깨어나지 못하거나 식물인간이 될 수 있다고요. 그리고 종양이 퍼진 방식도 문제였어요. 의사들이 칼이나 메스를 댈 수 없는 여러 곳까지 퍼져 있었죠. 그래서 까딱 잘못했다가는 환자를 살리는 게 아니라 죽일 수도 있는 상황이었어요.

다이앤 브리트니가 수술에서 회복하는 데는 얼마나 걸렸나요?

댄 놀라울 정도로 빨랐어요. 아내는 사흘인가 나흘 만에 집에 왔거든요. 수술받고 나와서 중환자실에 있던 밤에는 아직 몸을 제대로 가누지 못했어요. 하지만 제가 아내한테 말을 걸고 아내는 저한테 대답할 수 있다는 게 정말 큰 위안이었어요. 그냥 아내 목소리를 듣고, 아내가 간호사들에게 어떤 감정을 느끼는지 설명하는 걸 듣는 일이요. 병원에서는 아내가 일어나서 움직여야 한다고 했고 아내는 2주 만에 회복했죠.

3년에서 5년 남았다고 진단받았댔잖아요, 근데 겨우 두 달 뒤에 처음으로 후속 MRI를 찍었더니 종양이 공격적으로 커지고 있는 조짐이 보이는 거예요. 다형교아종이었던 거죠. 뇌종양 중 가장 공격적인 종류요. 의사들은 이제 브리트니한테 남은 시간이 6개월이라고 했어요. 3년에서 5년이 난데없이 6개월로 줄어든 거죠.

아내에게, 우리에게 청천벽력이었어요. 우리는 이제 막 새로운 가정을 꾸릴 계획이었는데, 그런데 29살인 아내의 인생이 갑자기 끝이라니……. 그 사실을 받아들이는 데 한참이 걸렸죠. 며칠은 그냥 둘이 같이 있으면서 우리가 들은 말을, 종양이 얼마나 큰지를 받아들이는 시간이 필요했어요……. 우리 모두한테 그야말로 날벼락이었으니까요.

다이앤   당시에 그 소식을 받아들이는 동안 두 분이 어떤 결정을 내렸나요?

댄   브리트니가 수술받기 전에 여러 처치 방법을 알아봤어요. 가능한 임상 시도 같은 거요. 이미 오리건 존엄사 프로그램은 알고 있었어요. 버클리대학 학부 시절에 아내가 들은 수업에서 그 주제를 가지고 토론했대요. 저는 처음 듣는 얘기였죠. 그런 프로그램이 있다는 사실도 몰랐어요. 브리트니는 1월 3일인가 4일에 저한테 종양과 계속 싸우겠다고 말했어요. "그런데 만약에 일이 틀어지면 우리는 오리건으로 이사할 거야"라고 하더라고요. 브리트니는 뇌종양이 자기 삶을 어떻게 끝낼지, 그 임종이 얼마나 무자비한지 알고 있었어요. 그래서 아내 표현에 따르면 "이 녹색 지구에서" 자신의 마지막 며칠이, 자신의 임종 과정이 온화할 거라는, 자기가 끔찍하게 고통받지는 않을 거라는 생각으로 마음의 평화를 얻고 싶어 했어요. 그 대화를 끝낼 즈음 저는 만일 제가 아내 입장이라면 저도 똑같이 말했을 거라고 생각했어요. 아내가 저를 애써 설득하는 그런 대화가 아니었어요. 그냥 자연스러운, "당연히 그렇게 해야지" 식의 대화였어요.

다이앤 그래서 브리트니가 캘리포니아에서 오리건으로 이사하자는 생각을 말했군요?

댄 네, 세부적인 것들은 우리가 같이했고요. 아내는 이것저것 알아보더니 자기가 오리건 주민이 되어야 한다는 점을 깨달았어요. 새 운전면허증을 받고 투표인 등록을 변경해야 한다는 뜻이었죠. 집도 임대해야 해서 아내가 크레이그리스트*에서 임대할 집을 찾았어요. 오리건보건과학대학에서 새 의료진도 알아봤고요. 아내는 이 모든 절차를 다 거치더니 목소리를 내야겠다고 결심했어요. 살날이 6개월 남았다는 말을 들은 말기 환자가 난데없이 자기 집을 떠나 지도 위 상상의 선을 넘기 위한 절차를 밟아야 한다는 건 너무도 감당하기 힘든 부정의라고 생각한 거죠. 오리건에서는 온화하게 떠나는 방법을 선택할 수 있는데 캘리포니아에 남아 있으면 뇌종양 때문에 고문이나 다를 바 없는 고통을 겪다가 죽을 위험을 감수해야 한다는 점도요.

* 　미국의 온라인 벼룩시장

다이앤	댄, 현실적인 문제들이 궁금하네요. 당신의 직업, 생계를 꾸려 가는 일은 어땠나요? 오리건으로 이사하는 데 딸린 현실적인 난관들이 많잖아요?
댄	쉬운 일이 아무것도 없었죠. 결국 직장에는 휴가를 냈어요. 그런 일이 있을 때는 당연히 월급이 깎이죠. 월급은 60퍼센트밖에 못 받는데 편의와 의료 보험 같은 데는 돈을 더 많이 써야 하잖아요. 이 문제를 조정하고 인사부하고 얘기하느라 진땀을 뺐죠. 우리가 그 모든 과정을 거쳐야 했다는 점을 돌아보면, 그 모든 관료적인 과정을 거치고 이 모든 걸 배려받으려고 안간힘을 써야 했다는 점을 돌아보면, 그때 우리는 갈취당하고 항상 신세 지는 기분이었어요. 브리트니도 이렇게 할 만한 자원과 능력을 갖추지 못한 사람이 아주 많다는 사실을 알았죠. 저는 브리트니보다 13살이 많아요. 어느 정도 기반을 잡으려고 아주 열심히 일했고요. 그래서 우리는 캘리포니아 집의 대출금을 갚으면서 동시에 오리건 집의 임대료를 냈죠. 집 두 채를 유지하고 전기 요금을 두 곳 다 내면서요. 못 할 짓이에요. 누구도 그런 일을 겪어서는 안 돼요. 그래서 브리트니가 목소리를 낸 거죠.
다이앤	쉽지 않았다는 거 알아요. 불편하지 않으시다면 모두 이야기해 주시겠어요?
댄	물론 해드려야죠. 브리트니 이야기를 사람들에게 알리는 일은 제가 브리트니에게 한 약속이기도 해요.

다이앤	브리트니의 이야기이지만 당신의 이야기이기도 하죠. 당신은 남겨졌으니까요. 우연이기는 하지만 저는 목소리 치료 때문에 오리건보건과학대학에 다니거든요. 훌륭한 곳이에요. 당신과 브리트니가 그런 기관의 보살핌을 받았다니 제가 다 기쁘네요.
댄	오리건보건과학대학에 있던 브리트니의 완화 의료* 팀은 진짜 보통 분들이 아니었어요. 우리가 포틀랜드에서 지내는 그 6개월 동안 헤쳐 나가는 데 필요한 지원을 해주셨죠.
다이앤	그럼 그 시기에 브리트니는 오리건주 주민이었고 댄은 캘리포니아주 주민이었던 거죠? 브리트니가 오리건보건과학대학에 있는 동안 왔다 갔다 했나요, 아니면 내내 아내와 같이 지냈나요?
댄	브리트니는 남은 시간에 하고 싶은 일이 있었는데 그중에는 여행도 있었어요. 우리는 옐로스톤 국립공원에도 갔어요. 아내가 꽤 오랫동안 가보고 싶어 한 곳이었죠. 여행을 5월에 갔는데 그 때 브리트니가 세코바르비탈을 승인받았다는 이메일을 받았어요. 의료조력사망에 사용하는 약이요. 7월 무렵에는 둘 다 오리건에서 계속 지냈죠. 저는 결국 6개월 동안 휴직했고요.
다이앤	그동안 브리트니가 통증 때문에 힘들어했나요?

---

* 완치 불가능한 환자가 남은 삶을 품위 있게 보낼 수 있도록 신체적, 정신적 고통을 덜어주는 의학

두개골 아래쪽하고 목에 큰 압박감을 느꼈어요. 2월부터 5월까지는 상황이 더 나았죠. 심한 통증이 길게 가지는 않았거든요. 그런데 7월, 8월, 9월, 10월…… 마지막 두 달에는 점점 힘들어했어요. 아내는 발작을 제일 두려워했죠. 발작이 점점 자주 심하게 일어났거든요. 저는 아내가 알아차리기도 전에 발작이 곧 일어나리라는 점을 알았어요. 왼쪽 눈꺼풀이 떨리기 시작하면 곧 발작이 일어났거든요. 아내는 입에서 금속 맛이 난다고 했어요. 사람 뇌에서 전기 자극에 불이 붙을 때 발작이 일어나는데 그러면 몸의 근육이 뒤틀리고 수축해요. 아내의 근육이 수축하다 보니까 표정도 달라졌죠. 나머지 몸이, 팔이, 다리가 뒤틀리기 시작하면 보통 아내를 앉히고는 했어요. 우리가 서 있거나 등산 중일 때도 몇 번 발작이 일어났는데, 그럼 아내는 빨리 주저앉고 저는 그 옆에서 아내를 받쳐줬죠. 보통은 그러고 나서 20~30분은 전혀 말이나 의사소통을 할 수도 없고 뭘 적지도 못했어요. 아내가 만들려고 하는 문장들은 문장이라고 할 수도 없었죠.

그 정도는 순한 발작이었어요. 사람 진을 쏙 빼놓는 나쁜 발작이 일어나면 몸의 모든 근육이 수축하는데, 이 발작은 진짜 무서웠어요. 발작이 사그라들고 다시 의식을 찾을 때쯤 아내 입에서 피가 흐른 적이 몇 번 있거든요. 아내가 발작하면서 혀를 깨문 거예요. 제가 할 수 있는 일이라고는 그저 아내가 다른 물체에 부딪히거나 넘어지면서 다치지 않게 하는 것뿐이었어요. 두 번 정도는 아내가 침대 근처에 있어서 어찌어찌 침대까지 갔어요. 경련이 일어나는 동안 아내가 침대에서 떨어지지 않게 지켰죠.

다이앤 그 경련이 브리트니의 때가 가까워지고 있다는 결론을 내린 이유이기도 했나요?

댄 경련은 확실히 종양의 경과를 추척하는 데 한몫했죠. 아내가 "오늘은 내가 죽어가고 있다는 기분이 제대로 들어"라고 말할 때도 있었어요. 내리 며칠 동안 잠도 못 자고, 토하고, 경련이 일어나고. 이런 증상들은 아내가 종양이 얼마나 진행됐는지 가늠하는 데 사용한 지표예요. 거기다가 우리는 매달 MRI를 찍어서 종양의 경과를 볼 수 있었죠.

다이앤 경련이 일어나지 않을 때는 아내가 행복을 느꼈나요? 아무리 짧은 순간이라도 삶을 즐기고는 했나요?

댄 네. 아내는 투지가 대단한 사람이라 계속 여행했어요. 워싱턴주에 있는 올림픽 국립공원도 가고, 오리건주에 있는 컬럼비아 하천 지구도 갔죠. 그랜드캐니언에서 헬리콥터 투어도 했어요. 생전 마지막 두 주 동안에요. 아내가 종양에 맞서 싸우는 동안 하고 싶어 한 일들이죠. 자기한테 너무 중요한 일을 즐기고 싶어서 싸운 거예요.

다이앤 자기 삶을 마감하는 데 사용하고 싶어 하던 약을 승인받았다는 사실이 브리트니에게 살아 있는 동안 즐길 수 있는 일을 최대한 즐길 자유를 준 걸까요? 브리트니는 자신의 때가 왔을 때 고통을 중단시킬 힘이 있다는 사실을 알고 있었으니까요.

댄 아내는 약물 수령 승인을 받았을 때 엄청난 안도감을 얻었어요. 뇌종양이라는 혼돈의 한가운데에서 아주 약간의 통제력이나마 가졌다는 기분이요. 사실 너무 많은 것이 아내의 힘으로는 어떻게 할 수 없다고 느껴지는 상황이었잖아요. 세코바르비탈을 손에 넣고서 아내는 삶에 집중할 수 있었어요. 더는 임종 과정을 너무 걱정할 필요가 없었거든요. 그 덕에 자기가 하고 싶은 일을 할 수 있었어요. 약물 승인이 아내에게 큰 안도감을 주었다는 점은 너무도 확실해요. 그 시점부터 아내의 관점이 완전히 달라졌거든요. 공포심은 사라졌어요. 아내는 이제 죽음을 너무 두려워하지 않고 살아가는 데 집중할 수 있었어요.

다이앤 브리트니는 2014년 11월 1일에 삶을 마감하기로 했죠. 그 결정을 몇 주 전에 공개적으로 했어요. 그 이유를 말해줄 수 있나요?

댄 저는 사람들이 이해하리라고 생각해요. 브리트니는 생전에 특히 두 날짜를 축하하고 싶어 했어요. 하나는 우리 결혼기념일인 9월 29일이었죠. 그해 9월에 아내는 암이 계속 자라고 있다고 느끼면서 증상에 맞서서 힘들게 싸웠어요. 브리트니가 축하하고 싶어 한 다른 날짜는 제 생일인 10월 26일이에요. 그래서 아내는 할 수만 있으면 11월 1일까지 버텨보겠다고 했죠.

무슨 일이 있어도 바꾸지 않을 그런 날짜는 아니었어요. 브리트니는 그 두 날을 축하하겠다는 목표를 직접 세웠어요. 저는 담당 의사 한 분한테 물어봤어요. 말기 환자가 이런 목표를 세우기도 하느냐고. 그랬더니 의사가 "아, 그럼요, 어떤 환자분들은 꼭 그렇게 하시죠"라고 하더라고요. 환자들은 "이 날짜까지는 살고 싶어"라고 한 다음에 그 소망을 이루면 그다음 날짜를 정해요. 하지만 10월에는 상황이 훨씬 나쁘게 돌아가기 시작했어요.

통증이 점점 심해졌어요. 아내는 두개골 아래쪽 압박감 때문에 목에다 온찜질 패드를 두르고 잤어요. 빈백* 같은 패드였는데 전자레인지에 넣고 데운 다음에 목에 둘렀어요. 그러면 한동안은 상태가 괜찮아져서 잠깐 눈을 붙일 수 있었죠. 하지만 잠은 사치가 되고 말았어요.

아내가 살아 있던 마지막 달에는 발작이 사오일에 한 번씩 일어났어요. 종양이 계속 커지고 뇌의 여러 부위에 압력을 가하면서 시신경을 누르면 시력을 잃을 상황이었죠. 뇌종양이 있는 사람이 뇌졸중에 시달리는 일은 흔해요. 뇌졸중이 일어나는 동안 산소 부족 때문에 뇌의 어느 부위가 손상되면 서거나 걷거나 삼키는 능력을 잃을 수도 있고, 의사소통 능력을 완전히 잃을

---

* 신축성이 좋은 원단에 작은 충전재를 채워 형태 변형이 자유로운 의자

수도 있어요. 부분적인 마비가 있을 수도 있고 완전한 마비가 일어날 수도 있죠. 이게 브리트니 앞에 놓인 상황이었어요. 그래서 아내가 그랬죠. "난 그렇게 죽지는 않을 거야."

의료조력사망에서 가장 큰 안전장치는 서로 독립적인 두 명의 의사가 이 사람이 말기 상태고, 살날이 6개월 이하로 남았으며, 정신적으로 판단 능력이 있다고 합의해야 한다는 점이에요. 환자는 요청을 구두로도 하고 서면으로도 해야 해요. 15일의 대기 기간이 있고 관련 증인도 있어요. 또 다른 강력한 안전장치는 환자가 자기 힘으로 약물을 먹을 수 있어야 한다는 점이에요. 만일 브리트니가 너무 오래 기다리거나 뇌졸중이 오면 자기 몸 안에 갇혀버려서 약물을 먹을 수가 없어요. 그럼 결국 아내는 자기가 피하고 싶었던 바로 그 방식대로, 몸에다 관을 줄줄이 꽂고 병상에서 심각한 뇌졸중에 시달리다가 죽음을 맞이하는 거죠. 브리트니는 그런 생각 끝에 자기가 하루하루 어떤 고난을 겪을지와 MRI를 통해 눈에 보이는 경과를 근거로 판단을 내렸어요. 그 결과가 11월 1일이었죠.

다이앤   그날, 그 일의 시작이 어땠는지 이야기해줄 수 있나요? 언론에서 이 일을 워낙 집중적으로 다뤘잖아요. 저는 브리트니가 너무 힘들겠다 싶더라고요. 일반 대중이 이 안쓰러운 젊은 여성이 참담한 일에 시달리는 모습을, 이 여성이 공개적으로 결정을 내리는 모습을 구경하고 있었잖아요. 저는 사적인 측면에서는 어땠을지가 궁금했어요.

어떤 면에서는 휴식 덕분에 브리트니와 저는 그런 압박감을 느끼지 않을 수 있었어요. 우리가 대중의 현미경 아래에 있는 듯한 느낌이요. 그 시간은 가족과 보내는 시간이었고 우리는 서로를 보살폈죠. 아내는 생애 말기의 의료조력사망 결정은 자기 몫이고, 그 결정은 말기 환자 개인에게 맡겨야 한다고 얘기하는 영상을 공개했어요. 당신들은 그 약을 사용할 필요가 없기를 바라지만 어쨌든 결정은 개인의 몫으로 남겨두는 게 좋다고요.

음, 언론에서 그 이야기를 기사화했어요. 아내는 자기가 11월 2일에 아직 살아 있으면 우리가 이 문제를 잘 헤쳐 나가고 있다는 의미라고 말했거든요. 뉴스 거리가 별로 없었던 게 틀림없어요. 누가 그랬죠, "아, 이제 이 여자애가 11월 1일에서 11월 2일로 마음을 바꿨네." 그런 개소리가 어딨어요. 제대로 된 기사가 하나도 없었어요. 사람들은 브리트니가 한 말에서 맥락을 다 없애버리고 자기가 원하는 대로 짜깁기한 다음에 기사를 냈어요. 진짜 부끄러운 줄 알아야 해요. 그 사람들이 뭐라고 할 일이 아니잖아요. 그냥 우리 관점에서 무슨 일이 일어나고 있는지를 알면 되죠.

11월 1일에 관해서라면, 아내는 계획을 좀 좋아하는 편이었어요. 제게 자신이 원하는 장례식에 관해, 자기 재를 어디에 뿌릴지, 장례식은 어떻게 진행하면 좋겠는지 많이도 지시해놨죠.

친구 몇몇한테도 지시를 남기고, 당연히 제게도 개들과 우리 집이랑 관련된 일에 관한 지시를 남겼어요. 그래서 11월 1일에 브리트니 친구들이 포틀랜드 집에 있었죠. 아내는 그날 아침에 등산하고 싶다고 했어요. 근데 그즈음에는 아내 상태가 그렇게 좋지 않아서 산책을 했죠. 아내 부모님과 친구 세 명, 제 남동생 그리고 개 두 마리. 우리는 브리트니가 제일 좋아하는 산책로를 걸었어요.

무겁고 어두운 기분은 전혀 아니었다는 점을 분명하게 해두고 싶어요. 그냥 삶과 인생과 즐거웠던 시절을 이야기했어요. 아마 두 시간 가까이 밖에 있었던 듯해요.

그날 아침에 작은 발작이 있었어요. 발작을 보며 아내가 무슨 위험을 감수하고 있는지가 떠올랐죠. 집에 다시 갔을 때 아내가 저한테 말했어요. "이제 나의 시간이 왔어." 아내는 그렇게 말했어요. 나머지 세세한 내용은 저 혼자 간직하고 싶네요.

다이앤   이해해요.

댄   아내는 우리 한 명 한 명, 자기 친구들과 시간을 보냈어요. 벽장에 있는 몇 가지 물건들을 살펴보고 몇 개는 친구들에게 줬죠. 그리고 약물 관련 절차가 있었는데, 일단 환자는 위에서 탈이 나는 일이 없도록 신체 시스템을 대비시키는 약을 먹어요.

다이앤   약물이 역류하지 않고 위에 머물게 하는 역할이죠.

댄   맞아요. 모든 게 브리트니의 지시였고 아내가 모든 과정을 통제하고 있어서 걱정이 전혀 없었어요. 알약이 백 개였어요. 브리트니 친구 한 명과 제 남동생이 그 약을 개봉했죠. 저도 조금 돕기는 했지만 그보다는 그동안 계속 브리트니 곁을 지키고 싶었어요. 브리트니의 어머니와 양아버지 개리가 아내 침대 옆에 계셨고 아내 친구들은 침대 발치에 있었어요. 그리고 브리트니가 말했죠. "여러분이 편안했으면 좋겠어요. 앉을 수 있는 의자를 마련했는데 원한다면 서 계셔요." 전 침대 위에서 아내 옆에 자리를 잡았고, 우리의 작은 비글 벨라도 침대에 같이 있었어요. 아주 사랑이 충만한 기분이었어요. 아내는 우리가 행복한 일을 이야기했으면 좋겠다고 말했어요. 아내는 침대에, 저는 침대에서 아내 옆에 그리고 친구들은 아내를 둘러싸고 있었죠.

준비가 끝나면 세코바르비탈에 물을 140그램 정도 넣고 같이 섞어야 해요. 그걸 먹고 나서 5분도 안 돼서 아내가 잠들었는데 진정제를 투약해서 몸을 가누지 못하다가 조금씩 잠드는 거랑 비슷했어요. 제가 7년 넘는 세월 동안 수천 번은 봤던 브리트니가 잠드는 모습과 다를 게 없었죠. 저는 아내의 호흡을 계속 확인했는데 30분 후쯤에는 호흡이 느려지기 시작하더니 어느 순간 멎었어요. 임종은 그렇게 이루어졌죠.

다이앤   아주 평화로웠네요.

댄   그런데 만약 뇌종양을 그냥 내버려 뒀더라면, 그래서 그 모든 끔찍한 증상이 아내에게 일어나도록 내버려 뒀더라면 아내의 임종 과정은 절대 그렇지 않았을 거예요. 발작에, 통증에, 메스꺼움에, 구토에, 게다가 실명이나 마비의 가능성도 바로 코앞에 있었으니까요.

브리트니는 사는 것과 죽는 것 중에서 선택하지 않았어요. 산다는 선택지는 애당초 주어지지 않았어요. 브리트니는 두 가지 다른 임종의 방식 중에서 택할 수 있을 뿐이었죠. 한쪽은 온화했지만 다른 한쪽은 고통과 시련으로 가득했을 거였어요. 제가 보기에 사람들은 프레임을 잘못 잡고 있어요. 제가 이 부분을 강조하려고 노력하는 이유죠. 아내는 살고 싶어 했어요. 뇌종양은 아내의 삶에 종지부를 찍었고요.

다이앤 댄, 당신과 저는 의료조력사망을 주제로 전국을 돌아다니며 이야기하고 있잖아요. 많은 사람이 아무리 힘들어도 자기 삶에 직접 종지부를 찍어서는 안 되는 이유로 종교적인 신앙 문제를 거론하더라고요. 저는 어떤 사람이 하나님만이 생명을 거둬갈 수 있는 유일한 존재라고 믿는다면 그 믿음을 존중할 수 있어요. 당신도 분명 그럴 거라고 믿고요. 어떤 경우라도 자기 삶을 직접 끝내서는 안 된다고 말하는 사람들에게는 어떻게 대응하나요?

댄 자기가 브리트니와 같은 곤경에 처한다면 기도로 통증을 물리치고, 기도로 발작을 물리치고, 기도로 뇌종양 진행을 물리치고 싶다는 사람은 전적으로 존중하죠. 이 사람들의 바람을 실현할 수 있도록 누구보다 앞장서서 그 결정을 지켜주고 싶어요. 이 프로그램(의료조력사망)의 강점은 원하는 개인이 신청해야 하고, 조건에 부합해야 하고, 결국 승인받아야 한다는 부분이에요. 종교적인 이유로 브리트니 같은 곤경에 처한 사람이 의료조력사망에 동의하지 않는다면 그 사람은 신청 자체를 하지 않겠죠.

그런데 말이에요, 신기하게도 한 기독교 단체가 설문 조사를 했는데 기독교인의 70퍼센트가 의료조력사망을 지지해요. 천주교인의 지지도 70퍼센트고요. 제가 있던 매사추세츠에서는 주의회가 있는 보스턴의 독실한 아일랜드계 구교 천주교인 72퍼센트가 의료조력사망을 지지했어요. 뉴욕에서는 주교회의에서 반대하는데도 천주교인의 지지가 74퍼센트에 가깝고요.

천주교회라는 제도의 공식 입장은 이해해요. 그래도 신도들은 브리트니랑 같은 입장이에요. 말기 환자에게 의료조력사망이라는 선택지가 주어져야 한다는 거죠. 그리고 저는 어릴 때부터 천주교였기 때문에 알아요. 제가 신앙과 하나님과의 관계를 이 의료 행위와 아무 거리낌 없이 조화시키는 점이 사람들을 불편하게 만든다는 사실을요. 하나님은 사랑하고, 보살피고, 긍휼하는 분이세요. 그래서 제게는 아무런 갈등이 없어요. 이 문제는 그냥 당사자가 정할 일이에요.

다이앤 이 나라가 당신과 브리트니가 선택한 쪽으로 가고 있다고 생각하나요? 그리고 사람들이 더 많이 수용하리라고 보세요?

댄 네. 브리트니가 세상을 떠났을 때 의료조력사망을 허용하는 주는 네 곳이었어요. 오리건, 워싱턴, 버몬트 그리고 몬태나. 브리트니가 세상을 떠나고 2년 반이 지났을 때는 캘리포니아, 콜로라도, 워싱턴DC, 뉴저지, 메인에서 법안을 통과시켰죠. 입법은 굼뜨게 처리된다는 점을 되뇌긴 하지만 저는 조바심이 나요.

저는 캘리포니아, 콜로라도, 워싱턴DC에서 법안이 통과한 데에 브리트니의 사연이 지대한 영향을 미쳤다고 생각해요. 그렇지만 이 법에 대한 반대가, 심지어 이미 통과된 주에서도 끊이지 않죠. 아마 한두 명의 의사가 원고로 나서고 그 사람들을 대리하는 변호사가 거의 주기적으로 소송을 제기할 거예요. 오리건, 몬태나, 캘리포니아에서 이미 그러고 있거든요. 반대하는 사람들은 20년 동안 그 법에 흠집을 내거나 다른 각도로 접근해서 뒤집거나 무효화하려고 노력해왔어요. 하지만 컴패션&초이스* 같은 단체가 그런 상황에 개입해요. 변호사를 보내 맞서 싸우죠. 반대하는 사람들은 계속 애를 쓰겠지만 다행히도 오리건에서는 20년 동안 그 법이 시행 중이고 원고들은 별 재

* Compassion&Choices, 죽음을 앞둔 개인의 선택권을 넓히기 위해 노력하는 미국의 비영리 단체

미를 못 봤어요.

다이앤 일부 의사가 임종을 앞둔 환자들을 의료조력사망에 참여 중인 의사에게 넘기기를 거부한다는 말을 들었어요. 상당히 끔찍하더라고요.

댄 맞아요. 그들은 임종을 앞둔 환자를 의료조력사망 처방전을 쓰거나 여기에 참여하는 의사에게 의뢰하기를 거부해요. 정말 좌절할 만한 일이죠.

다이앤 마지막으로, 댄은 어떻게 지내나요?

댄 브리트니를 생각하지 않고, 우리가 어떻게 지냈는지를 회상하지 않고 보내는 날이 없어요. 그 아가씨가 보고 싶어요. 2년 반이 됐는데 아직도 아내를 생각하죠. 지금 이런 순간에도, 가족과 있을 때도, 휴가 중에도요. 아직도 아내가 여기서 이곳의 일부로 우리와 함께 있지 않다는 사실을 생각해요. 하지만 아내는 우리가 하고 싶어 하던 일을 제가 해야 한다고, 결국 가족을 꾸리고 우리가 그 집 여기저기에 대해 이야기하던 작은 프로젝트를 이어가야 한다고 분명하게 못박았어요. 브리트니는 제가 애도 과정을 좀 더 수월하게 넘길 수 있도록 애썼고, 저는 그 부분을 정말 고맙게 생각해요. 저는 온 마음으로 아내를 사랑했고 아내도 똑같이 저를 사랑했어요. 제가 항상 마음에 떠올리는 말이 있어요. "너는 그 일이 끝났다고 울부짖을 수도 있지만 그 일이 있었음을 떠올리며 미소 지을 수도 있다."

두 번째

말기 암 환자와
그 주치의와의 대화

로리 월리스-푸시나이티스,

말기 암 환자

캐서린 손퀴스트 포레스트,

로리의 생애 말기 돌봄 주치의

새너제이에 있는 로리 월리스-푸시나이티스의 아파트에 처음 발을 들였을 때 나는 거실이 워낙 작아서 동영상 기록 장비가 공간 대부분을 차지한다는 사실을 깨닫는다. 로리와 캐서린은 긴 나무 의자에 붙어 앉아서 아주 가까운 친구처럼 서로 편하게 수다를 떨고 있다. 로리는 연파랑 스카프로 머리를 감싸고 있는데, 나는 머리칼이 거의 남아 있지 않기 때문이라고 짐작한다. 로리는 아주 창백하고 눈썹이나 속눈썹이 없다. 벽은 작은 민속 공예품들로 장식되어 있고 로리와 캐서린 뒤편의 유리문은 로리가 가꾸는 화분들이 놓인 테라스로 이어진다.

로리 월리스는 캘리포니아 새너제이에서 나고 자랐다. 19살에 첫 아이를 낳고 대학을 다니기 시작했다. 대학 시절 내내 생활 보조금을 받는 한편 한 번에 두세 가지 일자리에서 돈을 벌었다. 환경 관련 직종 종사자인 로리는 스스로를 "이미 유기농을 먹고 엄청나게 건강한 히피 소녀 같은 부류"라고 묘사한다. "그런데도 39살에 유방암에 걸렸어요. 새너제이시 주거지 쓰레기 수거를 관리하고 계약을 처리하는 일을 하던 중이었어요. 암에 걸린 지 7년이 조금 넘었네요."

나는 로리에게 어떤 종류의 치료를 받았는지 묻는다.

"제 유방암은 전이됐어요. 유방 밖으로 번져서 손쓸 방법이 없다는 말이에요. 모든 치료가 완화용이에요. 목숨을 연장하고 암의 고통을 덜어주는 정도죠. 제가 아직 살아 있는 건 기적이에요. 지금 46살이니까 7년 동안 암이랑 같이 산 거죠. 전이된 지는 4년이 조금 넘었어요. 제가 어머니 쪽에서 BRCA2* 유전자를 물려받았어요. 가족 중에 유방암으로 죽은 사람이 아주 많아서 저도 제가 유방암에 걸릴 가능성이 높다는 점을 알았죠. 저는 할 수 있는 예방조치는 다 했어요. 유기농을 먹었고 몸을 잘 돌봤어요. 그런데도 유방암에 걸렸어요."

캐서린은 스탠퍼드 헬스 케어 프로그램에서 로리를 만났다. 캐서린은 의료조력사망을 합법화하는 캘리포니아 존엄사법End of Life Option Act 집행에서 신청을 담당하는 스탠퍼드 프로그램의 공동 설립자다. 캘리포니아 존엄사법은 2016년 6월에 발효되었다. 캐서린은 전국의 다른 의사를 대상으로 의료조력사망을 강의하고 있다.

로리는 자신이 6개월 시한부일지 모른다는 사실을 접하고 의료조력사망을 신청했다. 로리와 만난 캐서린은 로리에게 자신이 모든 과정이 진행되는 동안 옆에 있겠다고, 그리고 꾸준히 로리의 상태를 확인하겠다고 안심시켰다. 로리는 의료조력사망 신청 요건인 6개월 시한부를 이미 넘긴 상태지만 캐서린은 로리에게 언제든 약물을 요청하거나 결심을 철회하겠다는 결정을 내릴 수 있다고 말했다.

* 유방암 발생과 밀접한 연관이 있는 유전자 중 하나

캐서린은 이 선택지가 로리에게 위안이라는 사실을 이해한다. 두 사람은 로리의 가족들과도 이야기를 나누었고, 가족들 역시 로리에게 선택지가 있고 언제든 이를 철회할 수도 있다는 점을 알고 있다. 캐서린은 많은 사람이 로리처럼 첫 6개월 시한부 진단보다 더 오래 산다고 말했다. "우리는 환자에게 역량이 있고 혼자 약물을 복용할 능력이 있는 한 그냥 그 기한을 연장하고 계속 관계를 유지하면서 진단을 해줘요."

다이앤 그래도 조금은 안심이 되겠네요.

로리 음, 저는 제가 죽어가고 있다는 사실을 알잖아요. 4년 동안 알고 있었죠. 제일 무서운 건 아무런 통제를 할 수 없다는 점이에요, 그렇잖아요? 고칠 수 있는 사람도 없고 더 낫게 해줄 사람도 없어요. 저는 평생 통제광이었어요. 근데 암은 통제가 안 먹혀요. 그렇지만 이제는 제가 어떻게 죽을지 통제할 수 있잖아요. 언제 죽을지 선택할 수 있다면 90살이면 좋겠어요. 하지만 그런 선택은 불가능해요. 증조할머니가 알츠하이머로 돌아가신 기억이 아주 어렴풋하게 남아 있어요. 여섯 살쯤이었을 텐데, 저는 그렇게 죽고 싶지 않아요. 증조할머니에게 일어나는 일들을 보면서 제 성격과 자아를 잃을지 모른다는 생각에 너무 겁이 났어요. 죽음은 평생 제 삶의 일부였죠. 이모는 유방암 때문에 끔찍하게 돌아가셨는데 전 그런 죽음은 원하지 않아요.

다이앤 지금 고통스러운가요?

로리	엄청나죠. 처음으로 덩어리를 직접 만지고 자가 진단 했을 때

로리   엄청나죠. 처음으로 덩어리를 직접 만지고 자가 진단 했을 때 부터 그랬죠. 한밤중에 잠에서 깨서 몸을 굴렸는데 가슴에 칼로 찌르는 듯한 통증이 있는 거예요. 전 꼬맹이 아들 장난감인 줄 알았어요. 그래서 손으로 이부자리를 정돈했는데 근데도 계속 통증이 있었어요. 아, 뭐가 잘못됐구나 싶었죠. 그래서 결국 절개 생검을 하고 그냥 암 덩어리를 다 덜어냈어요. 워낙 아팠거든요.

저는 죽고 싶지 않아요. 최대한 많은 시간을 그냥 살아가는 데 쓰는 쪽을 더 좋아하기는 하지만 죽는 문제를 상대하지 않을 수는 없죠. 일단 말기 암 환자라는 사실을 알면 죽음이 머리에서 떠나지 않아요. 완전히 캄캄한 암흑 속에 갇혀버린 것처럼요. 죽음은 햇살을 다 차단해버리죠. 하지만 그렇다고 영원히 암운만 드리우지는 못해요, 그렇잖아요?

다이앤   캐서린을 처음으로 만났을 때 얘기를 해주시겠어요?

로리   전 이미 존엄사법을 활용하고 싶어 했어요. 늘 마지막 때가 온 사람들에게 선택지가 있어야 한다고 생각했거든요. 그래서 존엄사법 입법이 검토 중이라는 소식을 접한 순간 제 담당 종양학자 선생님한테 말했어요. 선생님이 제가 이 선택지를 원한다는 점을 기록해놓으면 좋겠다고요. 그러니까 선생님이 "그 법은 아직 통과도 안 됐어요" 하는 거예요. 상관없다 그랬죠. 내 의료기록에 그 점이 최대한 오래전부터 남아 있기를 원한다고, 그래야 아무도 내 결정을 의심하거나 다른 사람이 나한테 압력을 넣었다고 말하지 못할 거라고 말이에요. 상황이 진짜 악화하기 시작할 때 몇 주나 몇 달 동안 끔찍하게 시달리고 싶지 않아요.

캐서린은 내게 로리가 필요한 약물을 지금은 가지고 있지 않다고, 하지만 처방전은 48시간 이내에 준비할 수 있다고 말했다. 캐서린은 약물이 필요하다고 판단했을 때부터 실제로 입수하기까지 걸리는 시간이 사람들에게 가장 중요한 관심사라고 설명했다. 그의 말에 따르면 로리는 지금 고통이 극심한 상태다. 하지만 로리가 겪는 시련의 양을 결정하는 것은 의사의 몫이 아니다. 그 판단은 로리 자신이 한다.

나는 캐서린에게 어째서 의료조력사망을 지지하는지 물었다.

캐서린   에이즈가 기승을 부리던 시절에 샌프란시스코에서 교육받았어요. 지금까지 25년 넘게 가정의학과 의사로 일했는데 많은 환자한테 조력사망 문제에 대한 질문을 받았어요. 완화 의료, 호스피스* 의료, 선택지는 여러 가지잖아요. 그런데 제 경험상 우리가 뭘 해도 생애 말기에 놓인 그 사람들의 고통을 덜어주지 못하는 상황도 있어요. 뭘 해도 안 되죠. 그런데 의료조력사망은 도움이 돼요. 임종을 앞당기는 의학적 처치를 하는 의료

---

*   죽음을 앞둔 환자를 위한 특수 병원과 그들을 돌보는 일을 두루 일컫는 말

인들에게는 그런 조용한 능력이 있어요. 우리는 사람들의 생명 유지 장치를 떼줄 수 있어요. 죽음을 재촉하는 일이죠. 사람들이 식음을 전폐할 수도 있어요. 이 역시 죽음을 재촉하죠. 의학적 처치는 아니지만요.

저는 할머니가 돌아가시는 과정을 지켜봤어요. 할머니는 의사셨어요. 미국 최초의 여성 병원장이셨죠. 할머니는 당신의 의지와는 반대로 결국 생명 유지 장치를 다셨어요. 우리 가족 모두에게 힘든 시간이었죠. 할머니는 절대 그런 선택을 하지 않았을 거예요. 조력사망을 택하셨을 분이죠. 그래서 우리 할머니, 할아버지, 어머니 그리고 저는 그 당시에 우리가 조력사망이 합법화되도록 싸워야야겠다고 얘기했어요. 할머니가 돌아가셨을 때 저는 의대 1학년이었지만 우리는 이미 삶의 마지막에 우리의 선택이 무엇일지에 관해 대화를 나눈 상태였어요. 할머니는 환자의 자율성을 아주 적극적으로 지지하셨고요. 하지만 결국은 절대 당신이 선택하지 않으셨을 상황에 놓이고 말았죠.

다이앤 의사들은 어째서 가족들도 없이 그런 결정을 내렸죠?

캐서린 할머니가 응급 상황에서 입원하셨거든요. 할머니가 오늘 여기에 계셨더라면 역시 의사였던 할아버지처럼 의료조력사망을 아주 적극적으로 지지하셨을 거예요.

내가 로리와 캐서린을 인터뷰한 그날 캘리포니아 존엄사법은 도전에 직면했고 무기한 보류되었다. 나는 캐서린에게 이 기간에 뭘 할지 물었다.

캐서린 캘리포니아주 면허를 가진 의사로서 저는 법의 테두리 안에서 의료 행위를 해요. 그리고 조력사망이 다시 불법이 되면 저는 똑같은 상황으로 돌아가겠죠. 처방전을 쓰지 못하는 상태로요.

다이앤 하지만 선생님은 전에 환자가 고통스러워할 때는 "은밀하게" 죽음이 일어난다고 말씀하셨잖아요.

캐서린 그래요. 하지만 아주 조용하고 비밀스럽게 일어나죠. 가령 호스피스에 있을 때 저는 먼저 가서 에이즈 환자들의 고통을 덜어줄 수 있는 약물을 찾아두라고 교육받았어요. 그 일이 죽음을 재촉하리라는 사실을 알면서요. 제 생각에 통계적으로 개업의의 삼분의 일 정도가 직접 그 일을 목격하거나 해봤다고 말할 거예요.

다이앤 로리를 위해서, 저 자신을 위해서, 모든 사람을 위해서 법이 뒤집히지 않으면 좋겠어요. 법이 뒤집히기를 바라는 목청 큰 소수가 걱정스러워요. 그럴 가능성이 있다고 생각하세요?

캐서린 당연한 우려예요. 프라이버시와 환자의 자율성에 반대하는 데 사용되는 전략들은 우리 사회에서 대단히 만만찮은 난관들이니까요. 캘리포니아의 지난 1년 반과 오리건의 20년을 생각하면, 그리고 조력사망이 적절한 선택인 사람들에게는 이게 엄청난 공감에 기초한 의학적 돌봄이라는 사실을 감안하면, 사람들이 삶의 마지막 순간에 자신의 고통을 통제하지 못하던 때로 되돌아가는 일은 비극이에요.

다이앤 로리, 당신에게 약이 있다면 그 약을 쓸 건가요?

로리 모르겠어요. 제가 죽어가고 있을 때 상황이 어떻게 돌아갈지를 모르겠어요. 저는 그냥 잠들었을 때 죽고 싶은데, 만약에 제가 삶의 질이 전혀 보장되지 않는 상태인데 통증을 다스리지도 못 하면 그 통증을 어떻게든 하고 싶겠죠. 저는 말도 안 되는 고집 불통이에요. 안 된다는 대답을 잘 받아들이지 못하죠. 저는 그렇게 만들 방법을 찾아낼 거예요. 존엄사법이 캘리포니아에서 통과되기 전에 생각했어요. '음, 1번 고속도로 어느 쪽으로 차를 몰고 가야 떨어질 수 있는 벼랑이 있더라?' 죽음을 미루면서 살고 싶지 않으니까요. 저를 위해서만이 아니에요. 아이들을 위해서도 죽음을 미루기는 싫어요. 제 12살짜리 아들은 엄마가 끔찍한 고통 속에 비명을 지르고 우는 모습을 볼 필요가 없어요. 그랬다가는 결국 트라우마와 고통밖에 안 남을 거라고요. 그래서는 안 돼죠.

다이앤 남편은 당신의 결정을 어떻게 생각하나요?

로리 100퍼센트 지지하죠.

로리는 유방 절제 수술을 받을 때 림프절 전이는 전혀 없고 재발 가능성은 10퍼센트 정도밖에 안 된다고 들었다. 그러다가 자신에게 BRCA2 유전자가 있다는 사실을 알고 예방적 양측 절제술을 하기로 했다. 그 시점에는 나이가 지긋해질 때까지 살 수 있다는 희망이 가득했다. 하지만 14개월 뒤 암이 전이되었다는 사실을 알았다.

로리　　　암이 전이된 걸 알았을 때 제일 큰 걱정은 통증을 통제할 방법이 없다는 점이었어요. 저는 아편성 진통제를 못 먹거든요. 정신을 차릴 수가 없어서요. 저는 그런 사람이 되고 싶지 않아요.

다이앤　　선생님, 더는 할 수 있는 일이 없을 때 의사로서 환자나 가족들에게 뭐라고 말씀하시나요? 환자에게 "당신은 말기입니다"라고 말하세요?

캐서린　　간단히 대답하면, 네 그렇게 해요. 예후에 대한 이런 종류의 대화는 중요해요. 어떤 사람이 얼마나 오래 살지는 모르지만 통계는 그 사람이 최악의 시나리오에 대비할 계획을 세울 수 있게 해준다는 점에서 유용하죠. 저는 환자에게 뭘 하고 싶은지, 어떤 목표가 있는지, 치료 때문에 아이들과 떨어져 지내도 되는지 등을 물어봐요. 예후를 가늠하는 일은 정확한 과학이 아니지만 환자에게 시간이 얼마나 남았는지 파악할 수 있게 하는 일에는 해방적인 성격이 있거든요. 자기 삶을 살 수 있으니까요.

다이앤　　말기 환자가 의료조력사망의 기준에 모두 부합하면 어떤 처방전을 받는지 설명해주시겠어요?

캐서린　　규제 약물 처방전이기는 한데 우리가 쉽게 얻을 수 있는 약을 복합적으로 섞은 거예요. 제가 그 처방전을 쓰고 나면 환자가 그 처방전으로 뭘 할지는 더 이상 제 소관이 아니에요. 환자가 그 약물을 존중하고 보관하다가 지시대로 사용하는 일은 믿음의 문제, 신뢰의 문제, 정직함의 문화에 달린 문제죠. 처방전은 한 달 동안 유효해요. 약물은 캡슐이나 알약 형태가 아니에요. 복합 액체인데 맛이 지독하다더라고요.

나는 의료진이 당사자가 그 끔찍한 맛을 감내할 정도로 진심으로 약을 먹고 싶은지 확인하고 싶어서 그렇게 약 맛을 고약하게 만들었는지가 궁금했다.

캐서린은 일부러 불쾌한 맛으로 만들지는 않았을 거라면서 소규모 사용자 집단에서 그 시큼하고 얼얼하고 쓴맛을 없애는 방법을 공유하고 있다고 덧붙였다.

나는 로리에게 생에 마침표를 찍는 약이 끔찍하게 맛없다는 사실을 알고 어떤 기분이 들었는지 물었다.

로리   저는 대부분의 인간이 상상할 수 있는 이상을 견뎠어요. 그래서 제게 약 맛 같은 건 아무래도 상관없어요. 어떻게든 죽고 싶지 않다는 점에서 죽음은 삼키기 힘든 약일 거예요.

다이앤   선생님, 삶의 마지막에 겪는 고통에 대해 설명해주시겠어요?

캐서린   가정의로 수십 년간 일하지는 못해요. 생의 시작과 끝을 모두 지켜볼 수도 없고요. 사람들은 대부분 자기가 그냥 편안하게 떠나갈 거라고 생각해요. 1950년 전에는 대부분이 갑자기 죽었어요. 사람들은 60살이나 70살까지 살았고 뇌졸중이나 심장마비, 사고나 전염병으로 죽고는 했죠. 그런데 제 경험상 지금은 사람들이 천천히 죽어요. 암, 심장병, 뇌졸중, 전염병으로 질질 끌다가 죽죠. 그래서 고통은 사람마다 다 달라요. 어떨 때는 우리가 완화할 수 없는 통증에 시달리는 사람도 있어요. 세상에서 제일 좋은 돌봄을 받아도 여전히 육체적인 통증을 경험하기도 하죠. 의학적으로는 치료가 너무 어려운 심리적인 고통이나 정신적인 고통일 수도 있고요. 어떤 사람들은 위엄과 자율성의 상실을 감당하기 힘들어해요. 종류가 다른 고통이죠. 옆에서 지켜보는 가족들도 몹시 고통스러워요. 고통의 당사자는 물론이고요. 저는 호흡 곤란을 겪는 사람들도 봤어요. 어떤 종류의 고통이든 그 고통을 해결하지 못한다는 건 의사에게도 마음 아픈 일이에요.

저는 우리가 할 수 있는 최선은 의료 행위의 범위를 확대해서 이런 방식의 고통 치료까지 기꺼이 포함하려는 사람들을 지지하는 일이라고 생각해요. 지금의 의료 모델로는 해소할 수 없는 고통을 이야기하고, 어떻게 선택지 자체가 내가 삶의 마지막에 뭔가를 할 수 있다는, 자율성을 가질 수 있다는 안도감을 주는지를 이야기하는 거죠. 그런 이야기를 하는 게 중요해요.

법을 만드는 의원들에게 당신이 조력사망을 지지한다는 사실을 알리는 일도 충분히 의미 있어요. 유권자가 이런 법을 원한다는 점을 알아야 의원이 통과시키니까요. 의사인 우리가 목소리를 내지 않으면 의원들은 자기들이 목청 큰 소수에게 실제로 맞설 수 있다는 사실을 몰라요. 환자로서나 환자와 개인적으로 관계있는 누군가로서 직접 죽음을 상대해봐야 그 한계라든지 장벽을 의식하죠.

　우리는 의대에서 쓸 전국적인 커리큘럼 작업을 하는 중이에요. 이제는 미국인 다섯 명 중 한 명이 의료조력사망이 합법인 주에서 거주해요. 의료조력사망을 실제로 활용하든 안 하든 알아둘 필요는 있는 거죠. 아직 제대로 된 교육이 갖춰지지 않은 곳이 너무 많지만 곧 이 점이 이슈로 부각하리라고 생각해요.

로리 월리스-푸시나이티스는 2018년 10월 20일에 세상을 떠났다. 결국에는 호스피스로 마지막 나날을 보내겠다는 결정을 내렸고, 의료조력사망을 사용하지 않고 자신이 바라는 대로 사랑하는 이들에게 둘러싸여 세상을 떠났다.

세 번째

완화 의료 전문의와의 대화

크리스티나 푸찰스키,

완화 의료·노인의학과 내과 전문의

크리스티나 푸찰스키 박사는 폴란드 이민자의 딸로 가족 중 처음으로 미국에서 태어났다. 부모님은 폴란드에서 제2차 세계대전의 참상을 목격했다. 박사의 어머니는 아들 그리고 첫 남편과 함께 영국으로 도망쳤지만, 남편은 나중에 살해당했다. 크리스티나의 아버지는 유대인이 안전하게 피신할 수 있도록 돕는 레지스탕스의 일원으로 지하 활동을 했다. 크리스티나의 부모님은 어머니가 첫 남편을 여읜 뒤 영국에서 만났다. 부모님과 크리스티나의 오빠는 캘리포니아로 이주했고, 크리스티나는 그곳에서 나고 자랐다. 아름다운 빨강 머리에 피부가 아주 하얀 크리스티나는 미소가 화사하다. 그는 부모님을 통해 나이나 질병, 피부색이나 인종과 관계없이 모든 사람을 존중하는 게 중요하다는 점을 자연스럽게 익혔다고 말한다.

다이앤 지금 어떤 일을 하고 있는지 설명해주시겠어요?

크리스티나   제가 의사가 됐을 때, 사람들이 폭넓은 의미에서 영적인 문제에 관심이 없다는 데 충격을 받았어요. 그냥 종교적인 문제만이 아니라 영적인 문제요. 사람들이 임상 의료에서 무엇을 제일 중요하게 여기는지, 목적이 뭔지 같은 문제요. 그래서 제가 조지워싱턴대학에서 영성과 건강에 대한 수업을 열었어요. 그 후로 계속 연구하고, 환자들과 함께 특히 완화 의료에서 영적인 문제를 다루는 방법에 대한 지침을 개발해왔죠.

다이앤   어릴 때부터 천주교셨죠?

크리스티나   네. 그렇게 자랐죠. 하지만 부모님은 넓은 의미에서 신앙의 의미를 중요하게 여기시기도 했어요. 특히 아버지가 다양한 영적 실천에 아주 관심이 많으셨어요. 우리는 여러 신앙을 탐험했고 그 관심이 제 평생 계속됐죠.

다이앤   아버지가 이제 98세이신가요?

크리스티나   맞아요. 진짜 경이로운 일이죠. 아버지는 휠체어를 타세요. 지난 5년 동안 건강이 많이 안 좋으셨어요. 제가 보기에 아버지는 생의 마지막에 가까워지고 있어요. 지금은 변화가 눈에 보일 정도예요. 좀 더 사색적이고 조용해지셨죠. 그러면서도 동시에 즐거움을 찾아내는 능력이 뛰어나세요. 어젯밤만 해도 제가 아버지 침대 끝에 앉아 있는데 아버지가 기침을 시작하니까 제 안의 의사 본능이 '이게 폐렴으로 번질까? 그럼 지금 호스피스에 연락해야 하나?' 하는 생각을 쏟아냈단 말이에요. 그런데 아버지는 그 순간을 완전히 즐기셨어요. 침대 반대편에 아버지의 보건 조무사가 있었는데 둘이서 놀리고 웃고 엄청나게 재밌어 하지 뭐예요. 제 인생의 이 시점에 아버지가 계시다니 진짜 복받았다고 생각해요. 아버지와 어머니는 항상 인생의 모든 순간을 감사히 여기고 매 순간을 의식하며 존재하는 게 중요하다고 가르치셨어요.

몇 년 전에 아버지가 넘어져서 골반이 부러졌어요. 제2차 세계대전을 겪으신 분이잖아요. 포로수용소에도 있었고 평생을 활동적으로 지내셨고요. 그래서 생각했죠. 이걸로 끝이려나? 아버지가 휠체어를 타는 상황이 너무 충격적이어서 '오래 못 버티시지 않을까? 안 될 거야. 절대 못 견디시겠지. 어쩌면 지금이 아버지가 호스피스에 들어갈 때인지 몰라'라고 생각했죠. 아버지와 함께 상황을 관리하고 싶었으니까요. 저는 수년 동안 아버지를 완화 의료 접근법으로 대했지만 그래도 호스피스의 추가 지원을 원해요. 아버지의 증상이 약물이 필요한 단계에 접어들면 아버지의 생활 스타일을 존중하면서도 호흡 곤란이나 통증을 처리할 수 있으면 싶거든요. 아버지가 많은 약물에 익숙하지 않으셔서요.

다이앤   완화 의료와 호스피스의 차이를 설명해주시겠어요?

크리스티나 완화 의료는 보건 의학의 한 분야로 여러 전공이 협력해 중증 환자나 만성 질환자를 돌보는 데 주력하는 학제적인 분야예요.

그러니까 환자의 죽음이 가까워지면 완화 의료를 지속할 수는 있는데, 호스피스는 이제 남은 생이 6개월일지 모른다고 인정하는 표현에 더 가까워요. 저는 호스피스 의료 공동 책임자이기도 해요. 개인적으로는 완화 의료와 호스피스를 가르는 분명한 경계를 잘 모르겠어요. 메디케어*에서 생각하는 호스피스의 기준은 여생이 6개월 이하라는 예상이에요. 메디케어는 완화 의료도 보장해줘요. 시간 범위상의 차이가 있기는 한데 제 생각에 접근법은 아주 비슷해요.

다이앤 호스피스와 완화 의료를 받는 동안에 약물이 제공되나요?

크리스티나 육체적 통증이나 다른 통증을 관리하는 차원에서는 그럼요, 당연히요.

다이앤 바티칸에서 자문한 적이 있다고 알고 있어요. 그 얘기를 좀 해주시겠어요?

크리스티나 바티칸과 교황님, 제가 각별히 사랑하죠. 프란치스코 교황님은 완화 의료와 호스피스를 적극적으로 지지하세요. 전 세계의 완화 의료 선택지들을 연구해보라고 교황청 생명학술원에 자문단을 파견하셨죠. 저는 그 계획을 위한 자문단에서 일하는 엄청난 명예와 특권을 누렸어요. 그 뒤에 우리는 교회가 전 세계적으로 완화 의료의 발전에 어떻게 기여할지를 논의하는 국제

* 65세 이상 노인을 주 대상으로 하는 미국의 공공 의료 보험 제도

적인 콘퍼런스를 열었어요. 바티칸이 완화 의료를 100퍼센트 지지한다는 데는 의문의 여지가 없어요. 모든 나라가 완화 의료를 발전시킬 필요가 있다는 점은 너무 명백해요. 전 세계 사람들이 정신적 고통을 비롯한 온갖 증상에 시달리고 있어요. 전문가 간 협력을 통한 돌봄과 영적인 고통을 다루는 돌봄에서 제가 하는 일을 이야기하는 게 자문단에서 제가 맡은 역할 중 하나였어요. 우리는 공인 자격증이 있는 사제, 보건 의료 전담 사제인 전문가들과 함께 일해요. 사제가 없는 나라에는 영적 돌봄 제공자 역할을 할 수 있는 다른 사람들이 있죠.

다이앤   선생님의 이력과 그곳에서 하는 역할을 고려했을 때 의료조력 사망을 어떻게 생각하시는지 궁금하네요.

크리스티나   제가 관심을 갖는 부분은 이 사회에서, 그리고 조력사망이 합법인 다른 나라, 안락사가 합법인 다른 나라에서 그들이 우리의 삶, 삶의 질, 사람들을 돌보는 일에 대한 존중에 어떤 의미를 갖는지예요. 제 환자들이 조력사망을 요구할 때 저는 왜냐고, 무엇을 걱정하냐고 묻죠. 걱정은 일단 통증 관리와 증상 관리예요. 완화 의료와 호스피스 의료는 통증과 증상을 관리할 수 있어요. 두 번째 걱정은 위엄 또는 위엄의 상실일 거예요. "저는 다른 사람이 갈아주는 기저귀를 차고 병상에 누워 있고 싶지 않아요"처럼요. 아주 현실적인 문제죠. 하지만 저는 말할 수 있어요. 제가 사람들을 돌봤을 때도 그랬지만 아버지의 간호사들이 기저귀를 갈 때 그랬듯이 개인을 존중하는 마음으로 한다면, 완화 의료와 호스피스는 사랑과 존중의 행위예요. 저는 저 자신에게 물어보죠. 미국 내 의료조력사망이 합법인 지역에서, 안락사가 합법인 문화권과 나라에서 우리가 사회적 규범에 부정적인 영향을 미치고 있지는 않을까? 그 지점에 이르면 의미와 목적과 즐거움의 기회가 많지 않다는 메시지를 우리가 보내고 있지는 않을까?

다이앤 제가 알기로 어떤 환자가 선생님께 의료조력사망을 요구했다고 하던데요. 그 경험을 이야기해주시겠어요? 그리고 어떻게 대응했는지도요.

크리스티나 제 인생에서 가장 감동적인 경험 중 하나였어요.. 제가 그 환자에게 당신을 위해 마지막까지 함께하겠다고 약속했거든요. 그 약속은 우리의 합의였고, 그 환자뿐만 아니라 다른 환자들과 제가 함께하는 여정에서 신성하고 심오한 부분이었어요. 그런데 그 환자가 저한테 부탁했을 때 순간적으로 생각했죠. '잠깐만, 나는 마지막까지 이 환자 곁에 있겠다고 약속했는데 지금 이 환자는 내가 감당하기 너무 힘든 일을 요구하네.'

다이앤 그 환자가 어떻게 말했는지 기억하시나요?

크리스티나 정확하지는 않아요. 제가 의료조력사망을 어떻게 생각하는지 알고 싶다고 말한 것 같아요. 그분이 그때 바로 처방전을 요구하시지는 않았고, 자기가 투병하다 결국 죽음에 이르는 과정에서 자기를 위해 처방전을 써줘도 괜찮을지를 물어본 것 같아요. 저는 대답하기 전에 어떻게 해야 마지막까지 곁에 있겠다는 약속을 지키면서도 제가 편치 않을 일을 하지 않을 수 있을지 고민했어요. 그래서 말했죠. 아마 저랑 같이 일하는 의사 중에 이런 처방전을 써줄 수 있는 분이 있을 테니까 그때가 오면 다른 사람을 소개해줄 수 있다고요. 그래도 저는 마지막까지 당신과 함께 있겠다고 말했죠. 그랬더니 그 환자가 왜 걱정하는지 자기에게 얘기해줘도 괜찮겠냐고 묻더라고요. 보통 저는 환자가 제 의견에 영향받기를 원치 않아서 제 신념을 잘 얘기하지 않아요. 하지만 이 경우에는 그래도 될 것 같더라고요. 그래서 임종이 가까워진 분들을 돌본 많은 경험에 따르면 사람들이 미스터리와 미지의 것에 열려 있을 때 엄청나게 많은 놀라운 일이 일어날 수 있다는 제 느낌을 이야기해줬죠. 그 과정을 잔뜩 미화하려는 의도는 아니었고요.

하지만 저는 의학적인 접근법을 강하게 취할수록 예기치 못한 일이 일어날 기회가 닫혀버린다고 느꼈어요. 환자가 약을 먹으면 무슨 일이 일어나겠어요? 그런데 그 약을 안 먹으면 뭔가 좋은 일이 일어날 가능성도 있잖아요? 저는 이 점을 아주 솔직하게 말했어요. 우리는 서로 의견이 다르다는 점을 확인했죠. 훈훈한 대화였어요.

그 환자가 돌아가시기 며칠 전에 왕진을 갔어요. 환자 방으로 들어갔더니 미소를 지으면서 "선생님 말씀이 맞았어요"라는 거예요. 무슨 말이냐고 물었더니 자기 가족에게 일어난 아주 사적인 문제가 해결됐다는 얘기를 들려주면서 만약 자기가 여기 없었더라면 그 일이 일어나지 않았으리라는 거예요. 그러고는 우리는 잠시 그냥 가만히 앉아 있었어요. 저는 의료조력사망이 합법이고 사람들이 해야 하는 결정을 할 수 있다는 점은 충분히 이해해요. 제가 하고 싶은 말은 우리는, 특히 베이비 부머 세대인 사람들은 문화적으로 통제에 매달린다는 점이에요. 저도 그래요. 우리는 다 그러죠. 우리는 결정권을 갖고 싶어 해요. 요양원에 가고 싶지 않으면 요양원에 가고 싶지 않은 거예요. 저는 그 과정을 합법화하는 일은 별개의 문제 같아요. 사람들이 이 문제를 어떻게 해석하는지가 좀 걱정이에요.

다이앤 완화 의료로는 덜어줄 수 없는 통증 때문에 힘들어하는 분들에게 능동적으로 대응해서 의료조력사망을 행하는 동료들은 어떻게 생각하시나요? 많은 완화 의료 전문의가 완화 의료가 환자가 느끼는 모든 고통을 덜어주지 못할 때가 있다는 점을 인정하잖아요.

크리스티나 여러 연구가 조력사망이나 안락사를 요구하는 큰 이유 중 하나가 실은 영적이거나 존재론적인 고난이라는 점을 보여주고 있어요. 안타깝게도 사람들은 그 문제를 마주한 우리가 아무것도 할 수 없다고 생각할 때가 많죠. 하지만 저는 달라요. 그게 바로 제가 일하는 분야잖아요. 저는 우리가 영적이고 존재론적인 고난을 해결할 수 있다고 생각해요. 우리 사회는 손쉬운 해결에 너무 젖어 있어요. 의료조력사망 요구 중에는 이런 문제에 대한 의학적 해법과 관계있는 것들도 있어요. 영적이거나 존재론적인 고난을 해결해주는 약은 없어요. 하지만 저는 사제나 다른 영적 돌봄 전문가들과 협력하면 이런 종류의 고난을 더는 데 도움받을 수 있다고 생각해요.

완화 의료에는 인력 문제가 있어요. 제 동료들과 의료계에 있는 우리 모두의 요구 사항이 점점 많아져서 저를 포함한 의료인들은 우리가 가진 한정된 시간에 부담을 주는 시스템에서 일하고 있어요. 모든 완화 의료 전문의와 간호사, 사제, 사회 복지사에게 환자의 고통을 충분히 해결할 수 있는 시간을 마련해줄 필요가 있다고 생각해요. 제 동료들에게 환자의 요구 사항을 충분히 해결할 수 있는 적절한 지원과 인력이 주어진다면 (의료조력사망) 요구가 줄어드리라고 봐요. (의료조력사망이) 환자에게 최선의 선택이라고 느끼는 동료들을 절대 부정적으로 생각하지는 않아요. 그렇지만 저는 그 문제를 전혀 꺼림칙해하지 않는 동료는 아직 만나보지 못했어요. 의료조력사망이 합법이어서 의사가 처방전을 써주는 주에서도 처방전을 100퍼센트 편한 마음으로 쓰는 사람은 없어요.

다이앤   오리건주에서 의료조력사망이 합법화된 후 22년 동안 약물을 요구해서 받은 환자 가운데 삼 분의 일이 그 약을 사용하지 않았다는 사실은 아주 흥미로워요. 그 환자들은 그냥 그 과정을, 여정을, 미스터리를 겪어보겠다고 결심한 거죠. 하지만 나머지 환자들은 제 남편이 그랬듯 자기가 더는 손을 사용할 수 없고, 더는 혼자 밥을 먹을 수 없고, 자기 힘으로 서거나 혼자 화장실에서 볼일을 보지 못하자 자신의 존엄이라고 믿은 걸 잃어버렸을 뿐만 아니라 자신이 더는 사회에 쓸모없다고 느꼈어요. 남편은 의사인 딸한테 그랬죠. 죽을 준비가 됐다고, 삶이 이제는 전혀 즐겁지 않다고. 남편은 읽는 것도, 텔레비전을 보는 것도 그만두고 거의 잠만 잤어요.

죽고 싶다는 남편의 바람이 선생님과 같은 입장에서 미스터리를 향해 나아가고자 하는 사람들만큼 진지하게 영적으로 받아들여질 수는 없는지 궁금하네요. 남편은 의료조력사망을 할 수가 없어서 곡기를 끊고 열흘 동안 물도 약도 없이 버티다 결국 세상을 떠났거든요. 아내로서 저는 남편이 힘들어하는 모습을 지켜보는 일 말고는 아무것도 할 수 없었죠. 저는 남편이 소리 내 우는 모습을 한 번도 본 적이 없지만 얼굴에서 고통을 읽을 수 있었어요. 그래서 의사의 도움을 받아 생을 마감하고 싶다는 욕구도 선생님이 말하는 존중을 똑같이 받을 가치가 있지 않은지 알고 싶어요. 나이 든 사람이 점점 늙고 약해지면서 받아야 하는 그런 존중처럼요.

크리스티나 너무 뭉클한 얘기네요. 들려줘서 고마워요. 우리는 다들 삶의 어떤 지점에서 "난 끝났어. 더는 못하겠어"라고 말해요. 그리고 당연히 그 말에 귀를 기울여야 하죠. 무슨 말인지 완전히 이해해요. 그리고 제 마음 한편에는 '그렇지, 누군가 그런 단계에 있을 때 그 법을 적용하는 게 뭐가 문제야?'라는 목소리도 있어요. 하지만 저는 그 문제를 개별 사안의 관점에서가 아니라 우리 문화, 그리고 어쩌면 그 외 다른 문화의 관점에서 바라보는 것 같아요. 외로움과 고립의 증가 같은 문화요. 완화 의료를 비롯한 보건 분야에서는 그 문제가 훨씬 두드러져서 임상의들이 스트레스와 과로에 시달리고 있어요. 사람들에게 절대적으로 필요한 건 자기 말을 들어줄 사람이죠.

　제가 남편분의 침상 옆을 지키거나 그 시절 당신과 함께하는 영광을 누리지는 못했지만 누군가 "난 끝났어. 이제 죽고 싶어" 같은 말을 할 때, 안타깝게도 많은 임상의가 그렇게 말하는 환자 옆에 앉아서 그 근원에 있는 고통에 귀 기울이도록 훈련받지 않았어요. 그래서 더는 할 수 있는 일이 없다고 말하거나 얕은 진정 상태에 들어갈 수 있도록 처방전을 써주겠다고 제안하죠. 이건 한 사람의 선택이고, 합법이죠. 근데 우리가 다른 선택지를 잊은 건 아닐까요? "아, 당신이 그 단계이니까 그럼 이제 요청하시면 이 약물을 받을 수 있어요"라는 말로 죽음을 지나치게 의학의 문제에 가둬버리는 건 아닐까요? 어떤 사람들에게는 그 약이 답일지도 몰라요. 그렇지만 저는 그 시간에 경의를 표하고, 옆에 앉아서 귀 기울이고, 사람들이 자리를 지킬 수 있는 훈련을 제공하고, 가족들을 지원하고, 그 길이 쉽지 않다는 점을 이해하는 일도 답이라고 생각해요. 그 약을 삼키는 것마저도 쉬운 일은 아니죠.

다이앤   남편이 통과한 개인적인 여정을 알려주고 싶네요. 남편의 담당 의사는 아주 배려심이 넘쳤어요. 돌봄 시설에서도 남편과 오랫동안 같이 앉아 있었죠. 남편을 존중하고 그이에게 도움을 주고 싶었기 때문이라고 생각해요. 육체적으로도, 영적으로도. 미국의학협회가 캘리포니아의학협회나 오리건의학협회, 워싱턴주처럼 의료조력사망에 대한 입장을 바꿀 가능성이 있다고 생각하시는지 궁금해요. 이 세 곳과 어쩌면 그 외 다른 협회들도 원래는 의료조력사망에 중립적인 입장이었잖아요. 저는 선생님이 미국의학협회도 그런 태도를 보일 거라고 생각하시는지 궁금해요.

크리스티나   제가 알기로 숱한 조직이 취한 중립적인 입장은 선의에서 나왔어요. 의료조력사망에 우호적이고 이를 의학적 개입의 일환으로 생각하는 의사가 일부 존재하고, 그렇지 않은 의사도 많다는 의미에서요. 그래서 이런 조직들은 의사들에게 양측 의견을 모두 제시하죠. 하지만 두 마리 토끼를 잡기가 어디 쉬운가요. (조력사망에) 우호적인 의사들에게는 지지와 적절한 자원을 제공해요. 윤리적인 갈등을 겪는 의사들에게도 지원이 있어야 해요. 조력사망을 지지하라고 압력을 받아서는 안 되고요. 저는 미국의학협회가 그 문제를 심의할 때 특정 법이 사회에 어떤 영향을 주는지 살펴보면 좋겠어요.

다이앤   선생님은 그 법이 사회에 어떤 영향을 준다고 생각하세요?

크리스티나   말씀드렸듯이 안락사가 합법인 나라에서 강연한 적이 있어요. 그곳에서 임상의들과 상당히 깊이 있게 이야기할 기회가 있었어요. 많은 이야기를 들었죠. 어떤 나라에서는 사람들이 "난 이제 살 만큼 살았어"라고 말하기 시작하기만 해도 충분히 안락사를 받을 만하다는 말도 들었어요. 제가 말하는 영향은 그런 거예요. 그런 일이 우리 나라에서도 일어날 거라고 생각하냐고요? 모르겠어요. 그런 일은 없으면 좋겠어요. 하지만 제가 겪어본 의사들이나 그런 사례와 관련 있는 간호사 중에 맘이 편한 사람은 없었어요. 남편분의 상황을 생각해보면, 무슨 약도 도움이 되지 않을 때가 있다는 말씀에 동의해요. 하지만 완화 진정 치료법*을 적용해서 효과를 발휘한 경우도 있다고 알고 있어요.

제가 알기로 모든 일이 아주 조심스럽게 많은 생각을 거쳐서 이루어져요. 의료조력사망도 마찬가지죠. 하지만 이 새 법에

---

*   특수 약물을 사용하여 극심한 고통을 완화하는 치료법

대한 우리의 지지가 어쩌다가 생의 마지막에 다다른 사람들을 대하는 방식에 영향을 미칠 지경에 이르면 큰 파장이 생기리라고 봐요. 우리가 두 가지 이야기를 똑같이 여유 있게 들어보면 좋겠어요. 의료조력사망을 모든 주에서 허용해야 할까요? 저는 그 질문으로 다시 돌아가고 싶네요. 우리가 생애 말기 돌봄에서만이 아니라 의료 시스템 전반에서도 사람을 존중하는 태도를 잃은 건 아닐까요?

다이앤 앞서 선생님이 천주교인으로 성장했고 교황청 생명학술원 자문단에서 일하신 얘기를 했잖아요. 그러면 선생님에게 의료조력사망은 선생님의 믿음과 관련 있는 모든 것에 정말로 위배되나요?

크리스티나 아주 개인적인 질문이네요. 대답할 수는 있어요. 제가 천주교니까 무언가를 일정한 시각으로 보리라는 전제가 있다는 의미에서요. 인터뷰 서두에서 제가 그랬잖아요, 제 신앙은 아주 폭넓고 아주 다양한 데서 영향을 받았다고요. 무엇보다 제가 바티칸에서 몸담았던 프로젝트는 교회만을 위한 게 아니었어요. 다양한 신앙뿐만 아니라 세속까지 아우르는 계획이었죠. 하지만 의료조력사망이 제가 교인으로서 갖는 믿음에 위배되냐고 물어보시는 거잖아요. 저는 재속 맨발의 카르멜회 소속이고 이건 제게 아주 중요해요. 하지만 자라면서 그 외에도 다양한 신앙에 몸담아봤어요.

문제는 제가 이 모든 경험을 한 사람으로서 어떻게 느끼는
지, 조력사망이 제 신앙에 위배되는지잖아요. 위배라는 단어는
너무너무 강해요. 저는 생을 마감하려는 사람을 위해서 처방전
을 써주지 못할 거예요. 제가 천주교인이어서가 아니에요. 삶
을 사랑하고, 삶을 귀히 여기고, 고통이든 즐거움이든 그 속에
서 좋은 점을 찾아내고, 그런 삶을 받아들이는 경험을 선사한
가족 안에서 성장한 크리스티나 푸찰스키라는 사람이기 때문
이죠. 삶의 모든 측면에 경의를 표할 줄 알고, 누군가가 자신이
집이 없다거나, 죽어가고 있다거나, 다른 사람에게 의지해서
기저귀를 갈아야 한다거나, 더는 설 수 없다거나, 똑바로 걷지
못하거나, 분명하게 말하고 사고하지 못한다는 이유로 스스로
가치가 없다고 느끼게 만들어서는 안 된다고 생각하기 때문이
에요. 조력사망이 제 신앙에 위배되냐의 문제가 아니에요. 그
보다는 망설임에 가깝죠. 저는 그 법이 어찌어찌하다가 존엄의
부재나 인간 삶에 대한 존중 부재 같은 제가 생각하는 사회 문
제를 영속할까 봐 큰 걱정이에요.

다이앤 아름다운 대답이네요. 선생님은 불편함, 고통을 다룬다는 관점
에서 완화 의료에 대해 이야기하셨죠. 제가 말한 건 영적 고통
이 아닌 육체적인 고통이었어요. 하지만 어쩌면 저 역시 영적
인 고통을 말하고 있었는지도 모르겠네요. 만약에 제가 선생님
한테 제 육체적 고통이 너무 크다고, 제 영적인 고생이 너무 심

하다고, 그래서 더는 살아갈 힘이 없다고 한다면 저를 위해 제 고통을 규정하는 건 저인가요, 아니면 다른 사람인가요?

크리스티나 한 사람의 고통은 그 사람의 고통이죠. 만약 제 환자이신데 병상에서 제게 그렇게 얘기했다면 제 반응은 경청일 거예요. 저는 당신에게 더 많이 이야기해달라고 할 거예요. 영적인 역사를 확인하는 방식으로, 그 영적인 고난 또는 존재론적인 고난이 무엇인지 알아내는 방식으로 노력할 거예요. 저는 사회적인 단절, 고립감에 대해 더 많이 알고자 할 거예요. 그리고 당연히 당신의 육체적 통증과 증상을 제대로 평가할 거고, 당신을 치료하지는 못해도 도울 수 있는 일은 다 할 거예요.

다이앤 저는 죽을 때 깨어 있으면 좋겠어요. 가족들이 곁에 있으면 좋겠고요. 진정제가 너무 많이 들어가서 가족들이 곁에 있다는 사실을 모르는 상태이고 싶지는 않아요. 가족들과 포옹하고 입맞추고 가족들이 제게 얼마나 소중한 존재인지 말해주고 싶어요. 선생님이 생각하는 이상적인 좋은 죽음이 뭔지 궁금해요.

크리스티나 저는 사실 '좋은' 죽음이라는 개념을 믿지 않아요. 제 인생을 통해서, 그리고 다른 사람들과 이 여정을 겪으면서 사람은 변한다는 점을 배웠기 때문에 아무 기대가 없어요. 우리는 자신이 뭘 원하는지 항상 알 수는 없어요. 모든 걸 통제하고 싶어 하는 우리 세대도 마찬가지예요. 당신이 오늘 하는 말, 제가 오늘 하는 말이 우리가 실제 죽음을 앞두고 있을 때 하는 말이 아닐 수도 있고요. 정말 그 상황에서 제가 무슨 말을 할지는 알 수 없어요. 당신이 무슨 말을 할지도 마찬가지죠. 우리는 열려 있을 필요가 있어요.

다이앤   저도 그럴 수 있으면 좋겠네요.

크리스티나   그래요. 계획을 놓아버릴 때 엄청난 자유와 엄청난 기쁨이 삶속으로 흘러 들어갈 수 있어요. 저는 우리가 순간순간 모든 사람을, 특히 우리 자신을 충실히 의식하며 그저 존재하면 좋겠어요. 그리고 우리의 삶이 어디로 향하든 열려 있으면 좋겠어요.

죽음을 다루는 비영리 단체
대표와의 대화

바버라 쿰스 리,
컴패션&초이스 대표

바버라 쿰스 리는 일리노이 졸리에트의 세인트조지프병원에서 10대 자원봉사 보조원으로 의료계에 첫발을 들였다. 《힘있게 끝내라 *Finish Strong*》를 썼을 때는 중환자실과 응급실 전문으로 의료계에서 약 55년을 근속하며 중환자들을 돌보고 그들의 생명을 유지하는 일을 하고 있었다. 하지만 바버라는 자기 생각대로 삶을 끝낼 권리를 믿는다. 바버라는 그날을 기억한다. 1994년 5월 19일, 재클린 케네디 오나시스*가 비호지킨 림프종으로 세상을 떠난 그날을.

바버라는 책에서 이렇게 말한다. "아들인 존 F. 케네디 주니어가 그날 아침 재클린의 아파트에서 나와 5번가에서 슬퍼하며 서 있던 군중을 위로했다. 그는 이렇게 말했다. '어머니는 친구와 가족 그리고 자신의 책에 둘러싸인 채 돌아가셨습니다. 어머니는 자기만의 방식으로 그리고 자기 생각대로 그렇게 했습니다. 그

---

*   미국의 35대 대통령 존 F. 케네디의 부인

리고 우리 모두 그게 행운이라고 생각합니다.'"

바버라는 그 순간 너무나도 많은 사람이 삶의 끝에서 경험하는 고통을 피할 수 있는 방법을 찾아내겠다고 결심했다. 바버라는 공익 옹호관이 되어 오리건주 변호인단에 입회를 허가받았고, 결국 오리건주의회 산하 보건생물윤리위원회에서 직원으로 일했다. 전환이 일어난 해인 1994년에는 시민 발의로 오리건 존엄사법 Oregon Death with Dignity Act 을 신청한 세 주요 청원인 중 한 명으로 이름을 올렸다. 바버라는 이렇게 말한다. "나는 그 후 14년을 입법, 사법, 행정, 모든 정부 부문에서 존엄사법을 무효화하려는 시도에서 이 법을 지키는 데 털어넣어야 했다."

오리건 존엄사법을 둘러싼 전투는 주州에는 적법한 의료 행위의 하나로 의료조력사망을 채택할 권한이 있다는 미국 대법원의 최종적인 판결이 나온 2006년까지 계속 이어졌다.

2019년 2월 12일, 나는 내 팟캐스트 〈온 마이 마인드On My Mind〉에서 바버라를 인터뷰했다.

나는 바버라가 잘 죽지 못한 사람들, 원치 않는 치료를 받고 자신의 바람과는 반대로 생명을 연장당한 사람들을 돌보면서 어떤 교훈을 얻었는지를 물으며 인터뷰를 시작했다.

"의학이 행하는 기술, 우리가 자랑해 마지않는 그 기술이 반드시 한 개인에게 최선의 이익은 아니에요. 당사자만이 자기 삶을, 믿음을, 가치를 돌아보고 자신에게 뭐가 최선인지 결정을 내릴 수 있죠. 중환자실, 응급실, 요양원 등에서 침상을 지키며 많은 시간과 경험을 쌓고 나서야 알았어요. 당신이라면 이 경험을 사람들이 삶의 종착점에 도달하는 여정에 대한 폭넓은 이해라고 말할지도 모르겠네요. 전 그 이해가 각기 다를 수 있다는 점을 배웠어요. 의학이 인간의 욕구보다 먼저 나가버린 것 같기는 하지만요. 생명을 연장하는 방법은 아주 많아요. 하지만 사람을 살려두는 믿을 수 없을 정도로 정교한 수단들이 항상 당사자가 뭘 원하는지를 고려하지는 않아요."

바버라는 미국에서 죽는 일이 "끔찍한 아수라장"이라고 표현한다.

"우리는 쓸데없고 엄청나게 부담스러운 치료로 사람들을 고문해요. 그러면서 남아 있는 날에서 귀한 삶의 질을 강탈하고, 삶에서 중요한 데 쏟고 싶었을 시간과 사랑하는 사람들에게 남겨주고 싶은 추억이라는 유산을 강탈하죠. 우리는 그 삶의 질이 얼마나 비참하고 형편없고 짐처럼 여겨지는지는 안중에도 없이 절대적인 삶의 길이를 연장하는 데만 집중해요. 사람들의 약 30~40퍼센트가 생의 마지막 30일 동안 중환자실을 경험하죠. 치매, 그러니까 중증 치매인 사람 열에 아홉은 침습적인 시술을 받아요. 살아 있는 마지막 달에 인간성이 있어야 할 자리를 기술로 때우는 거죠."

다이앤   마리아 이야기를 해주세요. 자신을 소생시키지 말라는 의향서를 가지고 있던 82세의 그분이요. 그분에게 무슨 일이 있었죠?

바버라   마리아는 사전연명의료의향서가 있었어요. 모든 사람에게 그 의향서를 가지고 있으라고, 그리고 자신이 복통 때문에 병원 응급실에 입원했을 때 소생 조치를 취하지 않기를 바란다고 확실하게 알려뒀죠. 마리아는 우리가 해야 하는 일은 다 했어요. 그것도 아주 단호하게요. 병원의 모든 사람이 자신의 요구를 제대로 알고 있기를, 그리고 자기가 입원해 있는 동안 어떤 재난이 일어나면 자기를 소생시키려고 노력해서는 안 된다는 점을 확실히 해두고 싶어 했죠. 그러다 어느 날 밤 아주 평화롭게 마리아의 심장이 멎었어요. 사전의향서는 그냥 무시당했고요. 마리아가 회생할 가능성이 있는데도 심폐 소생술을 한 거예요. 그리고 마리아는 정말로 회생해서 중환자실로 옮겨졌죠. 아들과 손자가 마리아 이야기를 듣고 중환자실로 찾아왔는데, 마리아는 이루 말할 수 없이 충격에 빠져 있었어요. 정신이 말짱했고 화가 나 있었죠. 입부터 목구멍까지 관이 삽입되어 있어서 말은 못 했어요. 그래도 자기 뜻이 완전히 짓밟혔다는 건 알았죠.

다이앤 하지만 어떻게 그런 일이 있을 수 있죠? 사전의향서를 가지고 병원에 갔는데 왜 무시한 거예요? 그런 일이 얼마나 자주 있나요?

바버라 다이앤, 슬픈 사실이지만 사전의향서를 무시하는 일은 자주 일어나요. 특히 이렇게 재난이 갑작스럽게 일어나는 상황에서는요. 사전의향서를 액면대로 적용하는 환경은 두 가지예요. 환자가 불치병에 걸렸거나 영구적으로 의식이 없는 경우면 그때는 의료 제공자들에게 환자의 의사를 존중하라고 말하죠. 음, 근데 의사들은 환자가 "불치병"이라거나 "영구적으로 의식이 없는" 상태라는 말을 아주 싫어해요. 감히 말하자면 마리아의 의사들은 그분에게 사전의향서가 있고 심폐 소생술을 받지 않겠다는 바람이 있다는 사실을 알았더라도 어쨌든 무시했을 거예요. 그 사람들 생각에 마리아는 불치병 환자가 아니거든요. 그 사람들은 자기가 마리아를 돌려놓을 수 있다고 생각해요! 마리아는 그냥 잠시 정신을 잃었을 뿐이고, 자기들이 마리아의 의식을 되찾을 수 있다는 거죠. 법적인 관점에서 마리아의 사전의향서에 적힌 불치병이나 영구적으로 의식이 없는 상태라는 조건은 충족되지 않은 거예요.

다이앤 그렇다면 저한테 무슨 일이 벌어져도, 그러니까 심장 마비나 뇌졸중 같은 증세가 오면 병원에 가야 할지 판단이 잘 안 서네요.

바버라 균형이라는 게 있잖아요. 만약에 어떤 사람이 제 앞에서 길바닥에 쓰러졌고 그 사람 심장이 멎었다면 저도 그 사람에게 사전의향서가 있는지 조회해보지 않을 거예요. 심장을 충분히 자극한 다음 그 사람 심장이 다시 뛰게 할 수 있는지 확인하겠죠. 하지만 누군가는 아주 빨리 그 사람의 의향이 뭔지 알아볼 필요가 있어요. 그 사람이 격한 소생 노력을 원할까? 그렇다면 그 기간은 어느 정도일까? 마리아에게 벌어진 잔혹 행위는 한 번의 심폐 소생술이 아니었어요. 중환자실에 포로처럼 잡힌 상태에서도 손을 꽉 쥐어 자기 의사를 표현했는데도 기계 장치를 떼어내고 튜브를 제거해주지 않은 게 그분에게 잔혹 행위였죠. 그 사람들은 마리아의 구체적인 지시를 존중하지 않았어요.

다이앤 　마리아가 종교 관련 병원에 있었나요?

바버라 　아니요. 저는 이 일이 너무 빨리 포기하면 안 된다는 의료계의 욕망과 지배적인 정서를 보여준다고 생각해요. 마리아를 되돌려놓겠다는 고집이요. 마리아 이야기를 로레인 베이리스와 한 번 비교해보자고요. 독립적인 거주 시설의 카페테리아 바닥에서 죽는 "큰 행운"을 누린 사람 있잖아요. 그 사람은 심폐 소생술을 받지 않았어요. 심폐 소생술은 그 거주 시설의 정책이 아니었기 때문이죠. 근데 누가 911에 신고를 했어요. 그리고 911이 개입하니까 우리 사회와 우리 나라의 온갖 죽음 혐오가 전력을 다해 그 카페테리아로 밀어닥쳤죠. 911 교환원 입장에서는 그냥 넘어갈 수 없었을 거예요. 베이리스는 한 85세쯤이었을 텐데 갑자기 심각한 뇌졸중이 왔던 거 같아요. 거의 다 죽어가고 있었어요. 그런데 그 주위에 있던 사람들은 누가 베이리스의 입에 대고 숨을 불어 넣어주거나 심장에 전기 충격 같은 걸 해주기를 바랐어요.

다이앤 　쓰신 책 내용을 떠올려보면 그분이 살던 돌봄 시설은 적극적으로 사람을 소생시키는 행위가 일절 금지였잖아요. 그런데 당시 〈뉴욕타임스〉 같은 언론에 실린 기사들은 사람을 소생시키려고 손가락 하나 까딱하지도 않았다면서 그 기관이 잔인하다고 했어요.

바버라   맞아요. 저녁 뉴스에 나오는 아주 젊은 언론인들이 이 여성이 끔찍하게 학대당했다고 주장하는 뉴스 클립을 중단할 수 있으면 좋겠어요. 나이가 그렇게 많은데도 뇌혈관계와 심혈관계의 완전한 붕괴를 딛고 일어나서 오랫동안 아주 질 높은 삶을 살 수 있었으리라고, 이 여성에게 그런 기회를 박탈한 그 기관은 범죄자라고 성토하는 그런 클립들도요.

    그분의 딸들은 훨씬 더 상식적인 태도와 어머니, 어머니의 바람에 대한 내밀한 이해를 가지고 그 상황을 대했어요. 이렇게 말하더라고요. "우리는 소송을 좋아하는 사람들이 아니에요. 게다가 엄마는 당신이 뭘 원하는지를 아셨어요. 엄마는 평화롭게 죽을 수 있는 기관에 있고 싶어 하셨다고요. 그러니까 엄마의 소원을 들어줬다는 이유로 누군가를 고소하는 일은 없을 거예요."

다이앤   사람들이 "힘있게 끝낼" 수 있으려면 정확히 뭘 하면 좋을지 조언해주시겠어요?

바버라   자신의 우선순위에 부합하는 방식으로 끝내야 해요. 자신의 신념과 믿음에 어울리는 마무리인지를 따져봐야 하죠. 제 책은 사실 죽음에 대한 책이 아니에요. 삶에 대한 책이죠. 충실하게 살기, 의료 기술의 컨베이어 벨트 위로 납치당해서 자신에게 중요한 것들을 강탈당하고, 삶의 마지막에 당신이 제일 아끼는 것들이 내동댕이쳐지지 않게 만들기에 대한 책이요. 당신의 가장 소중한 몇 달 또는 몇 주 심지어는 몇 년을 당신에게 가장 큰 즐거움을 주는 것에 의지해서 살아가야죠.

다이앤 제가 생각하기에 "힘있게 끝내기"에서 핵심 요소 중 하나는 자녀, 부모, 사랑하는 이들, 친구들과 자기 자신이 뭘 원하는지를 정확히 대화하는 거예요. 이 문제를 꺼내기 싫어하는 사람이 워낙 많잖아요. 마지막 금기죠. 우리는 죽음에 대해 말하지 않아요. 매사추세츠의 어떤 교회에서 강연한 적이 있어요. 신자들이 한 삼사백 명 정도 모였거든요. 저는 처음에 "죽지 않을 계획인 분 있으면 한번 손들어보세요"라는 말부터 했죠. 당연히 사람들이 엄청 킬킬대더라고요. 근데 불편함이 느껴지는 킬킬거림이었어요. 사람들은 그냥 죽음이라는 주제 자체를 싫어해요. 어떻게 하면 이 거부감을 넘어설 수 있을까요?

바버라 대화 한 번이 아니라 많은 대화, 지속적인 토론이 중요하다고 생각해요. 영상으로, 아니면 핸드폰 같은 데 자신의 가치와 우선순위를 기록해두는 일도 포함해서요. 그래야 사람들이 기억할 거잖아요. 내가 처하는 상황에 따라 워낙 변수가 많다 보니 내가 뭘 원하는지를 말하기가 힘들어요.

하지만 사람들은 자신이 무엇을 소중하게 여기는지를 기준으로 길을 찾을 수 있어요. 제 생각에 우리가 사람들에게 이야기할 수 있는 제일 중요한 말은 이거예요. "내가 결정을 내릴 수 없을 때 사람들이 너에게 대신 결정을 내려달라고 부탁하면 무엇보다 이 점을 명심해. 내 가치들 말이야. 내가 내 인생에서 뭘 가장 성스럽게 품고 절대 포기하려 하지 않았는지를 기억해. 그리고 만일 내가 그 가치를 되찾을 수 없는 상황이면, 되찾을 가능성이 아주 낮으면, 그러면 그 가치에 따라 행동하렴." 요즘 은 나를 위한 이런 결정들을 다른 사람이 언제 내리는지를 많이 강조해요. 그런데 실은 말이에요, 우리를 궁지로 몰아넣는 대 부분의 결정, 쓸모없고 짐스러운 돌봄의 컨베이어 벨트에 우리 를 묶어놓고 우리에게서 삶의 질을 강탈하는 그런 결정 대부분 은 우리가 의식이 있고 의료 서비스에 대한 결정을 내릴 수 있 을 때 우리가 스스로 내려요. 하지만 충분한 정보를 근거로 그 런 결정을 현명하게 내리는 경우는 정말 드물어요. 우리는 우 리가 어떤 일을 겪을지 이해하지 못해요. 그리고 미래의 어떤 시점에 그 컨베이어 벨트에서 내릴 수 있다는 사실을 이해하지 못하죠. 그래서 질문하는 법을 배워야 해요.

어떤 검사나 치료를 제안받을 때 얼마나 효과가 있을지, 나 와 같은 처지인 사람 중에 이 치료를 받는 사람이 얼마나 있는 지, 이 치료가 그 사람들 목숨을 얼마나 연장했는지 묻는 법을 배워야 하죠. 0에서 2퍼센트가 목숨이 연장됩니다. 목숨은 얼마나 연장되죠? 음, 3주에서 4주 정도요. 비용을 얼마나 치러야 하나 요? 어떤 부담이 따르죠? 시간은 얼마나 걸리나요? 그 이후에 는 내가 어떤 기분을 느낄까요? 내가 좋아하는 일들을 계속할 수 있을까요? 우리는 이런 결정들을 내리고, 동의서에 서명하고는 말하죠. "알았어요, 이 치료를 받기로 하죠." 하지만 우리는 그 치료가 헛된 짓일 수 있다는 사실을, 삶의 질과 소중한 시간을 빼앗아갈지도 모른다는 사실을 깨닫지 못해요.

다이앤   죽을 권리 법을 알츠하이머 환자에게 적용해야 할까요? 아니면 너무 앞서나간 걸까요?

바버라   의료조력사망을 알츠하이머 환자에게 적용하기는 힘들어요. 자기가 어떤 약물을 먹는지 모르는 사람이나 약을 먹을 육체적 능력이 없는 사람에게 삶을 끝내는 약물을 주는 일을 상상하기는 힘드니까요. 제 생각에 미국인이 그런 정책을 가까운 미래에 채택할 가능성은 없어요. 하지만 이 말은 해두고 싶네요. 의료조력사망을 치매나 알츠하이머 환자에게 적용하지 않는다는 점이 진짜 문제는 아니라고요. 진짜 문제는 자연스러운 죽음의 과정을 지연하려고 우리가 지금 하는 모든 짓이에요.

제 책은 치매에서 벗어나기 위한 계획을 어떻게 세울 수 있는지 정직하게 이야기해요. 그냥 견디다가 치매에 제대로 대처하지 못하는 게 아니라 벗어나는 계획이요. 용납할 수 없는 퇴행의 서막이 점점 다가오면 제삼자가 전달해준 치명적인 약물에 의지하지 않고 아주 여러 방식으로 의도된 죽음을 불러올 수 있어요. 중증 치매 환자 대부분이 목숨을 연장하기 위한 침습적인 수순을 밟아요. 대부분은 자신이 선택하지 않았을 방법으로요. 우리는 자연이 자기 길을 가게 내버려 두지 않고 있어요. 감염이 일어나면 치료하죠. 폐렴이 일어나면 치료하죠. 사람들이 물을 마시지 못해서 탈수가 일어나면 정맥 주사제를 달아서 다시 수분을 공급해요. 질병이 자연스럽게 자기 길을 가도록 내버려 두면 서서히 감퇴하다가 완전히 멎을 신체 기능들을 1년 동안 붙들어두기도 해요. 제 말은 죽음에 이르겠다는 의사를 분명하게 표현할 때 아무런 수치심도, 죄책감도 가질 필요가 없다는 거예요. 제가 사실상 살아 있는 상태가 아닌 채로 그냥 숨만 쉰다면, 저는 사랑하는 사람들이 죽음에 이르겠다는 제 의사에 입각해서 행동해주기를 바라요. 제게 아직 능력이 남아 있고, 퇴행의 서막이 다가오는 게 보이면 전 그 의사에 따라 행동할 거예요.

다이앤 저는 손자가 제 말을 핸드폰으로 녹음하는 동안 분명하게 말해뒀어요. 제가 치매의 영향을 느끼기 시작하고 그 영향이 점점 커진다고 감지하면 제 바람이 뭔지 그 애와 다른 식구들이 알고 있어야 하니까요. 그래서 가족들을 위해서 제가 치매의 마지막 단계까지 가고 싶지 않다는 말을 기록해둔 거죠. 선생님 말처럼 저 길 끝에서 무슨 일이 벌어질지, 그러니까 오늘 당장만이 아니라 시간이 지나면 무슨 일이 벌어질지를 생각하는 일은 아주 중요해요.

바버라 잘했어요, 다이앤. 똑똑한 방법이네요. 우리 컴패션&초이스에서는 사람들이 자신에게 무슨 일이 닥칠지 예측할 수 있게 도와주려고 치매 해독기라는 도구를 가지고 일해요. 사람들이 넘어가고 싶지 않은 한계를 정확히 짚을 수 있도록 도와주고, 주변 사람들에게 "그래, 난 이 정보를 원해. 난 그 한계가 언제 다가오는지를 알고 싶어. 그다음에는 상황이 그 한계 너머로 지속되지 않도록 조치를 이행할 수 있으면 좋겠어"라고 아주 분명하게 밝히도록 도움을 주는 거예요. 그러려면 맑은 정신으로 결단해야 하는데 당신은 그렇게 했군요. 사랑이 넘치는 가족도 필요하죠. 그리고 어느 정도 고민도 하고 분명하게 표현해두기도 해야 해요. 자신에게 필요한 지식으로 무장하고, 진짜로 때가 가까워졌을 때 그 지식을 설명할 수 있는 도구까지 마련해둘 수 있도록요.

호스피스 종사자와의 대화

마사 케이 넬슨,

미션 호스피스&홈 케어* 영적 돌봄 책임자

마사 케이 넬슨은 호스피스 일로 오랜 경력을 쌓았다. 마사는 자신이 호스피스 일을 선택했다기보다는 이 일이 자신을 선택했다고 믿는다. 하버드신학대학에서 수련한 그는 대학원 기간에 호스피스 사제로 1년 동안 인턴 생활을 했다. 졸업 후에는 사제 경력과 호스피스 일을 결합하는 방법을 찾아냈다. 짧은 머리에 적갈색 눈을 가진 그는 40대 중반이다. 온화하고 사심 없는 얼굴과 진지한 태도 그리고 자연스러운 미소는 그가 어째서 그 일을 그렇게 잘하는지 이해하는 데 도움을 준다. 우리는 캘리포니아 샌마테오의 미션 호스피스&홈 케어에 있는 그의 사무실에 함께 자리를 잡고 앉았다.

*   Mission Hospice&Home Care, 생애 말기 돌봄이 필요한 환자에게 간호, 교육을 제공하는 비영리 단체

다이앤   캘리포니아의 "죽을 권리" 법을 어떻게 생각하시나요?

마사   글쎄요. 감정이 좀 여러 가지여서 하루나 시간 단위로 달라질
        수도 있어요. 대화 상대와 그 사람의 경험이 어떤지에 달려 있
        죠. 그 법에 대한 전반적인 느낌은 사람에게는 자신의 의료를
        결정할 권리가 있다는 거예요. 삶이 막을 내리는 시점이든 아
        니면 그 시점에 이르는 언제든지 간에요. 특히 사람들이 앞서
        서, 아직 아프지 않을 때는 이런 대화를 하기 어려워한다는 점
        은 알아요. 그러다가 병이 들고 위기가 다가오죠. 그런데 이런
        결정은 빨리 내려야 한단 말이에요. 존엄사법은 삶의 마지막에
        해야 하는 그 모든 결정과 대화 스펙트럼의 일부죠. 그 스펙트
        럼의 새로운 결말이기도 하고요.

다이앤   여기 미션 호스피스에서 배우기도 하고 가르치기도 하면서 이
        끌어가는 위치에 계셨잖아요. 이런 정보를 다른 사람들에게 전
        달하는 활동은 어떻게 이루어졌나요?

마사   학습 곡선이 좀 재밌었어요. 아무리 노련한 호스피스 전문가라
        도 환자들을 위해 새로운 영역에 발을 들이고 그 선택지에 스스
        로를 맞춰야 했어요. 의료 서비스 파트너들과 일하는 직원들을
        교육할 때 중요한 원칙은 초반에 사람들이 이 문제가 쉽지 않은
        주제라는 사실을, 새로운 영역이고 심오한 함의가 있다는 사실
        을, 그러니까 회피해서는 안 된다는 사실을 인정하게 만드는
        일이에요.

어떤 분들은 참여하고 싶지 않아 했지만 다수는 참여해서 질문하고 답을 듣고 자기 생각과 고민을 나눴어요. 이런 활동을 정기적으로 하면서 사람들이 편하게 존엄사법을 이야기할 수 있는 분위기를 만들었죠. 우리는 이 얘기를 구석에서 쭈뼛쭈뼛 소곤대면서 하기를 원치 않았어요. 법이 곧 시행될 거고 우리 환자들도 그 선택을 할 권리를 가질 거잖아요. 우리는 그 법을 기관으로서 지지하지 않아요. 우리는 환자들을 지지해요. 환자들을 내팽개칠 수는 없어요. 앞서도 말했지만 우리 직원은 누구든 맘이 편치 않으면 그 활동에 참여할 필요가 없어요. 필요하다 싶으면 빠져도 되고 그런 결정은 전적으로 지지해요.

다이앤   직원들에게서 어떤 질문을 받으셨나요? 직원들이 어떤 종류의 문제를 제기하던가요?

마사   처음에는 그 법의 세부 사항이나 법이 어떻게 돌아가는지, 우리가 그 문제를 두고 동료들과 어떤 식으로 소통해야 할지, 환자에게 해도 되는 말과 안 되는 말은 무엇인지, 뭐 그런 일반적인 질문이 많았어요. 법의 접근성 문제가 제기되기도 했고요. 이런 말을 엄청 많이 해요. 만일 어떤 환자가 그냥 다 끝내고 싶다고 하면서도 딱히 그 법에 대해 물어보지 않는다면 그 환자에게 먼저 이야기를 꺼내도 되냐고요. 여기 미션 호스피스에서는 환자가 주도하게 해야 한다는 방침이 있거든요. 환자가 자기 선택지를 질문하면 그때 우리가 나서죠.

그런 종류의 질문이 좀 있는 편이에요. 어떤 임상의들은 의료조력사망을 교육받을 기회가 없었거나 배울 수 있는 자원에 접근하지 못하는 분들에 대해 질문하기도 해요. 그런 분들이 의료조력사망을 이용하고 싶어 한다면 어떻게 할 것인지요. 여기에는 사회 정의 문제도 얽혀 있죠. 특수한 사례에서 발생하는 문제도 있어요. 사례는 저마다 다르니까요.

다이앤   환자 중에서 실제로 와서 죽을 권리에 대해 물어보는 분들은 몇 분이나 계신지 이야기해주실 수 있나요?

마사   그 숫자를 일부 추적 중인데 캘리포니아에서 법이 발효되고 나서 지금까지 약 45분에게 서비스를 제공했어요. 우리 생각을 훌쩍 뛰어넘는 숫자였죠. 2016년에 정책 초안을 잡으면서 준비할 때 우리는 첫해에 너댓 명 정도가 나서리라고 생각했어요. 그런데 21명이었죠. 그리고 거의 비슷한 숫자로 그 법에 대한 문의가 들어왔는데 그 절차를 끝까지 가지는 못했어요. 법을 사용할 기회를 손에 넣기 전에 돌아가시거나 마음을 바꾼 거죠. 딱 절반씩이었던 것 같아요.

다이앤   그 절차를 이야기해주시겠어요? 환자분이 와서 그 절차와 법을 물어보는 거잖아요. 그럼 어떻게 응대하세요?

마사   사제로서 제 첫 반응은 관심을 기울이는 일이어야 하지 않을까 싶어요. 그분들의 생각과 왜 관련 문의를 하는지에 관심을 갖는 거죠. 물어보기 쉬운 주제는 아니잖아요. 어떨 때는 물어보는 일 자체를 겁내는 분들도 있어요. 창피를 당하거나 선입견을 가지고 자기를 대할까 봐 무서운 거죠. 그래서 저는 그런 분들께는 물어봐줘서 기쁘다는 점을 알려주려고 해요. 그런 다음에 대화를 하죠. 그 시점에 그분들이 이야기하고 싶은 게 어떤 내용이든 간에요. 그다음에는 의사와 다양한 분야의 전문가로 구성된 나머지 팀원들에게 연락을 취해서 그 주제가 거론되었다는 점을 알려요. 그러면 의사 선생님이 가서 직접 방문해보고 이를 첫 번째 공식적인 요구로 간주해요. 그 절차를 꾸준히 진행한다는 결정이 내려진다면요.

우리는 팀원들의 꾸준한 대화를 아주 장려해요. 사회 복지사, 간호사, 영적인 상담사, 재택 보건 조무사 그리고 참여 중인 자원 활동가들에게도요. 팀 차원의 노력으로 해당 환자가 프라이버시를 어느 정도 원하는지 분명하게 확인할 필요가 있거든요. 환자들은 자신을 담당하는 의사 외에는 누구에게도 이야기하지 않을 법적 권리를 가져요. 가족들도 예외는 아니에요. 그런데 우리 경험상 그 권리를 그렇게 엄격하게 지키지는 않더라고요. 보통 가족들과는 이야기해요.

다이앤   환자에게 6개월 이하가 남았다는 초기 판단은 누가 하나요?

마사   그 사안에 입회하는 의사 선생님이요. 그런데 만약에 환자가 존엄사법에 대해 물어보는데 담당 의사가 "저는 그 절차에 간여하기가 껄끄러워요"라고 하면 우리가 전반적인 과정에 개입할 수도 있고요. 아니면 우리 서비스에 이미 참여 중인 호스피스 환자가 도움을 줄 수도 있어요.

다이앤 이곳 대기실에서 죽음 카페Death Cafes 브로슈어를 봤어요. 죽음 카페가 무엇인지 이야기해주시겠어요?

마사 죽음 카페 운동은 여러 해 전에 영국에서 시작됐어요. 기본적으로 커피, 케이크와 함께 공공장소에서 대화하는 운동이죠. 누구나 참여할 수 있고 목적은 열려 있어요. 목표는 원하는 어떤 식으로든 죽음을 이야기하는 거예요. 사람들이 서로 선을 넘지 않도록 에티켓 기본 규칙을 정할 촉진자가 한 명 있어야 해요. 대화를 진행하는 사람은 생애 말기 돌봄이나 죽음학에서 일정 수준의 경험이 있는 분이 많지만 누구든 참여할 수 있어요. 저도 몇 차례 대화를 진행해봤죠.

다이앤 죽음 카페가 사람들을 가르치는 도구로, 죽음에 대한 전반적인 논의에서 위안을 주는 요소로 얼마나 성공적이라고 생각하세요?

마사 죽음을 이야기하고 싶어 하는 분들의 요구를 충족하는 데는 이미 성공적이라고 생각해요. 일단 죽음 카페에 발을 들이면 당신 안의 무언가가 다른 사람들의 생각을 듣고 자기 생각을 말할 준비를 이미 시작해요. 그러면 서로의 믿음과 사고가 뒤섞이면서 새로운 기준 같은 게 만들어질 수 있죠. 죽음 카페는 우리 문화에서 이런 문제를 공개적으로 겁내지 않고 말하고 싶다는 갈증을 해결해줘요. 사람들이 어떻게 죽음 카페에 오게 만들지는 다른 문제예요. 이름이 불쾌하다고 말하는 분도 있고 으스스해서 오고 싶지 않다는 분도 봤어요.

다이앤   사람들에게 접근하는 가장 좋은 방법은 뭘까요? 어떻게 하면 아직 아프지 않은 사람들과도 죽음에 대한 대화를 시작할 수 있을까요?

마사   하나의 정답은 없어요. 창의성을 발휘하는 동시에 자기가 속한 공동체를 제대로 파악할 필요가 있죠. 우리 가족은 항상 죽음을 공개적으로 이야기해왔으니 저는 운이 좋았어요. 지금은 아버지와 계속 대화하고 있어요. 아버지는 곧 83세이신데 저는 우리가 하는 토론과 고민이 진짜 값지다고 생각해요.

　　얼마나 훌륭해요. 우리는 죽고 나서 무슨 일이 일어날지 신학적으로 성찰하고, 토론하고, 함께 고민하기 시작했어요. 부녀지간에 걸맞은 방식으로요. 저는 아버지의 생각을 듣는 게 얼마나 소중한 기회인지 잘 알아요. 아버지가 인생 말년에 접어들 때, 아버지 식으로 표현하자면 인생의 마지막 장에 들어섰을 때 흔쾌히 죽음을 터놓고 이야기하시니 저는 정말 복 받았죠.

다이앤   일반 대중을 상대로는 어떻게 토론을 이끄시나요?

마사   기회가 왔다고 느끼는 순간에 어떤 사람에게 질문하려면 용기와 의식적인 결단이 필요해요. 먼저 상대가 자기 건강이나 쇠약함, 질병이나 슬픔을 이야기하면 "앞으로 상황이 어떻게 흘러가면 좋겠어요?"라고 물어봐요. 그리고 실제로 자주 그러지만, 처음에 상대가 거부 반응을 좀 보여도 굴하지 않고 다시 시도하면서 "진짜 알고 싶어서 그래요"라고 말해요.

어린이들에게 다가가는 일도 중요하다고 생각해요. 죽음을 거부하는 우리 문화에서 아이들은 죽음과 관련 있는 모든 것에서 사실상 차단당하거든요. 죽음은 집이 아니라 장례식장에서나 볼 수 있고 우리는 갖은 방법을 동원해서 아이들을 보호하려고 해요. 하지만 사랑하는 사람의 병이나 죽음에 간여하고 싶어 하는 아이들을 막는 건 절대 아이들을 위하는 일이 아니에요. 우리 모두의 인생에서 핵심인 것에 아이들이 다가서지 못하게 하는 일이니까요. 그런 경험을 빨리 시작하고 궁금해하고 질문을 일찍부터 던질수록 나이가 들면서 죽음을 노골적으로 접할 때 활용할 수 있는 기술이 늘어날 거예요.

다이앤 선생님은 마지막 순간에 자신을 위해 뭐가 좋을지 정해두셨나요?

마사 아직은 모르겠어요. 제가 아는 건 선택할 수 있는 권리와 선택지가 있으면 좋겠다는 점뿐이에요. 그냥 그 선택지를 사용할 수 있다는 사실을 아는 것만으로도 사람들에게 큰 위로일 수 있다는 점을 이해해요. 저는 아직 엄청난 육체적 통증이나 시련, 정신적이거나 영적인 어려움이 따르는 중병에 걸려본 적이 없어요. 제가 멈칫하는 순간이 있어요. 사람들이 자기 인생에서 통제권을 갖는 데 워낙 익숙해서 의료조력사망을 선택하는 경우요. 육체적이거나 정신적이거나 영적인 시련을 겪지 않을 수도 있지만 개인으로서 주체성을 갖고 싶은 거죠. 저는 그런 분들에게는 절대적으로 그렇게 할 권리가 있다고 생각해요. 하지만 한편으로는 우리가 스스로 어느 정도 통제력을 가질 수 있는지에 대한 생각을 왜곡하는 문화도 있다고 생각해요. 그래서 영혼의 수준에서는, 훨씬 깊은 수준에서는 고민이에요. 우리가 뭘 잘못하고 있지는 않을까? 혹시 통제에 대한 왜곡된 집착 때문에 그런 심오한 결정을 내리고 있다면 어떡하지? 그다음에는 또 이렇게 생각해요. 아, 내가 그 사람들의 여정, 그 사람들에게 뭐가 필요한지를 제대로 알고 있나? 어쩌면 그 사람들이 스스로를 위해 강력하고 굳건한 결정을 내린 단 한 번의 기회인지도 모르는데, 내가 뭐라고 그 사람들한테 뭘 배워야 한다고 말하지?

다이앤   하지만 어떤 사람의 최종 결정권이라는 측면에서 그 사람의 결정을 존중할 수 있는 충분한 근거는 고통, 다스리기 힘든 통증과 고난, 스스로를 보살필 수 없는 상태가 아닌가요?

마사   맞는 말씀이에요. 다스릴 수 없는 고통의 객관적인 물증을 포착하기 힘들 때, 육체적이거나 정신적인 고통이 눈에 보이지 않을 때 곤란한 건 임상의들이죠. 임상의들이 그 상황을 머리와 심장으로 파악하기는 더 힘들어요. 어째서 환자가 이런 선택을 내리는지에 관해서요. 그래서 저는 직원들과도 그 일에 대해서 상담을 많이 해요. 환자의 고통이 최소한 표면적으로는 보이지 않을 때 환자의 요구를 어떻게 충족시킬지 찾는 거죠. 우리는 계속 생각을 곱씹어야 하고, 임상의들은 자신의 감정과 우려를 표출할 필요가 있어요. 그래야 환자들을 직접 상대할 때 존중하는 태도로 그분들의 요구를 충족할 수 있으니까요.

여섯 번째　　　　죽음 카페 운영자와의 대화

헤더 매시,
죽음 교육자

매사추세츠 팰머스에 있는 미국연합그리스도교 소속 교회에서 헤더 매시를 만났다. 높고 흰 첨탑과 시계, 스테인드글라스 유리, 낡은 나무 장의자. 그 지역에서 전형적으로 볼 수 있는 사랑스럽고 오래된 뉴잉글랜드식 교회였다. 케이프 코드 죽음 카페의 촉진자인 헤더는 스스로를 죽음 교육자로 소개한다. 우리는 편안한 소파와 의자를 갖춘 본당 바깥 한편에 자리를 잡았다. 헤더는 물을 마시며 임상 병원과 호스피스 시설의 행정 직원으로 두루 일한 의료 계통의 사회 복지 활동 경력을 들려준다.

다이앤　　"죽음 교육자"는 어떻게 되셨나요?

헤더　　생애의 대부분을 사람들에게 죽음과 임종을 앞둔 분들의 관심사를 가르치는 일에 몸담았어요. 특히 어머니가 돌아가신 후 지난 10년 동안 재택임종돌봄운동에 아주 적극적으로 참여했죠. 가족들에게 사랑하는 사람을 어떻게 보살피는지를 가르치고 소비자 대변인으로서 해양장, 수목장 같은 대안적인 매장 방식도 개척하고 있어요.

다이앤   죽음 카페와 선생님의 활동에 대해 이야기해주시겠어요?

헤더   6년쯤 전에 영국에서 막 시작했다는 죽음 카페 소식을 들었어요. 최초의 죽음 카페는 카페 모르텔스cafes mortels인데 어떤 스위스 사회학자가 스위스에서 시작했어요. 그러다가 "임퍼머넌스Impermanence"*라는 이름으로 여러 설치 작품을 만든 예술가 존 언더우드와 그의 어머니 수 리드가 그 얘기를 듣고 영국에 있는 존의 집에 죽음 카페를 만들었죠. 인기가 워낙 많아서 사람들이 자기 집에도 와달라고 부탁했고 그렇게 영국 전역에 퍼져나갔어요. 그러다가 존과 수가 힘을 모아 웹사이트(DeathCafe.com)를 만들고 다른 지역에서 죽음 카페를 진행할 수 있는 매뉴얼을 올렸어요. 우리 문화에서 진짜로 필요한 무언가를 발견했다는 사실을 깨달은 거죠.

다이앤   존 언더우드 씨를 직접 만나보신 적이 있나요?

헤더   개인적으로는 만난 적이 없지만 원격 회의로 교육받은 적은 있어요. 원하는 미국인들을 상대로 교육을 진행하셨거든요.

다이앤   대단한 분일 것 같아요.

---

*   덧없음, 일시성 등을 뜻하는 말

헤더	맞아요. 올여름(2017년)에 44살의 나이로 돌아가셨어요. 정말 뜻밖이었죠. 전혀 모르고 있다가 진단도 받지 못한 선천적인 문제 때문에 돌아가셨어요. 예기치 못한 사건이었고, 그렇게 세상을 떠났죠. 사람들이 삶과 죽음을, 무엇보다 죽음의 의미를 포용하도록 일조하는 데 그렇게 매료되었던 분이 이토록 빨리 세상과 작별했다는 점이 신기하죠. 참 놀라운 청년이었어요. 지금은 그분의 어머니인 수와 누이인 줄스 두 사람이 죽음 카페 웹사이트를 이어받아서 운동 홍보에 주력하고 있어요. 이제 세계적으로 알려져서요.
다이앤	존 언더우드 씨의 활동이 어떻게 지금 이 지역에서 벌어지고 있는 일로 진화했는지 이야기해주시겠어요?
헤더	존에게서 교육받을 때 죽음 카페를 매사추세츠로 들여와서 우리 지역 사회에서 너무 해보고 싶었어요. 죽음 카페에서는 사람들이 임종 과정, 사후, 장례식 등 온갖 얘기를 다 하거든요. 그런데 우리 문화에는 그런 얘기를 할 만한 데가 전혀 없잖아요. 죽음 카페가 있으면 공백을 채울 수가 있고요. 매사추세츠에는 생애 말기 선택지가 있든 전혀 없든 어쨌든 그 문제를 탐구해보고 싶은 사람들도 있단 말이죠. 탐구를 시작하면 사람들은 자기 자신이나 사랑하는 사람들에게 어떤 선택이 가능한지 질문하는 능력이 생겨요. 어느 정도 지식을 얻을 기회와 함께요.
다이앤	아픈 분들이 도움을 얻고 싶어서 죽음 카페에 오시기도 하

나요?

헤더   네. 우리는 죽음 카페가 유족 모임이나 임종을 앞둔 분들을 위한 지원 모임이 아니라는 점을 강조하지만 그래도 온갖 분들이 찾아오세요. 자기 경험을 나눌 만한 자리를 찾아서요.

다이앤   죽음 카페를 한 달에 한 번 여시잖아요. 특정 주제를 선택하시나요?

헤더   주제를 정하지는 않아요. 죽음 카페의 원칙 중 하나는 '사람들을 어떤 한 가지 방향으로 또는 어떤 행동이나 결론 쪽으로 끌어가지 않는다'예요. 주도권은 참가자들에게 있어요. 죽음 카페에 누가 오든 그 사람이 일정한 주제를 던지죠. 촉진자는 참가자들의 자기소개를 통해서 사람들이 어떤 이야기를 하고 싶어 할지 감을 잡고 대화의 물꼬를 트는 일을 할 뿐이에요.

다이앤   촉진자는 어떻게 정하나요?

헤더   우리는 아주 운이 좋았어요. 저는 일정한 형태의 훈련을 받은 사람들을 좋아해요. 우리 모임에는 의사 두 분과 치료사 한 분, 신문 편집자 한 분 그리고 성직자 한 분이 계셔서 그분들이 돌아가면서 촉진자를 맡아요. 정기적으로 모임을 갖고 모든 운영 방식을 이야기하죠.

다이앤   조력자살 토론에서 선입견은 없나요?

헤더   우리는 "조력자살"이라는 표현은 쓰지 않아요, 다이앤. 그 문제에 선입견이 없냐고요? 의료조력사망에 대해서 제가 하고 싶은 말이 있어요. 죽음 카페에서 일부러 선택하는 토론 주제는 없지만 그 주제는 초기부터 나왔고 거의 매번 거론되죠. 자발적인 섭식 중단도 자주 나오는 주제예요. 죽음에 대한 공포를 다스리는 방법 중 하나는 통제할 수 없는 대상을 어느 정도 통제하는 것 그리고 그 공포의 실체를 이야기하고 어떤 선택지가 있는지를 알고 있는 거죠. 의료조력사망은 매번 언급돼요.

다이앤 로저 클리글러 씨와 함께 일했다고 알고 있어요. 그 관계가 어떻게 시작되었고 두 분이 어떤 식으로 협력하는지 이야기해주시겠어요?

헤더 로저 씨와는 3년 전에 바로 이 장소에서 만났어요. 로저 씨와 그분의 아내 캐시가 죽음 카페 모임에 왔고 죽음 교육 프로그램에 참여하셨죠. 사람들이 제일 많이 모였을 때였어요. 120명이나요. 주제는 매사추세츠에서의 의료조력사망이었고요. 컴패션&초이스 매사추세츠 지부 의장인 마리 매니스 씨도 있었어요. 그날 밤은 엄청나게 추웠는데도 많은 분이 오셨어요. 어떤 제안이 어떻게 법을 바꿀지 배우려는 열망이 그만큼 컸죠. 로저 씨가 그날 제게 와서 그랬어요. "당신의 죽음 카페에 참여하고 싶어요. 그리고 죽음 교육과 컴패션&초이스에도 가입하고 싶은데 어떤 분과 이야기하면 될까요?" 그분과 저는 금세 친구가 돼서 같이 일하고 있어요. 우리는 일을 벌이기를 좋아해요.

다이앤 로저 씨가 자신의 병에 대해 선생님께 이야기하던가요? (로저는 전립선암 환자다.)

헤더 처음에는 안 했어요. 하지만 제게 그 얘기를 하고 나서는 모임에서, 그리고 우리 프로그램에서 좀 더 터놓고 이야기하기 시작하더라고요.

다이앤 죽음 카페에 와서 "제가 좀 많이 아픈데, 살날이 얼마 안 남았다고 들었거든요. 그래서 제게 어떤 선택지가 있는지 알고 싶어요"라고 말하는 분들이 있나요?

헤더 네, 그런 분들은 그런 얘기를 할 만한 곳을 원하세요. 어떤 분들은 가족들에게 이야기하지 못하거나 이야기하고 싶어도 어떻게 해야 할지를 몰라요. 그런 분들도 죽음 카페에 와서 의사소통 기술이나 접근 방법을 습득하시죠. 어떨 때는 죽음 카페 모임에서 가족들에게 이런 이야기를 하기가 얼마나 힘든지 토로하기도 해요.

다이앤 젊은 사람들은 어떤가요? 나이 든 사람들뿐만 아니라 젊은 사람도 오나요?

헤더 네, 그렇게 많은 편은 아니지만요. 참가자 대다수는 곧 닥칠 일을 고민하기 시작한 베이비 부머 세대예요. 아니면 연로한 부모님이 있든지요.

다이앤 저는 이 전반적인 운동이 정말 전국으로 번지고 있고 사람들이 자기가 죽으면 무슨 일이 일어날지, 어떻게 준비할지 생각하고 있다는 인상을 받았어요. 사람들 수명이 점점 길어지면서 생겨난 새로운 현상이지 싶어요.

헤더   저는 모두가 죽는다는 사실을 깨닫는 순간 그리고 우리가 죽음과 존재하는 기회들을 생각하는 순간에 우리가 죽음을 탄생만큼이나 중요한 삶의 일부로 받아들여서 삶이 더 튼튼해진다고 생각해요.

다이앤   죽음 카페에 오시는 분들이 가령 자발적인 섭식 중단 같은 것을 교육받고 싶어 하나요?

헤더   저희는 테이블에 둘러앉아서 교육하지 않고 죽음 카페라는 사회적 프랜차이즈를 하기로 합의했기 때문에 입장은 상당히 분명해요. 그래서 그런 필요를 충족하면서도 독립적인 죽음 교육 프로그램을 만들었죠. 여기 오는 분들 대다수가 배우고 싶어 하니까요. 그분들은 자기들이 어떤 선택을 할 수 있는지를 알고 싶어 해요. 하지만 선택 가능한 행동에 대한 강의나 토론은 죽음 교육 프로그램으로 넘기죠.

다이앤   어째서 이러한 생애 말기 관련 토론이 그렇게 중요하다고 생각하시는지 이야기해주시겠어요?

헤더   삶의 중요한 일부가 너무 오랫동안 가려져 있었어요. 그런 주제는 금기였고, 우리에게는 죽음과 죽어감을 이야기할 기회가 없었죠. 죽음은 감춰져서 눈에 보이지 않아요. 이제는 보통 병원이나 시설에서, 닫힌 문 뒤에서 일어나죠. 우리는 죽어가는 사람과 서로 교류하지 않아요. 그래서 더 낯설죠. 저는 여기서 두려움이 시작된다고 생각해요. 죽음이 일상과는 너무 거리가 멀어 보여서요. 불과 몇십 년 전만 해도 할아버지는 집에서 돌아가셨어요. 가족들은 할아버지를 임종까지 보살폈고 돌아가신 뒤에는 시신까지 다뤘어요. 그런데 우리가 죽음을 보이지 않는 곳으로 멀리 치워버린 거예요. 죽음을 벽장에서 꺼내 대화를 나누는 일은 중요해요. 죽음에 대한 이야기는 삶을 긍정하는 실천일 수 있거든요.

일곱 번째　　　흑인 목사와의 대화

윌리엄 러마,

메트로폴리탄 아프리카 감리교 감독 교회 목사

　윌리엄 러마 목사와 나는 메트로폴리탄 아프리카 감리교 감독 교회AME에서 만났다. 발코니 철책에는 알록달록한 아프리카식 켄테*가 덮여 있다. 완만한 곡선을 그리는 튼튼하고 견고한 나무 장의자들은 이 건물에 딱 맞춰 경기장 대형을 갖추었고 양 끝에는 장엄한 조각이 새겨져 있다. 스테인드글라스 창은 건물 양쪽에, 커다란 파이프 오르간은 앞쪽에 자리한다. 교회 뒤에는 거대한 원형의 스테인드글라스 창이 있는데, 그 창을 보니 워싱턴 내셔널 대성당이 떠오른다.

　윌리엄에게 이 교회에 대해 질문했다.

윌리엄　　이 교회는 1880년대에 완공됐어요. 그 시절을, 그리고 이 웅장한 시설을 건설한 아프리카 혈통의 사람들을 생각하면……. 저

*　　손으로 짠 화려한 색의 천

는 사람들한테 이렇게 말해요. 그분들은 사회가 그들을 보는 것과는 아주 다른 방식으로 스스로를, 그리고 자신의 하나님을 바라보았다고요. 그리고 자손들이 자기들을 그릇이 큰 사람으로, 자신들의 성취를 큰 배포의 결과물로 인정해주기를 원했고, 그 탐색을 도와주는 하나님이 계신다는 점을 믿기를 바랐다고요.

1880년대에 아프리카계 미국인들은 더 넓은 경제에는 폭넓게 참여할 수 없었어요. 그래서 이 건물을 지으려고 조금씩 돈을 모아야 했죠. 곳곳의 창문에 새겨진 글씨를 읽어보면 조지아 교단, 앨라배마, 텍사스, 테네시 같은 글씨를 볼 수 있어요. 아프리카 감리교가 있는 전국의 모든 지역이 이 교회를 지을 수 있도록 돈을 보냈어요. 만약에 내가 백 달러를 보내면 내가 속한 교단의 이름을 창문에 새길 수 있었던 것 같아요. 이 창문들이 푼돈을 모아서 보낸 사람들, 일부는 노예였을 그 사람들과 노예의 자식들에 대한 이야기를 담고 있는 거죠. 저는 이 사람들이야말로 독지가였다는 사실을 말하고 싶을 때가 많아요. 우리는 보통 독지가라고 하면 자원이 엄청나게 많은 사람을 떠올리잖아요. 하지만 진짜 독지가는 이 사람들이었죠. 그분들은 얼마 안 되는 자원을 아끼고 모았고, 그 덕에 이런 놀라운 교회뿐만 아니라 경이로운 대학들과 미국이 너무나도 야만적이던 그 시절에 생명을 지켜준 여러 기관을 세울 수 있었으니까요.

다른 주제로 넘어가서 나는 윌리엄이 워싱턴DC의 의료조력사망법 통과를 반대해왔다고 알고 있다고 이야기했다.

윌리엄 제가 그 법에 반대하는 이유는 백인이 아닌 신체를 동등하게 보살피지 않는 미국과 의료 기관들의 유서 깊은 악행 때문이었어요. 우리가 무엇을 하겠다, 평등을 어떻게 시행하겠다는 말들을 액면 그대로 받아들이지 않는 게 마치 제 의무처럼 느껴질 지경이에요. 공언한 대로 흘러가지 않은 사례가 워낙 많으니까요.

애플파이처럼 아주 미국적인 색채가 드러나는 것들이 있는데, 이런 식의 불평등이 바로 그래요. 거시적인 입법 수준에서 그런 문제를 해결할 수 있을지 모르겠어요. 그런 문제는 개인별, 사안별로 해결해야 해요. 저는 이게 법의 정신과 취지를 이해하는 문제라고 생각하지만 법 자체를 어떻게 해석하고 집행할지는 아주 조심스러울 필요가 있다고 생각해요. 만일 이 세상에 다이앤 같은 사람만 가득하다면 저는 다르게 느낄지 몰라요. 하지만 저는 역사적으로 보나 지금 돌아가는 상황으로 보나 그렇지 않다는 사실을 알고 있잖아요. 의료조력사망법 지지는 제가 돕고자 하는 바로 그 사람들에게 해를 끼치는 부정한 뒷문으로 사용될 수도 있어요. 제가 지금 무슨 정치인 놀이를 하는 듯한데 그런 식으로 보이는 건 정말 원치 않아요. 저는 그 법을 이해하고, 그 법이 가능하게 하고자 하는 일을 지지하지만 정부와 기성 체제는 공정하지 않다고 생각해요.

우리는 매독 실험과 헨리에타 랙스 사건*을 알잖아요. 우리가 얼마나 빈번하게 인간 기니피그처럼 사용되었는지를요. 그 어떤 사람도, 그 사람이 어떤 사람이든지 간에 차별받지 않고 실험 대상으로 이용당하지 않는다는, 공정하고 평등하게 대우받는다는 보장을 해주는 마법 지팡이가 있다면 모를까……. 내가 통증이 있는데 흑인이라면 의사들이 내가 사실을 말하는지 아닌지를 백인과는 다르게 평가한다는 연구도 있어요. 그리고 아프리카계 혈통의 역사, 미국에 있는 아프리카계 사람들과 그들의 신체에는 아직 얽히고설킨 문제가 많아요. 저는 목회자로서 그리고 정치적으로 그 부분을 우려하죠. 만약에 어떤 사람이 자기 의사를 신뢰하고 그 의사와 분명한 인간적 관계를 맺고 있는 상황이라면, 그 의사가 그 사람을 개인으로서 아끼고 사랑하고, 공정하고 존중하는 마음으로 대하리라는 점을 전혀 의심하지 않을 수 있는 상황이라면 그 사람이 의료조력사망을 선

---

* 헨리에타 랙스는 1951년 31세의 나이로 자궁암 판정을 받고 당시의 관행에 따라 통보조차 받지 않은 상태에서 연구용으로 암세포를 채취당한 아프리카계 미국인 여성이다. 이렇게 채취한 암세포는 그의 이름 머리글자를 딴 헬라Hela 세포라는 이름으로 지금까지 70여 년간 꾸준히 배양되었고 이 사실을 모른 채 가난과 질병에 시달리던 유족들은 2021년 소송을 시작해서 2023년에야 헬라 세포로 이익을 취한 기업과 합의했다.

택해도 지지할 거예요.

다이앤   그러면 목사님 말씀은 전반적으로 아프리카계 미국인 공동체
         쪽에서 또는 목사님이 아는 분들 사이에서는 불신이 있다는 뜻
         이죠?

윌리엄   맞아요.

다이앤   의사들이 존중하는 마음으로 행동할지에 대한 물음 또는 생에
         종지부를 찍을 수 있도록 도와줘야 한다는 주장에는 어느 정도
         인종주의적인 이유가 깔려 있을지 모른다는 점에서 그런가요?

윌리엄   음모론의 영역을 넘어서는 문제라고 생각해요. 의료계의 비행,
         심지어 사악한 의료 행위의 증거는 활자로도 다 남아 있으니까
         요. 부인과 치료에서 많은 혁신이 일어날 수 있었던 이유는 아
         프리카계 혈통의 여성들이 실험 대상으로 사용되었기 때문이
         죠. 저는 절대로 역사적 관점을 놓치고 싶지 않아요. 우리는 투
         표권법*을 쟁취했지만 2013년에 대법원이 다 거덜냈잖아요.**
         자기 이익 때문에 정의를 공격하고 현상을 유지하려 애쓰는 사
         람들은 항상 있죠.

다이앤   여기 워싱턴DC에도 이제 의료조력사망을 할 권리가 있잖아

---

*   Voting Rights Act, 1965년 아프리카계를 비롯한 소수 인종의 투표권을 보호하기 위해
      제정한 법률
** 주 정부가 절차적인 보호 장치를 마련하지 않고도 투표 관련 법을 바꿀 수 있도록 허용
      한 결정을 말함

요. 여기 AME에 있는 목사님의 신앙 공동체에서 의료조력사망을 선택한 분이 있었나요?

윌리엄 아뇨, 제가 알기로는 없어요. 하지만 누군가 저를 찾아온다면 진지하게 대화할 준비는 갖췄어요. 저는 저 자신의 죽음을 생각하거든요. 우리 문화가 죽음 같은 건 없다는 듯한 태도잖아요.

다이앤 그런 일은 일어나지 않는다는 듯이 행동한다고요?

윌리엄 맞아요. 그리고 이 세상은 또 얼마나 매력적이에요? 재의 수요일.* 흙에서 와서 흙으로 돌아가리니. 저는 많은 환자와 이야기를 나눠봤는데 사람들은 가족에게 짐이 될까 봐 걱정해요. 삶의 질은 낮은데 그저 목숨만 길게 이어가는 데 따르는 현실적인 생활고를 걱정하죠. 그리고 제가 보기에 이 주제는 일반화를 통해 진실에 접근하기보다는 개개의 사안에서 하나의 대화로, 한 번에 한 사람씩 각자의 진실에 접근해야 해요.

다이앤 목사님은 아프리카계 미국인 공동체의 관심이 백인 공동체와는 다르다고 생각하시나요?

윌리엄 네. 저는 이 문제가 만약 제가 백인 부모라면 아들과 운전이나 길에서 걷는 문제를 두고 대화할 필요가 없다는 사실만큼이나 현실적이라고 생각해요. 아프리카계 미국인들은 백인들이 별로 걱정하거나 고민할 필요가 없는 문제를 걱정하고 고민해야

---

* 부활절을 앞둔 기독교인들이 그리스도의 고난을 묵상하는 기간

해요. 고정 관념 때문에, 사회 경제적이고 정치적인 구조 때문에요. 그래서 저는 그 지점에서 대화를 시작하죠. 사람들이 어떤 외모를 가졌든, 문화적, 언어적, 인종적 배경이 어떻든, 공정하고 평등한 인도적인 대우를 보장받아야 하니까요.

다이앤   장애인은 어떤가요? 그분들도 같은 이유로 많이 망설인다고 생각하세요?

윌리엄   아, 그래요. 유전학을 다룬 라디오 프로그램이 떠오르네요. 이 나라와 전 세계에서 "바람직하지 않은 사람들"을 살해하고, 몰살하고, 실험에 이용한 운동이 있었다는 사실을 아주 분명히 해두자고요. 의료조력사망이 전반적으로 사람들에게 평등한 기회여야 한다는 점을 진지하게 고민한다면 분명한 역사적인 맥락에서 모든 대화를 시작해야 한다고 생각해요. 저는 의심이 아주아주 많아요. 예를 들어서 만약에 당신이 이란과 미국의 관계를 이야기하면서 1979년부터 시작하면, 저는 당신이 1953년에 일어난 일*이나 미국이 석유를 거머쥐려고 했을 때 영국과 무슨 일이 있었는지를 왜 이야기하지 않는지 미심쩍어 할 거예요.

---

*   1953년은 미국이 민주적으로 선출된 이란 정부를 전복하는 쿠데타를 배후에서 지원해 성공한 해고, 1979년은 미국인 수십 명이 주이란 미국 대사관에 인질로 억류된 사건이 있었던 해다.

다이앤 　오리건은 의료조력사망 경험이 20년이잖아요. 의료조력사망을 선택한 사람의 처우 문제가 제기된 적은 아직 없었어요. 사실 20년 동안 약물을 받은 분 중에서 삼 분의 일이 그 약물을 사용하지 않았죠. 그분들은 약물을 요청하고 입수하는 데 필요한 모든 과정을 거쳤는데 결국에는 사용하지 않기로 선택했어요. 하지만 약물을 사용한 분들에 대해서는 그게 누구든 단 한 건의 문제 제기도 없었어요. 강압 문제도, 유족들의 불평도, 다른 누군가가 유산을 내놓으라고 요구하는 일도, 어떤 문제도 없었죠. 이 사실이 목사님이 앞으로 있을 일에 조금이나마 마음을 놓는 데 도움을 줄지 궁금해요.

윌리엄 　아주 안심이네요. 의료계가 그 문제를 아주 진지하게 여긴다는 점을 보여주는 것 같아요. 그리고 미국에는 여러 주가 있지만 최소한 제 관점에서 오리건주의 정치는 자원을 어떻게 공유하고 사용할지를 평등하게 사고하는 쪽에 가깝다고 봐요. 그러니 그런 일이 가능하죠. 진짜 희망적이네요. 그리고 만약에 더 많은 주, 더 많은 행정 구역에서 의료조력사망이 잘 이루어지고 있다는 사실을 보여주면 더 많은 아프리카계 미국인이 선뜻 참여할지도 몰라요. 솔직히 말해서 아프리카계 미국인들은 수년 동안 어떤 종류의 삶에 매여 사느니 차라리 죽기를 택했잖아요. 아프리카에서 아메리카 대륙으로 수송되는 동안 배 밖으로 몸을 던지기도 했고요. 그 일은 우리가 부르는 노래에도 남아 있을 정도죠. "노예가 되기 전에 무덤에 묻히리라."

다이앤 그러니까 목사님은 신뢰의 문제가 가장 중요하다는 말씀이죠?

윌리엄 제가 믿고 또 저를 존중하는 의사 집단이 있다면 말이죠…….
도움을 받고 싶어 하는 사람이 나이 든 흑인이라고 가정해보
자고요. 이 문화가 나이 든 흑인을 어떤 식으로 멸시하는지에
관한 사례가 있어요. 제가 속한 대학교 총장님이 아팠는데 어
떤 옹색한 장소로 보내졌대요. 그러다가 누가 총장님을 보고는
"잠깐만요, 저분은 아무개이신데"라고 했죠. 그리고 나서는 다
른 곳으로 보내졌어요. 처음에 그 장소로 보내진 이유는 총장
님이 흑인이었기 때문이죠. 사람들은 그분에게 무슨 학위가 있
는지 묻지 않으니까요.

다이앤 대학 이름이 뭐죠?

윌리엄 플로리다 A&M대학이요. 사랑하는 제 모교죠. 이 교회에는 저
명한 사람들 이야기가 아주 많아요. 국제적으로 저명하신 분들
도 있고요. 그런데 누군가 "아, 그런데 저분은 아무개이신데"라
고 말하기 전까지 그분들이 대우받는 방식은 정말……. 음, 내
가 아무개여야만 인간으로 대우받아서는 안 되잖아요. 저는 옳
다는 이유만으로 올바름이 행해진다는 듯한 태도는 직무 유기
라고 봐요. 저 역시 그러기를 너무나도 바라지만 안타깝게도
항상 그렇지만은 않으니까요.

다이앤 목사님에게 좋은 죽음은 어떤 죽음인가요?

윌리엄　사랑하는 사람들에게 둘러싸여 있고, 살아 있을 때 많은 목표를 완수했다는 기분을 뿌듯하고 신실하게 느끼고, 죽음의 순간에 나 자신과 어울리는 결정을 최대한 내릴 수 있는 상태에 있는 죽음일 거예요. 누군가가 제게 물어봐주고 제가 대답할 수 있는 상태면 좋겠어요. 제가 개입을 원하는지 원하지 않는지, 저쪽으로 넘어갈 준비가 되었는지, 조상들의 영역으로 여행할 준비가 되었는지 말이에요. 스스로 그런 결정을 내릴 수 있을 정도의 인지 상태나 확신이 있으면 좋겠어요. 그게 좋은 죽음일 거예요.

존 웨슬리*의 말을 인용하자면 그분이 돌아가실 때 그랬대요. "모든 것 가운데 으뜸은 하나님이 우리와 함께 있는 것이다." 제게는 생명을 주시고 삶을 가능하게 만드시는 그분을 따르겠다는 결심으로 느껴져요. 그런 식으로 하면 저는 우리 조상들의 말처럼 "난 죽을 때 쉽게 죽고 싶어"라고 말할 수 있을 것 같아요. 저는 그 말이 참 좋아요. 노래도 있어요. "난 죽을 때 쉽게 죽고 싶어, 날아가면서 구원을 외쳐야지, 나는 죽을 때 쉽게 죽고 싶어." 그리고 고통에 시달리지 않는, 쉽고 아름다운 죽음은 언젠가는 죽을 수밖에 없는 존재에게는 큰 선물 중 하나인 것 같아요. 저도 그 선물을 받으면 좋겠네요.

＊　영국과 미국의 감리교 창시자

여덟 번째　　　존엄사를 지지하는
의사와의 대화

로저 클리글러,

의료조력사망 지지자

　로저 클리글러는 조지타운대학에서 수련받은 의사이자 의료조력사망의 열렬
한 지지자다. 기혼자이고 세 자녀를 두고 있다. 나는 로저와 2018년 1월에 대화
를 나눴다. 그는 50의 나이에 여섯 차례의 생검을 통해 전립선암을 진단받았다.
의사인 그는 전립선암 진단을 받더라도 15년 이상 살 수 있다는 사실을 알았다.
그는 자기 입으로 전립선암은 보통 완치 가능한 질병이라고 말했다. 전립선암이
있는 남성들은 대부분 다른 원인으로 사망한다. 하지만 환자를 치료해본 경험으
로 이 병이 젊을수록 공격적이라는 사실도 알았다.

　로저는 모든 선택지를 연구하고 모든 전문가의 이야기를 들어본 다음 50세로
서는 최선의 치료 기회를 선사할 길을 따르기로 했다. 근치전립선절제술을 선택
한 그는 수술 후 여유롭게 산책할 수 있도록 날씨가 따뜻할 때까지 기다리며 겨
울을 보냈다. 로저뿐만 아니라 아내 역시 전립선을 제거하면 생식이 불가능해질
수 있고 실금이 생길 수 있다는 점을 알면서도 그의 결정에 동의했다.

10년 전 로저와 아내는 가족 중 여섯 명이 18개월에 걸쳐 세상을 떠나는 모습을 지켜보았다. 그중 특히 로저의 어머니와 장인이 아주 고통스러운 과정을 거쳤다. 그때 로저는 "나는 저렇게 죽지 않겠어. 난 의사야. 때가 됐을 때 저런 고통을 겪지 않으려면 날 어떻게 돌봐야 할지 알아둬야겠어"라고 다짐했다.

그러다가 나중에 그 다짐이 얼마나 공정하지 않은지를 깨달았다고 한다. 내가 고통 없는 죽음을 바란다면 그리고 고통 없는 죽음이 내게 충분히 가능한 일이라면 어째서 다른 사람에게는 불가능해야 하는가? 그는 이 깨달음을 "정의의 의미"라고 불렀다. 어떤 사람에게 가능한 것이 비슷한 처지의 모든 사람에게도 가능한 것. 고통에 시달리고 싶지 않은 사람들이 고통 없는 죽음을 선택할 수 있어야 하는 것.

그는 계속 말을 이어갔다. "사람들은 그렇게 잘 죽지 못하고 있어요. 만성 질환으로 사망하는 사람 중 25퍼센트가 통제 불가능한 고통에 시달리다가 죽는데 호스피스도, 완화 의료도 다 소용없어요. 20퍼센트는 호흡 곤란을 다스리지 못하다가 죽죠. 어느 순간 사람들은 자기가 더 나아지지 못하리라는 사실을 깨달아요. '오늘이 내게 남은 인생에서 최고의 날이야. 난 인생에서 더는 즐거움을 누릴 수가 없어. 난 만성 통증에 시달리고, 기분이 좋지 않고, 힘이 없고, 뭘 먹는 데도 애써야 해.' 저는 췌장암으로 돌아가시는 어머니를 지켜봤어요. 어머니는 한 끼를 드시고 나면 가서 누우셔야 했죠. 어머니가 생각하는 삶이 아니었어요. 어머니는 유리 천장을 깨부순 여성이었고 감탄스러울 정도로 밝으셨지만 이제는 제대로 된 생활을 할 수 없었고, 어머니에게 중요한 일을 할 수 없었어요. 아주 고통스러워하시다가 돌아가셨죠."

다이앤 하지만 어머니를 돌본 의사들이 분명 어머니에게 진통제를 드릴 수 있었잖아요. 의사들이 어머니에게 약을 너무 많이 드리면 해로울 수 있다고 걱정하던가요?

로저 해롭다는 게 뭘까요. 그리고 해로움은 누가 정의하죠? 저는 해로움이 뭔지는 당사자가 정의해야 한다고 생각해요. 제가 사람을 살려놓는 바람에 그 사람이 계속 고통에 시달린다면 아무 해가 없는 건가요? 어떤 사람이 자기 고통에 종지부를 찍고 싶다면 저는 전혀 해를 가하지 않는다고 느끼고, 윤리적 문제도 없다고 생각해요.

전 여러 방법으로 사람들이 생을 마감하도록 거들었어요. 환자들이 저한테 그래요. "저는 남은 시간 동안 산소 호흡기를 달고 지내고 싶지 않아요"라고요. 그러면 우리는 그 문제를 놓고 이야기하고 저는 이렇게 말해요. "저희가 환자분에게 산소 호흡기를 씌우고 주어진 시간 동안 상태가 좋아지도록 애쓸 겁니다. 그런데 환자분이 더 나아지지 않으면 제가 어떻게 해드려야 좋을까요? 제가 산소 호흡기를 벗기면 환자분은 돌아가실 가능성이 커요." 어떨 때는 제가 말 그대로 환자분들에게서 관을 떼어내고 그분들이 돌아가시도록 거들어요. 남은 시간 동안 호흡기를 달고 지내기는 싫다고 말씀하셨기 때문이죠. 투석도 마찬가지예요. 투석을 해본 몇몇 분들은 더는 투석을 받고 싶지 않다고 하거든요. 이제 할 만큼 했다고요.

다이앤   자발적인 섭식 중단은 어떤가요? 제 남편은 54살 때 의료조력사망을 할 수가 없어서 그 방법으로 생을 마감해야 했어요.

로저   음, 어떤 분들에게는 자발적 섭식 중단이 별로 고통스럽지 않을 수 있어요. 하지만 어떤 분들에게는 소름 끼치는 공포일 수도 있죠.

다이앤   가족 구성원도 발언권을 가져야 할까요? 합의한 내용이 전혀 없으면 그 결정은 누가 내리나요?

로저   저는 환자의 자율성을 믿어요. 환자가 자기 결정의 최종 권한을 가지는 거죠. 그리고 대부분의 시간 동안 일은 결정에 맞춰 돌아가요. 가끔 가족이 환자의 자율성을 침해하는 무언가를 제시할 수도 있는데 그런 상황은 아주아주 이례적이에요. 환자들은 정신이 온전치 않은 상황이 아니면 자신이 원하는 바를 할 권리를 가지니까요.

다이앤   하지만 가족 구성원이나 친구가 의료조력사망을 반대하면 어떻게 되나요? 박사님은 환자의 자율성을 믿으시지만 때가 왔을 때 가족 안에서 큰 불협화음이 있을 수도 있잖아요.

로저   저는 매사추세츠에 있고 여기서는 의료조력사망이 불법이에요. 그래서 이 주에서는 절대로 의료조력사망을 신청할 수 없어요. 제 환자 중에 의료조력사망을 부탁한 분이 있었는데 저는 해드리지 못했어요. 겁쟁이였죠. 그렇게 하지 못해서 부끄러워요. 그분이 집에 가서 수면제를 먹고 평화롭게 돌아가실 수 있도록 약 처방전을 드리지 않았어요. 그 일은 법 위반이어서 제가 면허를 박탈당하거나 더 심하게는 감옥에 갈까 걱정한 거죠. 제가 오리건의 법을 기초로 의료조력사망을 시도해보고 싶었더라도 그럴 수 없었을 거예요. 그분은 법의 기준에 부합하지 않았거든요.

2012년 매사추세츠에 죽을 권리 법을 들여오기 위한 운동이 결성되었다. 로저는 그 캠페인에 참여하지는 않았지만 여론 조사에 따르면 60퍼센트가 우호적이었기 때문에 확실히 성공하리라고 생각했다. 최종적으로 지지는 51퍼센트에서 49퍼센트로 하락했고 "반대" 캠프가 500만 달러를 모아서 텔레비전에 허위 광고를 송출한 뒤 이 운동은 패배했다. 로저는 이 반대 세력이 대부분 천주교 쪽이라고 생각했다.

의사들로 말하자면, 2017년 매사추세츠 의학회가 실시한 여론 조사에 응답한 의사 중 삼 분의 이가 의료조력사망을 매사추세츠주에서 허용해야 한다고 생각한다는 결과가 나왔다. 같은 해 12월, 매사추세츠 의학회는 입장을 바꿔서 "참여적 중립성"을 지지했는데 의료조력사망이 합법화되면 의사들이 제대로 일할 수 있도록 지원하겠다는 뜻이었다.

나는 로저에게 의료조력사망이 사실상 자살이라는 비판을 어떻게 생각하는지 물었다.

로저   죽음을 앞둔 분들은 죽고 싶어 하지 않아요. 저도 마찬가지예요. 제가 의료조력사망을 선택할지도 아직 잘 모르겠어요. 만약 제가 의료조력사망을 선택한다면 그 이유는 죽고 싶어서가 아니에요. 저는 인생을 즐기고 삶을 사랑해요. 빨리 퇴장하는 방법에는 관심 없다고요. 저는 최대한 오래 살 거예요. 오리건주에서 결국 의료조력사망 처방전을 받아낸 사람 셋 중 하나는 약물을 복용하지 않아요. 통계를 보면 사람은 네 명 중 한 명 꼴로 통제할 수 없는 통증에 시달리다가 죽어가죠. 조력사망 약물을 받으려는 사람들은 대부분 그 상황까지 가지도 않아요. 그 전에 세상을 떠나거든요.

다이앤 　의료조력사망이 불법인 주에 거주하는 분들은 어떻게 하죠?

로저 　그분들은 집을 완전히 정리하고 다른 주로 이사 가는 수밖에 없어요. 예를 들어서 브리트니 메이너드 씨는 캘리포니아에서 오리건주로 이주했죠. 치료 불가능한 뇌종양이었고 의료조력사망을 하지 않으면 극심한 고통에 시달리다가 죽으리라는 사실을 알았으니까요. 하지만 대부분은 직장, 지원 네트워크, 가족, 친구, 성직자를 떠나 새로운 주로 이사할 여력이 없어요. 게다가 의사도 찾아야 하죠. 많은 의사가 의료조력사망에 힘을 보태기를 꺼림칙해하기 때문에 그냥 아무 의사하고나 약속을 잡는다고 되는 게 아니에요. 우호적인 의사를 찾아야죠. 그런 다음에는 만일을 대비해서 한 명 더 찾아야 해요! 너무 고생스러운 일이죠. 시간도 많이 걸리고요. 그러니까 결국 "나는 감정적 고난을 감수하고 아름다운 집과 인생을 행복하게 만드는 것들과 친구들과 이 모든 걸 다 떠나 아는 사람이 전혀 없는 다른 곳으로 갈 거야"라는 말이에요. 커다란 고생이죠. 어떤 면에서는 비인도적이고요.

나는 의료조력사망에 관한 미국의학협회의 입장에 대해서도 물었다.

로저   의학협회는 아직도 어떻게 할지 논쟁 중이에요. 다수의 의사에게 의료조력사망이 인기가 없다는 사실을 파악하고 윤리적인 입장을 정하려고 노력하는 중이죠. 여론 조사를 보면 삼 분의 이 정도가 우호적이에요. 하지만 의학협회는 절대 윤리적 문제를 풀지 못할 거예요. 두 개의 윤리적 선이 서로 상충하니까요. 자율성의 윤리가 생명 유지라는 윤리와 서로 상충하는 모양새잖아요. 의사들은 어떻게 생명을 유지할지와 어떻게 사람들을 도울지를 배우지 생애 말기 돌봄은 사실상 배우지 않아요. 의대와 수련의 기간에 생애 말기 돌봄을 가르치면 좋겠어요. 절대 완화 의료와 호스피스를 폄하하려는 게 아니에요. 그들은 그들대로 진짜 훌륭해요. 하지만 항상 완벽하게 성공적이지는 않죠. 그래서 또 다른 선택지가 있어야 해요.

     죽음은 적이 아니에요. 죽음은 누구도 피할 수 없어요. 피할 수 없는 죽음을 무서워하면 결국 자기 삶을 제대로 살 수 없어요. 의사들은 이 점을 깨달을 필요가 있어요. 제가 아직 환자를 보던 시절에 환자들한테 그랬어요. 제 목표는 여러분들을 영원히 살려두는 게 아니라 최대한 건강하게 만드는 거라고요. 환자들이 "전 앞일은 모르겠고 그냥 최대한 저를 오래 살게 해주시면 좋겠어요"라고 하면 그대로 따랐지만요.

　아내하고 저는 항상 죽음을 이야기해요. 심지어 어디 묻힐지를 주제로 맨날 우스갯소리도 하고 웃기도 해요. 전에 텔레비전 방송에 나갔다가 죽음을 가지고 농담을 했는데 아주 잘 먹히지는 않더라고요.

나는 로저에게 불치병과 말기 상태의 차이를 물었다. 그는 불치병은 치료하지 않으면 얼마 안 가 세상을 떠날 병이라는 뜻이고, 말기 상태는 기대 여명이 6개월 이하라는 뜻이라고 말했다. 그는 자신이 불치병에 걸린 상태라고 설명한다.

로저　사람은 자기가 통제할 수 없는 문제는 걱정하지 않아요. 그래서 제가 지금 66세인데 마치 두 번째 삶을 사는 아주 멋진 경험을 하는 기분이에요. 저는 제가 세상을 떠날 거라는 사실을 넘어서서 인생을 훨씬 더 감사히 여기는 게 암이 제게 준 선물이라고 말해요. 제 삶을 다 살고 나서 세상을 떠나면 비극이 아니죠. 세상은 우리가 여기에 계속 있을 수 있도록 만들어지지 않았어요. 세상은 우리 없이 계속 굴러갈 테고 우리는 그 사실을

받아들여야 해요. 일단 그 사실을 받아들이면 삶이 훨씬 아름
다워진답니다.

존엄사로 아내를 보낸 여성과의 대화

스텔라 도슨-클라인,
아내 메리 클라인과 사별한 여성

스텔라 도슨은 1980년 영국에서 아내 메리 클라인을 만났다. 메리가 만들고 스텔라가 배포하던 페미니스트 신문을 통해서였다. 그 후 스텔라는 신문 일을 돕기 위해 워싱턴DC로 옮겨 왔고 메리와 같은 그룹홈에서 살았다. 그들은 메리가 세상을 떠날 때까지 37년간 결혼 생활을 했다.

워싱턴DC 노스웨스트에 있는 그들의 집은 내가 어릴 때 살던 집과 꽤 가깝다. 그 길에는 우리 집이 그렇듯 포치가 앞을 향해 있는 연립 주택이 많다. 스텔라는 키가 크고 아주 호리호리한 체형에 짧은 은발인데 메리와 그들의 관계, 결혼 생활, 메리의 투병, 메리가 생을 마감할 수 있도록 선뜻 도와줄 의사를 찾기 위해 안간힘을 썼던 과정을 이야기하는 동안 그의 아름다운 연파랑 빛깔 눈에 눈물이 차오른다.

스텔라   메리가 이 문으로 걸어 들어오던 모습을 영원히 잊지 못할 거예요. 메리는 아주 눈에 띄는 세련된 단발머리였어요. 개랑 같이 있었고요. 언제나, 항상 개가 있었어요. 개랑 같이 끝내주는 머리 스타일을 하고, 골진 재킷을 입고, 텐트랑 낚싯대를 들고 걸어 들어왔어요.

아, 이 여자 재밌을 것 같다 싶었어요. 전 메리가 끝내주는 언론인이라는 걸 알고 있었어요. 3개월 만에 우리는 같이 아파트를 얻어서 들어갔어요. 좀 서두르는 게 아닌가 했는데 메리가 그러는 거예요. "아, 스텔라, 일단 한 주, 한 달 동안 같이 지내보자. 그러고 나서 다시 생각해보자고. 우리 중 한 명이 나가고 싶으면 동전을 던지자." 한 달 뒤, 우리는 상의조차 하지 않았어요. 동전도 던지지 않았죠. 그렇게 37년을 같이 지냈어요.

스텔라에게 메리의 직업 생활에 대해 물었다.

스텔라   10년이나 15년에 한 번씩 메리는 뭔가 다른 일을 했어요. 그이는 오랫동안 언론인이었죠. 저한테 휴지를 주셔야겠어요. 눈물이 생각보다 빨리 나네요.

다이앤   충분히 이해해요.

스텔라   그래요, 메리는 언론인이었고 〈케이프 코드 타임스〉에서 일하다가 그다음에는 〈페어팩스 저널〉에서 일했어요. 그런 다음에는 의회에서 위대한 사회* 프로그램을 다루는 캐피털 퍼블리케

이션스에서 운영 편집자로 일했어요. 위대한 사회 프로그램은
레이건 시대가 시작되면서 해체되었지만요. 그 시절, 그러니까
1980년대에는 예술 활동에 점점 빠져들기 시작해서 예술 학교
에 지원하기로 결심했어요. 원래 메리가 뭘 하든 150퍼센트로
해냈거든요. 버지니아커먼웰스대학에서 입학 허가를 받았지
만 시카고예술대학에 가고 싶어 했어요. 그래서 제가 말했죠.
"근데 자기는 학부 학위가 예술도 아니잖아." 그런데도 메리는
"지원할 거야"라고 했어요. 그래서 포트폴리오를 냈고 입학 허
가를 받아냈어요.

　우리는 시카고로 이사했고 메리는 그다음 20년 동안 예술가
로 일하면서 언론 일은 부업으로 했어요. 메리가 하던 작업은
대부분 언어를 탐구하는 일이었어요. 언어가 정체성을 어떻게
규정하고 창조하는지, 사람들을 주변화하는 데 어떻게 이용되
는지 그런 것들이요. 그중에서도 레즈비언 정체성을 탐색하는
일이 아주 중요했죠.

다이앤　그리고 이 시기에 선생님도 계속 언론 일을 하신 거죠?

스텔라　라디오 일을 시작했고 그러다가 텔레비전 쪽 일도 조금 했고,
그다음에는 신문으로 옮겨서 로이터 소속 언론인으로 일했어

---

*　　Great Society, 미국의 린든 존슨 대통령이 1960년대에 추진한 빈곤 추방 및 경제 번영
정책으로 오늘날 많은 미국 복지 정책의 모태로 평가받는다.

요. 지금은 세계은행에서 만든 한 신탁 기금에서 커뮤니케이션 책임자로 일하고요.

다이앤 메리의 병에 처음으로 나타난 증상을 이야기해주시겠어요?

스텔라 메리는 대회에 내보내려고 개를 준비시키고 있었어요. 은퇴하고 나서는 개 훈련에 직장 다니듯 매달렸거든요. 우리가 독일에 있을 때 메리는 주로 독일 양치기 개들을 대상으로 하는 슈츠훈트라는 스포츠를 접했어요. 고도의 복종과 민첩함, 추적 능력 그리고 아주 정형화된 보호 기술을 요구해요. 꽤 강도가 높은 스포츠죠. 메리는 독일 훈련사와 훈련하려고 미네소타까지 갔어요.

거기서 한 달 정도 지내다가 대회에 참가하려고 뉴욕주 북부까지 차를 몰고 갔죠. 그곳에서 제게 전화를 했는데 그때가 2014년 7월이었어요. 그이가 그러더라고요. "스텔라, 나 너무 너무 피곤해." 그래서 제가 그랬죠. "뭐 당연하잖아. 한 달 동안 집 밖에서 지냈고 운전도 많이 했으니까." 그러니까 "내가 이 대회를 하고 싶은지 잘 모르겠어"라고 하길래 저는 또 그랬죠. "그냥 한번 끝까지 해보지 그래? 여기까지 와서 포기하기는 좀 민망하잖아." 결국 메리는 대회에 나갔는데 그러더니 이제는 아무런 에너지도, 흥미도 없다더라고요.

전혀 메리답지 않았어요. 그러더니 복통과 소화 문제가 생겼다고 말하기 시작하더라고요. 우리는 이번에도 증상을 메리가 너무 많이 여행 다니고, 잘 먹지 않은 탓으로 돌렸어요. 늘 소화 불량과 변비를 달고 살았거든요. 그래서 많이 신경 쓰지 않았죠. 그런데 점점 통증이 심해지니까 그이가 병원에 갔어요. 메리는 자기가 게실염이라고 생각했어요. 전에도 그런 적이 있어서요. 의사가 약을 주기는 했는데 상태는 나아지지 않았어요. 그래서 병원에 다시 갔더니 의사가 결론만 말하면 심리적인 문제라고 했다는 거예요. 메리는 화를 내면서 씩씩거렸죠. 그러더니 "나 엑스레이 찍을 거야. 이렇게는 못 살겠어" 하더라고요.

엑스레이를 찍으러 갔는데 그날 오후에 엑스레이를 판독하던 의사가 메리한테 문자로 당장 전화하라고 연락을 해왔어요. 메리가 전화했더니 의사가 지금 바로 부인과 소속 종양학자한테 가보라고 했대요. 제가 퇴근해서 집에 오니까 메리가 제 손을 잡고 거실에 데려가더라고요. 자리를 잡고 앉더니 "스텔라, 아무래도 나 암인가 봐"라는 거예요. 근데 저는 너무 영국인답게 "아, 걱정하지 마. 전에도 종양 제거한 적 있잖아. 난소에 종양이 또 한 개 생겼나 보지 뭐. 괜찮을 거야"라고 말했어요. 그랬더니 메리가 제 손을 잡으면서 "스텔라, 이번에는 심각한 것 같아" 하더라고요.

우리는 그 주 내내 의사를 알아보고 약속을 잡았어요. 그런데 아니나 다를까 진행성 난소암이었어요.

다이앤   메리는 처음 두 의사한테 다시 가서 따졌나요?

스텔라   아, 네. 그렇지만 더 끔찍한 건 그이가 배가 크게 부풀어 오르자 계속 "나 운동을 더 해야 할까 봐. 체형이 너무 무너지네"라고 말한 거예요.

다이앤   그럼 진단받고 나서는 어떻게 됐어요?

스텔라   우리가 월요일에 의사를 만났는데 바로 다음 주에 수술해주겠다고 했어요. 2014년 콜럼버스의 날*에 6시간 정도 수술받았어요. 암이 상당히 넓게 퍼져 있었대요. 의사들이 자궁하고 난소 그리고 결장 일부와 복막 일부를 들어냈어요. 그이는 의사들이 자기 등에 산업용 스테이플 42개를 박아서 꿰맸다는 소리를 즐겨 했죠. 회복하느라고 병원에서 두 주를 보냈고요.

11월에 화학 요법에 들어갔는데 의사들은 "고용량 화학 요법"이라고 하더라고요. 난소암은 딱히 치료법이라고 할 만한 게 없다 보니까 기대할 수 있는 최고의 상황은 처음에 암세포를 때려눕히는 거예요. 처음에 암세포를 길게 눌러놓을수록 생존 가능성이 더 커지죠. 의사들은 암세포를 죽인다는 희망을 품고 아주 고용량 화학 요법을 했어요. 난소암처럼 특수한 암은 종양 하나가 있는 식이 아니라 종양을 잘라내면 세포가 퍼져나가요. 막 움직여서 다른 온갖 부위로 가버리는 거예요. 그래서인

* 10월 둘째 월요일

지 그이가 센 화학 요법을 받았는데 그러고 나서 6개월 후에 다시 암이 나타났어요.

화학 요법은 무시무시해요. 진짜 끔찍하죠. 기본적으로는 최대한 많은 세포를 죽인 다음에 다시 자라게 하는 원리인데 다시 나올 때는 암이 딸려 있지 않기를 바라는 방법이에요. 화학 요법은 진짜 끔찍했어요. 그이는 수혈을 여러 차례 받았고 장이 두 번이나 막히고 위세척도 해야 했어요. 의사들은 메리가 회복하지 못할 줄 알았죠.

다이앤 메리가 더는 못 하겠다고 말한 적은 없나요?

스텔라 그때는 안 그랬어요. 진단받았을 때는 처치도 받지 않으려고 했어요. 난소암이 불치병이라는 사실을 알았으니까요. 그랬더니 의사가 "지금은 포기할 때가 아니에요. 제가 삶의 질을 지켜 줄 수 있어요"라고 했어요. 메리한테는 삶의 질이 동력이었어요. 처음부터 그랬죠.

다이앤 물론 의사 입장에서 보는 삶의 질은 환자가 생각하는 삶의 질과는 완전히 다르죠.

스텔라 맞아요. 그렇지만 메리는 화학 요법을 할 수 있고 그래서 한 달에 일주일 정도는 괜찮아질 수 있다는 사실을 알았다면 또는 화학 요법이 끝나고 서너 달 정도는 삶을 누릴 수 있다는 사실을 알았다면 그렇게 했을 거예요. 그리고 실제로 그렇게 했죠. 메리는 화학 요법을 다섯 차례 받았어요. 살고 싶었고 삶을 누릴 기회를 원했으니까요. 그이는 최대한 오랫동안 할 수 있는 일은 다 했어요. 그다음에는 "구제 요법"이라는 걸 시도했는데 기본적으로 의사들이 해볼 만한 치료는 다 해본다는 뜻이에요.

구제 요법은 매번 그전 방법보다 험난해요. 부작용이라는 측면에서 정말 참혹하죠. 그래서 처음 두 번을 하고 난 다음에 아무 효과가 없으니까 메리가 "이제 안 할래"라는 거예요. "몸이 못 버텨. 더는 안 해"라면서요.

다이앤 그때 처음으로 의료조력사망을 할 수 있을지 이야기하셨나요?

스텔라 그 얘기는 처음부터 했어요. 첫날부터 바로요. 그때는 워싱턴 DC에 그 법이 없었잖아요. 메리가 진단받고 나서 저한테 그랬어요. 자기는 불필요한 고생을 할 생각이 없고 의학적인 도움을 받아서 삶을 마감하면 좋겠다고요. 저는 놀라지 않았어요. 메리는 엄청 강하고 엄청 독립적이었으니까요. 그리고 감정 문제에서도 엄청 칼 같았어요. 처음부터 메리는 약물을 구하고 싶다고 그랬어요.

다이앤 선생님은 어떤 기분이셨어요?

스텔라 존중했어요. 메리가 어떤 사람인지 알았기에 놀라지 않았어요. 자기 삶, 자기 행동에 대한 주체성이 메리에게 핵심이라는 점을 알았어요. 그래서 놀라지 않았어요. 오히려 지지했죠. 그이가 죽기를 바라서가 아니라 암에 걸렸으니까요. 2014년이었어요. 우리는 버몬트 이사도 알아보고 메리는 스위스에 있는 디

그니타스* 클리닉에 등록했어요. 자기 삶을 마감하는 방법에 대한 정보를 제공하는 엑시트 인터내셔널Exit International이라는 곳에도 등록했고요.

약물을 얻을 만한 장소 두 곳이 멕시코와 페루였어요. 제가 멕시코시티 지도에서 찾아봤는데 동물 병원인가 보더라고요. 그래서 별로라고 생각했죠. 아무래도 메리가 스위스에 가겠다고 할 것 같았어요.

다이앤 워싱턴DC에서는 어떻게 활동을 시작하셨나요?

스텔라 메리가 컴패션&초이스와 연락한 적이 있어요. 그러다가 2016년 8월에 의원들이 죽을 권리 법에 표결할 가능성이 상당히 커져서 자기 동네 의원한테 편지 쓰고 로비하는 집중 행동이 있었거든요. 우리 둘 다 전화를 돌리고 편지를 쓰기 시작했는데 메리 체 의원이 처음으로 반응을 보였어요. 그다음에는 데이비드 그로소 의원도 우리한테 회신해서 메리를 만나보겠다고 했고요. 그 사람은 장애인에게 관심이 많아서 장애인을 치워버리고 싶은 가족들이 법을 이용할 수도 있다는 주장에 신경을 많이 썼어요. 메리는 약은 당사자가 직접 복용해야 하고, 약을 손에 넣으려면 정신이 온전해야 하고, 그런 결정을 할 수 없는 사람은 절대 그 약물에 접근할 수 없다고 아주 열변을 토

---

* Dignitas, 의료조력사망을 지원하는 스위스의 단체

했어요. 우리는 들을 생각만 있으면 누구한테든 이야기했죠. 2016년 10월이었어요. 국회의원들은 11월에 표결해서 승인했고 시장이 2016년 12월에 그 법에 조인했죠. 물론 의회는 이 결정을 다시 엎으려고 했어요. 다행히 성공하지는 못했지만요.

다이앤   그렇지만 선생님과 메리는 여전히 의사를 찾느라 한동안 힘들었죠?

스텔라   메리는 자기 종양학과 의사랑 부인과 의사에게 삶을 마감할 수 있도록 약물 처방전을 써달라고 부탁했는데 두 사람 다 해주지 않으려고 했어요. 메리는 처음부터 말했어요. "난 삶의 질을 어느 정도 누릴 수만 있으면 살기 위해 할 수 있는 모든 일을 할 거야. 근데 아무것도 할 수 없는 때가 오면 자기 도움이 필요해."

다이앤   그러니까 의사 둘 다 손을 뗐다는 의미죠?

스텔라   맞아요.

다이앤   메리가 진짜 화났겠어요.

스텔라   네. 그때부터 메리는 의료조력사망은 의료인이 환자에게 제공해야 하는 선택지라는 점을 이해하는 병원과 의사를 만나려고 여러 병원의 의료윤리학자와 약속을 잡기 시작했어요. 그 사람들이 의료조력사망을 선뜻 내켜 하지 않는 데 그치지 않고 그냥 완전히 무지하다 보니까 문제가 많았어요. 그 사람들이 받는 훈련은 다 치료랑 관련이 있어요. 모든 동력이 환자에게 약을 더 많이 주는 데 있죠. 환자가 한 달이라도 더 살 가능성이 아주 희

박하게나마 있으니까요. 메리는 이러한 교육 과정을 자기 다음 과제로 삼았죠. 입법 과정이 모두 끝난 뒤에요. 이제 메리는 의료진을 교육해야 했어요.

메리는 시블리병원, 워싱턴병원, 조지워싱턴대학 의료 센터 의사들과 줄줄이 만나본 뒤 의료용 마리화나를 비롯한 약초로 암을 다루는 의사를 소개받았다. 이 의사는 다른 의사가 주도하면 자신이 기꺼이 그 의사에게 협력하겠다고 말했다. 이렇게 4년의 여정 끝에 비로소 메리는 약물에 접근하는 방법을 찾아냈다. 이제는 자신이 어떻게 죽을지 선택할 수 있었고 집에서 죽을 수 있었다.

그 직후 메리와 스텔라는 두 번째 의사를 만났고 큰 호감을 느꼈다. 이 의사는 워싱턴DC의 죽을 권리 법을 독학해 이미 해박한 상태였고 버몬트와 오리건에 있는 의사들을 알았다. 그는 이 일을 한 번도 해본 적이 없지만 만일 두 사람이 자신과 함께할 의향이 있다면 자신은 기꺼이 함께 그 길을 가겠다고 말했다. 스텔라는 그가 살뜰한 의사로서 그리고 한 인간으로서 그들과 관계를 맺은 첫 번째 사람이었다고 했다.

다음 단계는 이 의사와 메리의 등록이었다. 여러 친구가 메리는 자신의 의지에 따라 이 절차를 밟았고 정신이 온전하다는 내용의 서류에 서명했다. 다음 과제는 약국을 찾는 일이었다. 다행히 이 의사는 수년간 에이즈 환자들과 함께 일한 경험이 있어서 그 약물을 제공해줄 약사들을 알았다. 의사는 메리에게 (비용이 수천 달러에 달하는) 약물 처방전을 건넸다. 메리는 5월 초에 처방전을 입수했고 7월 초에는 암이 상당히 진행되어 있었다. 갈수록 피로해졌고 통증이 날로 심해졌다.

나는 스텔라에게 메리가 완화 진정 치료법은 어떻게 생각했는지 물었다.

스텔라 메리는 의료의 연장선이라고 생각했어요. 메리는 호스피스에 등록해서 자신이 받는 돌봄에 아주 만족했죠. 그렇지만 삶이 끝날 때 혼수상태가 아니길 바랐어요. 이 세상에 깨어 있는 상태로 존재하기를, 저와 개들과 함께하기를 원했죠. 작별 인사를 할 수 있기를 바랐어요. 마지막 나날에는 통증을 제어하기가 점점 힘들어졌어요. 저녁에 의사가 와서 메리한테 말했어요. "제가 통증을 완화할 약을 드릴 수 있어요. 그럼 안 아플 거예요." 그랬더니 메리가 자기는 이미 너무 많이 잔다는 거예요. 그때쯤에는 펜타닐 패치하고 하이드로모르핀을 하고 있었거든요. 그이가 의사한테 "선생님이 저한테 뭘 주시면 전 그냥 잠들잖아요, 안 그래요? 제 의식이 없어질 거예요"라더군요. 의사가 그렇다고 했죠. 메리는 "싫어요. 안 할래요. 저는 이 세상을 그런 식으로 떠나고 싶지 않아요"라고 말했고요.

 메리는 배가 너무 부풀어 올라서 체액을 빼내려고 복부에 관을 꽂고 있었어요. 임신부 같았죠. 두세 주는 괜찮았는데 갑자기 관에서 체액이 안 나왔어요. 병원에 점검하러 갔더니 그냥 좀 막힌 줄 알고 다른 관을 끼우려고 살펴봤는데 의사가 나오더니 "체액이 하나도 없네요"라는 거예요. 제가 의사를 보고 그랬죠. "선생님 말씀은 그게 종양이라는 말이네요." 그러니까 의사가 "이제는 전부 종양인데 다른 장기들을 짓누르고 있어요"라고 했어요. 우리는 그런 일이 벌어지면 이제는 시간이 진짜 없다는 사실을, 할 수 있는 일이 거의 남아 있지 않다는 사실을 알았어요. 메리가 말했죠. "자기가 사람들한테 연락해서 와달라고 해줘."

다이앤   선생님은 그 순간이 마지막이라는 걸 아셨나요?

스텔라   아뇨. 그이한테 몇 주는 남았다고 생각했어요. 친구들하고 메리의 아들을 불렀고 많은 사람이 찾아왔어요. 목요일이었죠. 일요일에 그이가 일찍 일어났는데 다시 침대로 가는 거예요. 아래층으로 내려갔는데 그게 마지막이었어요. 제 여동생하고 남동생이 프랑스하고 영국에서 들어와서 잠시 그들과 시간을 보냈죠. 그이는 웃고 농담했어요. 정말 제법 다정한 시간이었어요. 그러고 나니까 우리 둘 다 꽤 피곤해져서 침대로 갔어요. 메리한테 진통제가 더 필요해서 제가 그이를 도와 화장실을 쓰고 진통제를 먹을 수 있게 했고요. 그러고는 같이 잠을 조금 더 자다가 다시 깼는데 저는 그이가 약이 더 필요한 줄 알았어요. 근데 그때 그러더라고요. "스텔라, 때가 됐어."

다이앤   약은 어디에 보관하고 있었죠?

스텔라   메리가 약을 받아서는 자기 작업실, 그러니까 스튜디오에 있는 캐비닛에 넣어놨어요. 저는 그 약과 관련 있는 일은 아무것도 하고 싶지 않았거든요. 쳐다보고 싶지도 않았고 어디 있는지 알고 싶지도 않았어요. 근데 그날 저녁에는 시간이 아주 임박했다는 감이 왔어요. 그래서 우리가 같이 그 약을 봐도 될지 물었어요. 첫 번째 약은 구토 억제제예요. 약효가 올라오려면 한 시간 기다려야 해요. 그다음에는 알약들인데 다행히 약국에서 가루약으로 줘서 그이는 약을 물하고 섞어서 마시기만 하면 됐어요. 정말 순식간이더라고요. 메리는 다시 눕더니 아주 깊이 잠들었어요. 정말 순식간이었죠.

다이앤   선생님은 계속 메리 옆에 계셨나요?

스텔라   그이는 제 품에서 숨을 거뒀어요. 두 시간 반 정도 뒤에 세상을 떠났죠. 그이가 원하던 죽음이었어요. 쟁취하기 위해 아주아주 열심히 싸웠던 바로 그 죽음이요. 아주 평화롭고 아주 고요했어요. 저도 아주 평화로웠어요. 충분히 감당할 수 있었어요. 오히려 지금이 더 힘들죠. 하지만 메리는 자기 신념을 관철했어요. 메리라는 사람을 보여주는 순간이었죠.

다이앤   메리가 떠나고 난 뒤로 선생님 자신을 어떻게 돌보고 계시나요?

스텔라   현실적으로 문제이기는 해요. 저는 이제 저 자신을 싱글 맘이라고 생각해요. 사별은 일종의 과정이잖아요. 첫 몇 달은 약간 멍해요. 근데 저는 확실히 우는 데는 문제가 없어요. 건강하다는 신호 같아요. 메리가 투병하는 내내 그리고 그이가 평화롭게 죽을 수 있는 방법을 찾으려고 애쓰던 여정 내내 우리는 두 가지 일을 했어요. 하나는 감사였어요. 경이로운 삶에, 숱한 모험에, 서로가 가장 충만하게 손을 잡고 함께 살아갈 수 있도록 허용한 것에 대한 감사요. 우리는 우리에게 시간이 더 있다는 사실에 집중했어요. 그 사실을 매일 생각하고 하루하루를 즐겼죠. 우리는 4년이 남았다고는 생각하지 못했어요. 보통 이런 유형의 암에 걸리면 2년 정도밖에 못 살거든요. 4년은 진짜 선물이었어요. 그 덕에 메리는 캠페인을 벌일 수 있었죠. 저는 솔직히 메리가 여기 워싱턴DC에서 그 법안이 통과되는 데 큰 역할을 했다고 생각해요. 그이는 이 일이 자기 문제인 유일한 관련자였잖아요. 그이는 치료할 수 없는 병에 걸렸고 기꺼이 공개적으로 발언하고 싶어 했어요. 메리는 극도로 내향적인 사람이에요. 공개적으로 발언하는 일은 절대 상상할 수 없었죠. 그래서 늘 꼼꼼하게 준비했고 늘 많이 긴장했어요. 그이에게 진짜 진 빠지는 일이었죠. 특히 암이 진행 중이었으니까요. 그렇지만 그 이야기가 아주 중요하다고 생각했어요.

다이앤   선생님은 이 지역에서 메리의 활동을 이어가실 생각인가요?

스텔라   제가 메리 기사를 내던 〈워싱턴 포스트〉와 인터뷰하면서 이야기한 내용이 있어요. 저는 같은 일을 겪고 있는 파트너나 배우자들과 이야기하겠다고 제안했어요. 누군가가 죽을 때 그 자리에 함께하는 건 대단한 사건이거든요. 저는 발언할 거고 의회가 다시 뒤집으려고 하면 필요한 일은 뭐든 계속할 거예요. 다시 로비 활동을 하면서 지원해야죠. 워싱턴DC에서 그 법이 뒤집히면 전국에 선례를 남길 테니까요.

다이앤 "좋은 죽음"을 어떻게 정의하시나요?

스텔라 평화로운 죽음이요. 사랑이 가득한 죽음 그리고 가장 충만하게 살다가 마지막 순간까지 살아낼 수 있는, 매 순간을 살아낼 수 있는 죽음이요. 사람들이 죽음을 말하기를 꺼리잖아요. 저는 "아, 저는 진짜 아프면 그냥 알약 먹고 죽을 수 있으면 좋겠어요"라고 말하는 많은 사람에게는 공감하지 못해요. 그렇게 쉬운 문제가 아니에요. 특히 당장은 의료조력사망이 그렇게 쉽게 접근할 수 있는 선택지도 아니고요. 죽음은 삶의 일부이고 어려운 여정이지만 죽음을 우리 삶의 일부로 만들수록 삶은 즐거운 여행에 가까워질 거예요.

생애 말기 돌봄 의사와의 대화

카탈린 로스,

메리 클라인의 생애 말기 돌봄 의사

카탈린 로스 박사를 만나기 위해 그가 남편과 함께 사는 메릴랜드 교외의 자택으로 찾아갔다. 60대 후반인 박사는 눈코 뜰 새 없이 바쁘게 일하는 사람이다. 인터뷰 시점에 박사는 워싱턴DC에서 죽을 권리를 선택하고 싶어 하는 사람을 돕겠다고 나선 유일한 의사였고 메리 클라인은 로스 박사의 환자였다.

나는 어째서 의사들이 환자의 의료조력사망을 돕기를 그렇게까지 꺼리는지에 대한 질문으로 인터뷰를 시작했다.

카탈린 의료계에서도 지지가 분명히 있다고 생각해요. 전통을 깨기가 어려운 거죠. 제가 선뜻 나선 유일한 사람인지는 잘 모르겠어요. 저는 동료들한테도 어느 정도 지지받고 있거든요.

다이앤 다른 의사들이 "나도 로스 박사를 기꺼이 따르겠어"라고 말할 수 있으려면 뭐가 필요할까요?

카탈린   젊은 의사들 사이에서는 의료조력사망을 어느 정도는 표준으로 받아들이는 분위기가 이미 형성되어 있다고 봐요. 오리건에서는 이미 20년 넘는 경험을 쌓았고 워싱턴주도 10년에서 15년 정도는 지났잖아요. 점점 수용하는 분위기가 늘어나리라고 생각해요. 근데 고용주가 어떻게 생각할지 눈치를 안 볼 수도 없어요. 자기가 속한 기관이 지지하든 그렇지 않든 말이에요. 아직 이런 문제는 제대로 해결이 안 됐어요. 그러다 보니까 환자의 마지막에 도움을 주려는 의사 입장에서도 애를 많이 써야만 하고 그래서 많이들 선뜻 나서기를 주저하죠.

나는 박사에게 일종의 등록제가 있고 이곳 워싱턴DC에서는 의사들이 어느 정도의 수련을 거쳐야 한다는 사실을 상기시키며 혹시 의사들이 자기 이름이 공개되는 상황을 꺼리지는 않는지 물었다.

카탈린   음, 저도 망설였는걸요. 등록제는 이제 없어졌어요. 오리건주에는 아직 등록제가 있고요. 아마 워싱턴주도 그럴 거예요. 제가 보기에 두 주에서는 이제 잘 정착한 것 같아요. 워싱턴DC의 법은 너무 내밀한 데가 있어요. 의사와 환자의 비밀을 확실하게 보장해주기는 하는데 대가가 있어요. 도움을 줄 만한 의사를 대체 어떻게 해야 찾을 수 있는지 알기 힘들 수 있다는 뜻이니까요.

다이앤	어떻게 하면 그 과정을 더 수월하게 만들 수 있을까요?
카탈린	저도 아직 입장을 똑 부러지게 정하지는 못했어요. 비밀 보장을 어느 정도 해주고 사람들이 진지하게 정보를 얻을 수 있는 보건부 등록제가 있다면 의사의 프라이버시를 충분히 지킬 수 있겠죠. 아시다시피 제 이름이 (메리 클라인에 대한) 〈워싱턴 포스트〉 기사에서 언급됐잖아요. 그 보도 때문에 부정적인 반응이 일어나지는 않을까 걱정도 했어요. 근데 실제로는 그렇지 않더라고요. 덕분에 마음을 놓았죠. 그리고 제가 사람들한테 그랬어요. 자기 환자의 마지막을 기꺼이 거들려는 다른 의사들을 언제든 도와주겠다고요. 저는 제가 뭘 해야 할지 진짜 별로 아는 게 없어서 멘토를 찾아다녔거든요. 의사들이 서로 조언해주는 것도 다 과정의 일환이지 않을까 싶어요.
다이앤	메리 클라인 씨를 어떻게 만났는지 이야기해주시겠어요?
카탈린	클라인 씨는 의료용 마리화나에 관심이 있어서 1차 진료 의사한테 마리화나 처방을 물어보셨대요. 워싱턴DC에서는 합법이거든요. 그 의사가 클라인 씨를 의료용 마리화나를 처방해주는 제 동료에게 소개했어요. 제 동료는 제가 의료조력사망으로 클라인 씨를 도울 수도 있다는 점을 알았죠. 그 동료는 인증받은 보조 의사는 할 의향이 있었지만 그 과정을 앞장서서 진행할 준비는 되어 있지 않았어요.
다이앤	워싱턴DC에서 법이 발효된 뒤로 쭉 같은 입장이셨나요?

카탈린   사실 제가 의료조력사망을 지지한 지는 오래됐어요. 의료조력
         사망을 지지하는 많은 사람이 에이즈가 유행했을 때 죽어가는
         환자들과 많은 시간을 보냈죠. 그때는 사람들이 끔찍하게 죽어
         갔는데 도움을 주기가 너무 힘들었거든요. 그래서 당시에 이
         얘기를 많이 논의했어요. 저는 의대생들과 직원들한테 의료 윤
         리도 가르치다 보니까 오랫동안 이 사안에 관심이 있었죠.

다이앤   박사님과 클라인 씨는 어떤 식으로 이야기를 시작하셨나요?

카탈린   클라인 씨는 아주 단도직입적으로 자기는 의료조력사망을 지
         지하는데 끔찍한 병에 걸린 상태라고 얘기하셨어요. 전이성 난
         소암이었고 도움을 줄 의사를 찾고 있었죠.

다이앤   클라인 씨가 박사님한테 도울 의사가 있는지 직접 물었나요?

카탈린   맞아요. 저는 최선을 다하겠다고 했죠. 클라인 씨는 제게 자기
         병력을 얘기해주셨는데 참 처참했어요. 저는 완화 의사로 일할
         때는 늘 암 환자를 상대해요. 당시 클라인 씨의 암은 진행이 많
         이 된 상태였어요. 화학 요법과 수술도 많이 했고요. 사실 저는
         클라인 씨를 담당한 부인과 종양학자를 아는데 그분이 진짜 실
         력 있는 의사고 클라인 씨가 할 수 있는 처치는 다 받았다는 점
         을 알았죠. 저는 이미 의료조력사망법에 아주 관심이 많았고
         여러 교육용 콘퍼런스에서 그 얘기를 하던 상태였어요. 조지워
         싱턴대학 의학과의 우리 분과에서도 이 법을 어떻게 받아들일
         지 토론했고요.

다이앤 박사님이 이야기를 나눠본 의사 중에서는 동의가 많았나요, 아니면 반발이 더 많던가요?

카탈린 호스피스와 완화 의학에 있는 노인학 쪽 사람들과 일할 때는 진심으로 거부하는 사람들이 많았어요. 양쪽 다 존중할 필요는 있지만 어떤 분들은 그런 일은 의사가 할 일이 아니라고 치부해버려요. 죽음을 재촉하기를 금하는 전통 때문에 히포크라테스 시대 이후로 서양 의학에서는 계속 의료조력사망을 반대해왔죠. 우리 시대에는 그런 주장이 의학 교육의 진정한 초석이었어요. 제가 보기에 의사들이 그 주장을 그냥 무시할 수는 없어요.

다이앤 극단적인 통증에 시달리더라도요?

카탈린 완화 의료계에서는 의사들이 혹시나 죽음을 재촉할까 봐 통증에 대한 적절한 처치를 몹시 꺼리는 일이 많아요. 아주 소량 또는 어느 정도의 모르핀이라도 저호흡을 유발하거나 환자가 의식을 잃을 수 있거든요. 말씀드렸지만 의사들은 그런 일에 아주 반대해요. 완화 의료에서는 통증을 완화하려는 모든 행위가 사실상 죽음을 앞당길 수도 있다는 편견에 반박해야 했죠.

이중 효과 원칙이라는 게 있어요. 기본적으로 의사의 목적이 통증을 완화하기 위한 진통제 처방일 때, 그 처방에 죽음을 앞당기는 예측하지 못하거나 과도한 효과가 있어도 의사는 잘못이 없다는 원칙이에요. 환자의 수명을 단축하려는 목적이 아니라 통증을 덜어주려는 의도였으니까요. 하지만 이 원칙이 항상 명쾌하지는 않아서 많은 의사가 항상 그 사이의 긴장을 놓고 치열하게 줄다리기해요.

다이앤 지난 30년 동안 환자와 의사 간의 권력 균형이 조금 움직였잖아요. 환자들은 자기가 원하는 바를 아주 명쾌하게 밝힐 권리가 있다고 말하고 있고요. 이제 더는 의사들의 말을 덮어놓고 떠받들지 않아요. 저는 오리건의 법이 환자가 "이제 됐어! 난 진짜 할 만큼 다 했어"라고 말할 권리를 가져야 한다는 생각에서 나왔다고 봐요. 그런데 어떤 사람이 완화용으로 약물을 사용하고 있는데 환자나 가족이 그 약이 별 도움이 안 된다고 말할 때는 누구의 판단을 따라야 할까요?

카탈린 이미 개종한 사람한테 전도하는 격이네요. 저는 의료인으로서 일한 전 기간에 환자의 자율성을 지지하는 쪽에서 의사를 결정해왔어요. 이런 태도가 의료조력사망에 대한 저의 관점에 큰 영향을 미친다고 확신해요. 괜찮은 선택지가 없고 치료나 회복이나 차도의 가능성이 없을 때는 환자가 의료조력사망을 결정할 수 있어야 해요. 도움이 안 되는 처치를 중단하고, 득보다는 고통을 더 유발하는 추가적인 화학 요법을 거부하고, 고통을 연장하기보다는 편안함과 통증 완화를 택하는 결정을 내릴 수 있어야 한다고 생각해요.

저는 의료조력사망이 긴 스펙트럼의 일부라고 봐요. 호스피스 완화 의료계에는 좋은 완화 의료가 거의 항상 통증을 적절하게 덜어줄 수 있다는 강한 믿음이 있어요. 하지만 다들 100퍼센트 성공하지는 못한 경험이 많죠.

어떤 분들은 같은 조건에서도 다른 분들보다 통증을 더 많이 느껴요. 어떤 분들은 자신에게 주어진 시간을 계속 통제하는 쪽을 선호하고요. 우리가 "완화 진정"이라고 부르는 방법이 있어요. 환자가 자기에게 남은 몇 시간 또는 며칠 동안 계속 잠을 자게 만드는 약물 진정제와 진통제를 충분히 줘서 그냥 기절시키는 것과 다름없는 방법이죠. 그 방법을 선호하는 분들도 있어요. 어떤 분들은 "저는 더는 고생하고 싶지 않아요. 그냥 잠들게 해주세요"라고 말해요. 그렇게 한다고 해서 우리가 죽음을 앞당기지는 않아요. 그냥 의식을 잃을 수 있게 약물을 더 많이 드릴 뿐이죠.

클라인 씨에게도 마지막에 그 방법을 제안했어요. "남은 시간 동안 그냥 잠들어 있도록 약을 드릴 수 있어요"라고 말했죠. 그랬더니 "그건 싫어요. 언제 갈지는 제가 정하고 싶어요"라고 하시더라고요. 의료조력사망에는 그런 통제력을 갖고 싶어 하는 분들이 있어요.

나는 로스 박사에게 의료조력사망 약물에 정확히 무엇이 처방되는지 물었다.

다이앤   오리건에서 처방하는 약, 캘리포니아에서 처방하는 약, 워싱턴 DC에서 처방하는 약이 다른가요? 아니면 다 같은가요?

카탈린   저는 그쪽 전문가는 아니에요. 처음 처방전을 쓸 때는 워싱턴 주의 의사에게 조언을 구했어요. 컴패션&초이스에는 의사들의 핫라인이 있어요. 그 핫라인이 큰 도움이 됐어요. 2018년 4월에 처음으로 처방전을 썼고 그 뒤로 다른 두 사람한테 두 번 더 썼는데 그중 한 분은 처방전을 사용했고 다른 한 분은 사용하지 않았죠. 처방전 사용은 약물을 구할 수 있는지와 보험에도 좌우돼요. 모든 보험 회사가 약물 비용을 보장해주지는 않고 모든 사람이 그 비용을 융통할 돈이 있지도 않으니까요. 세코바르비탈은 비싼 약이에요. 2천 달러가 넘죠. 서부 해안 지역에서는 그보다도 훨씬 비싸고요. 세코바르비탈 말고도 손에 넣을 수 있는 약이 있고 사용할 수 있는 다른 조합이 있어요. 하지만 알약을 전부 다 삼키는 일이 진짜 고역이에요. 약이 진짜 많거든요. 경구 투여 약으로 사망에 이른다는 게 말처럼 쉬운 일이 아니에요. 힘들어요. 게다가 중환일 때는 더욱 힘들어요. 클라인 씨는 위가 안 좋았어요. 더는 먹지를 못했죠. 복부 전체가 암 때문에 장폐색 상태였고요. 제가 이 말을 하는 이유는 알약 백 개 삼키기나 물 한잔 마시기마저 쉬운 일이 아니기 때문이에요.

다이앤   클라인 씨가 돌아가시던 날 그 댁에 가셨나요?

카탈린	네, 그랬죠. 돌아가시기 나흘 전에 갔고 돌아가신 날에도 갔어요. 저는 왕진을 자주 다녀요. 의료조력사망을 고려 중인 분들뿐만 아니라 중환이거나 집 밖으로 나오지 못하는 분들도 있으니까요.
다이앤	선생님이 계셔서 클라인 씨 마음이 많이 놓였겠어요.
카탈린	음, 우리는 집에 있거나 호스피스 중이거나 노환인 환자들을 방문해서 진료해요. 왕진을 조금 강조해두고 싶네요. 왕진이 중요하다고 생각하거든요. 환자가 집에 있으면 그분들이 있는 곳으로 반드시 찾아가야 해요. 클라인 씨는 정말 엄청난 분이었어요. 아주 인상적이고 우러러볼 만한 분이었죠.
다이앤	그분이 돌아가실 때 그 집에 계셨나요?
카탈린	아니요, 안 그랬어요. 아내인 스텔라 씨가 함께 있었죠. 마지막으로 클라인 씨를 만났을 때 스텔라 씨와 함께 약을 건네기는 했어요. 실은 그때 약사가 뭘 조제했는지 처음 봤어요. 클라인 씨는 유럽에서 가족들이 오기를 기다리는 중이었는데 그분은 누구를 보고 싶은지가 아주 분명했죠. 제가 마지막에 뵀을 때는 상태가 아주아주 안 좋았어요. 임종 시간은 클라인 씨와 스텔라 씨가 직접 골랐는지 몰라도 마지막 날에는 이미 임종이 아주 임박한 상태였어요. 사람이 죽어가면 혈압이 내려가고 어떨 때는 손발에 혈액 순환이 잘 안돼서 피부에 반점이 생겨요. 죽음의 조짐은 여러 가지로 나타나요. 클라인 씨는 제가 마지막

으로 봤을 때 그 과정이 진행 중이었어요. 그분은 난소암으로 돌아가셨어요. 약을 먹고 돌아가신 게 아니고요. 약은 그분이 돌아가시는 시간에 영향을 미쳤을 뿐 이미 죽음의 과정은 진행 중이었죠.

저는 여전히 스스로를 1차 진료의라고 생각해요. 그래서 온 갖 문제를 보죠. 고령자뿐만 아니라 젊은 환자들이 겪는 문제 도요. 그중에는 임종이 가까워지고 있어서 그 문제를 얘기해보 고 싶어 하는 환자분들도 있어요. 의사가 환자하고 죽음을 이 야기하기는 진짜 쉬운 일이 아니에요. 그래도 어떤 분들은 자 기에게 어떤 일이 일어날지, 무슨 일을 겪을지를 정말 얘기해 보고 싶어 해요. 완화 의료의 좋은 점은 우리가 환자분들하고 가족들에게 앞으로 무슨 일이 있을지 이야기해줄 수 있다는 거죠. 우리에게는 죽음이 입에 올리면 안 되는 주제가 아니니 까요.

다이앤　다른 의대에서도 변화가 좀 있나요? 아니면 조지워싱턴대학에 서만 그런가요?

카탈린　제가 학교 다닐 때보다 훨씬 많은 내용을 가르친다는 점은 분명 해요. 제가 보기에는 그 방향으로 움직임이 있는 것 같아요. 하 지만 의사들은 죽음에 저항하고 계속 병과 맞서 싸우려는 동기 가 워낙 강하죠.

다이앤　선생님에게 좋은 죽음은 무엇인가요?

카탈린 아주 많이 생각해보지는 않았어요. 아무래도 사람들에게 작별 인사를 하고 싶을 것 같아요. 전부 다 구경하는 데서 큰 파티를 하고 싶지는 않고 가까운 가족들하고 좀 더 내밀하게요. 알고 계시겠지만 스텔라 씨는 클라인 씨와 같이 침대에 누워서 클라인 씨를 안고 있었어요. 저는 그런 죽음이 아름다운 죽음이지 않을까 싶어요. 마지막 순간은 가능하면 아주 사적이기는 해도 혼자는 아니면 좋겠어요.

워싱턴DC 의원과의 대화

메리 체,

헌법학 교수, 워싱턴DC 의원

메리 체는 조지워싱턴대학 헌법학 교수다. 강렬한 푸른 눈을 가진 매력 넘치는 50대로 성인인 두 딸을 둔 어머니이기도 하다. 2006년 워싱턴DC 의원으로 선출된 그는 의료조력사망 문제를 다루고 싶다는 결정을 아주 일찍부터 내렸다. 사람들이 마지막 선택을 할 수 있는 자율성과 능력에 분명한 입장을 가지고 있었다는 의미다. 자료를 모으기 시작한 것은 2011년부터였다. 당시에는 동성혼을 비롯한 굵직한 사회적 사안들도 논의되었기 때문에 법안을 제출하기에 적기인 듯싶었다.

나는 그가 처음에 의료조력사망 사안을 들고나왔을 때 다른 의원들의 반응이 어땠는지 물었다.

메리   보건위원회 의장이 그 발의에는 의장 지지가 있어야 하는데 다
            른 사회적 이슈 몇 가지를 의회에서 다 처리할 때까지 기다리는

게 좋겠다고 하더라고요. 이런 큰 사안은 사람들이 변화하는 사회적 환경에 적응할 시간이 필요하다면서요. 저도 그 의견에 동의했죠. 근데 2016년이 되니까 지쳐서 더는 못 기다리겠더라고요. 그래서 "저기요, 저 이 법 할래요" 했어요.

대법원까지 간 사건들은 아주 심각한 암이나 불치병, 너무 고생하는 사람들과 관련이 있었어요. 사실 소송이 대법원까지 올라가려면 시간이 워낙 오래 걸려서 환자들은 대부분 기다리다가 돌아가셨죠. 의료조력사망 선택을 합법화하려는 그분들의 바람과 상황을 듣다 보면 진짜 마음이 아팠어요.

나는 체 의원에게 자녀들과 자신의 바람을 이야기해본 적이 있는지 물었다.

메리   아, 너무 좋은 질문이네요. 사실 제가 그 얘기를 꺼낸 적이 있는데 작은딸이 자기는 아무 결정도 하고 싶지 않다고 반응했거든요. 그 아이는 자기가 그 문제를 감정적으로 감당하지 못하겠다고 하더라고요. 큰딸도 어떤 면에서는 비슷했지만 "글쎄, 누군가는 여기서 책임을 지기는 해야겠지" 하는 식이었고요. 토론을 활발하게 해보지는 못했어요.

제 조카가 상태가 안 좋았는데 아무도 "시간이 됐어"라고 선뜻 말하지를 못했어요. 의사가 "진짜 아무 가망이 없어요"라고 했을 때도 여전히 그 아이는 산소 호흡기랑 다른 기계 장치를 달고 있었죠. 가족들이 저한테 어떻게 해야 하냐고 물었어요. 그래서 의사랑 오래 이야기해봤죠. 저는 일말의 희망이라도 있는지, 조카가 어떻게 하면 가장 평화로운 상태가 되어서 어떤 식으로도 고통받지 않을지를 알아내려고 노력했어요. 저희 집 안에서는 이런 식의 결정이 그냥 자연스럽게 제게 맡겨지다 보니까 저한테 어떻게 해야 하는지 물은 거죠. 그래서 제가 그 결정을 해야 했어요.

다이앤 가족분들한테 의원님이 원하는 바를 정확하게 알리지 못하면 어떻게 될까요? 가족분들이 어떻게 알아낼 수 있죠?

메리 그게 문제죠. 우리가 통과시킨 법들은 여기도 그렇고 다른 지자체도 그렇고 일정한 기준을 요구해요. 치료가 불가능해야 하고, 기대 여명이 6개월 이하여야 하는데 예측이 힘들 때가 있죠. 의사들은 보통 낙관을 많이 해요. 6개월이 남아 있다고 말하지만 그보다 못 살 수도 있다는 의미예요. 게다가 의사에게 책임을 지우는 데서 끝나지 않고 당사자가 자가 투약이 가능해야 한다는 조건도 있어요. 자가 투약이 안 되는 사람은 이 법을 이용할 수 없죠.

우리가 조카 일로 고민하던 무렵에 장애계에서 논쟁이 있었어요. 의료조력사망이 안락사에 한 발자국 가까워지는 길이고 장애인이 앞으로 위험해질 거라고 우려하는 사람들이 있었죠. 그래서 그분들은 반대했어요. 하지만 그 안에서도 "우리가 자가 투약을 못 하면 어떡할 건데?"라면서 법안에 실망한 분들도 있었죠.

다이앤 근위축증이 있는 분들처럼요?

메리 그렇죠. 저는 그 문제가 법안의 결함이라기보다는 우리가 이 시기에 정치적으로 무엇을 손에 넣을 수 있는지 그리고 사람들이 어디까지 받아들일 수 있는지의 문제라고 말했어요. 사람들이 자기 대신 다른 누군가가 약물을 투여하는 일을 받아들이겠어요? 아직은 너무 요원하다고 생각했어요.

다이앤 워싱턴DC의 법은 오리건주의 법을 많이 참고했죠?

메리 약간은 달라요. 우리 법에서는 의사가 그 법을 이용하려는 환자에게 최근친이나 친구나 가족에게 연락을 취하라고, 그러니까 누군가와 상의하라고 권하도록 해요. 그리고 괜찮은 사람이 있으면 영적 조언을 해줄 사람과 이야기를 나눌 수도 있죠. 신앙 공동체에서는 어떤 사람이 다른 이의 의견을 구하고자 할 때 영적 조언자와 이야기를 나누도록 권해야 한다고 생각했거든요. 하지만 의무 사항은 아니에요.

다이앤 법 통과가 얼마나 어려웠나요?

메리 쉽지 않았죠. 보건위원회 의장이 저한테 좀 기다려보라고 그랬댔잖아요, 다른 일에 집중해야 한다고. 사실 그분은 의료조력사망을 지지하셨어요. 그런데 제가 법안을 제출할 때는 더는 의회에 안 계셨어요. 다른 분이 보건위원회 의장이 됐는데 그분은 법안에 반대하는 입장이었어요. 의장이 법안에 반대하면 진행을 막을 수 있는데 그럼 그걸로 끝이에요. 근데 이분이 아주 공정한 분이셔서 "난 이 법에 반대하지만 사람들에게 이야기할 기회는 줘야 할 것 같아요"라고 하셨어요. 그분은 의료조력사망법을 주민 투표에 부치려고 했거든요. 일단 공청회를 열고 나서 위원회에서 다루겠다고 약속했고요. 그래서 공청회를 열고 아주 오랜 시간 증언을 들었죠. 위원회에서는 3 대 2로 그 법을 계속 밀고 가기로 했어요. 결국 의회에서는 11 대 2로 찬성이 나왔고요.

이런 결과에 감정적으로 영향을 미친 의원이 두 분 더 있어요. 한 분은 케난 맥더피 의원인데 자기 아버지가 돌아가실 때 얼마나 고생하셨는지를 이야기해주셨어요. 감정이 너무 북받치는 바람에 연단에서 내려와야 할 정도였죠. 그분은 사람들이 삶의 마지막 순간에 이런 선택지를 가질 수 있어야 한다고 생각하셨어요. 자기 아버지가 힘들어하시는 모습을 직접 보면서 한 생각이었죠. 그리고 또 다른 분은 이제 의회에 안 계시는데 라루비 메이라고 주로 아프리카계 미국인이 많이 사는 지역 출신이세요. 아프리카계 미국인 입장에서는 이런 의료 문제에 걱정과 회의가 많았어요. 심지어 의심도 했을 거예요. 아시다시피 미국에서는 역사적으로 아프리카계 미국인을 의료 목적으로 끔찍하게 괴롭혔잖아요.

라루비 메이 의원과 저는 온갖 지역구를 돌아다녔어요. 저는 신앙 공동체와 여러 집단에 속한 분들하고 이야기를 나눴어요. 우리가 이 문제를 놓고 막 표결할 때쯤 라루비 의원이 말했어요. "저는 이 법에 보호 조항이 많아서 만족스럽습니다. 대부분은 이런 선택을 원하리라는 확신도 있습니다. 반드시 그렇게 해야 한다는 게 아니라 선택권을 주는 거니까요. 무엇보다 제 선거구민 중에는 저소득층이 굉장히 많은데 저는 이분들이 의료조력사망을 위해 다른 주까지 갈 수밖에 없는 상황을 원하지 않습니다. 우리 선거구민이 부유한 다른 지역 사람들과 똑같은 선택권을 가지면 좋겠습니다." 아주 중요한 입장이었죠. 아시다시피 투표에서는 그 법안에 찬성하는 표가 압도적으로 많았어요. 그리고 시장이 서명을 했죠.

공청회에 증언하러 오신 분이 많았어요. 한 여자분이 있었는데 제일 멋졌어요. 시한부 암 환자였는데 "저는 의료조력사망을 할 수 있으면 좋겠어요. 그 선택지가 있었으면 해요"라고 말해서 거의 찬성 측 대표 주자 역할을 했죠.

다이앤 메리 클라인 씨 말씀이시죠?

메리 바로 그분이에요. 진짜 진짜 용감했어요. 꽤 아프신 상태였는데도 와서 증언하시고 관련 기자 회견에도 참가하시고는 했어요.

다이앤 집회 같은 활동이 계속 있었나요?

메리 외부에서 공적인 활동이 많이 있었죠. "집회"라고 부르고 싶지는 않아요. 그냥 그 법이 왜 중요한지를 말하고 싶은 사람들이었죠.

그런데 실은 이 법안을 얼마나 통과시키기 힘들었는지에 관한 이야기가 아직 남아 있어요. 워싱턴DC에서는 연방 의회가 지역 입법처 역할을 할 수 있어요. 자기 지역 사안을 통제하려고 연방 의회랑 힘겨루기를 할 필요가 없는 다른 주들과는 달라요. 우리에게는 "지방 차지home rule"라 불리는 게 있기는 한데 연방 의회가 원하면 언제든 우리 지역의 입법 문제에 개입할 수 있어요.* 연방 의회가 30일 이내에 특정 법안을 콕 찍어서 무효로 만들어버릴 수 있다는 의미예요. 하지만 상하원 모두에서 반대하는 표결이 확실하게 있어야 해요. 보통은 그 정도로 일사불란하게 돌아가지는 않아요.

연방 의회에서 개입하는 두 번째 방법은 우리가 예산안을 승인받으려고 보낼 때 그냥 개별 조항을 날려버리는 거예요. 보건부가 지출해야 하는 예산 중에서 상대적으로 적은 금액을 날려버리면 법안이 끝장날 수도 있었어요. 실제로 그런 노력이 있었지만 상원에서 좌초됐죠. 우리가 연방 의회로 보낸 엘리너 홈즈 노턴 대표가 힘을 쓰기도 했고요.

---

*   워싱턴DC는 어느 주에도 속하지 않는 자치구이자 연방 의회의 직할령이어서 자치권을 제한적으로만 인정받는다.

연방 의회가 법안을 사멸시킬 세 번째 방법은 "워싱턴DC에서 이 법 중 많은 부분이 지금부터 무효다"라고 선언하는 법을 대놓고 통과시키는 거예요. 언제든 그렇게 할 수 있어요. 지난 선거 이후로 연방 의회에 조금 변화가 있기는 했지만 우리는 이 법을 근본적으로 무효화하는 법안이 제출될까 봐 늘 노심초사예요.

다이앤　천주교에서는 법안에 반대하는 활동을 얼마나 강력하게 했나요?

메리　아, 반대 의사를 정말 분명하게 밝혔죠. 의료조력사망법에 반대한다고요. 그리고 천주교 시설이나 천주교 계통의 병원, 기관이 절대 이 법을 집행하는 과정에 참여하지 못하게 하겠다고 아주 분명한 입장을 내놨어요.

다이앤　그럼 이제 의사 얘기를 해볼까요. 법이 만들어지고 나서 1년이 좀 넘었는데 참여하겠다고 나선 의사는 둘뿐이잖아요. 이쪽에서 일할 의사라고 알려지기를 원치 않는 의사나 환자에게 어떤 문제가 있다고 생각하세요?

메리　처음에는 보건부가 일종의 등록제 같은 제도를 시행하려고 했어요. 많은 의사가 불쾌해하는 제도였죠. 등록 시스템에 이름이 올라가기를 원치 않았으니까요. 정부 쪽에서는 사람들을 교육하는 일을 해야 해요. 정부는 몇 달에 한 번씩 의료계에 이메일을 뿌려서 이런 일을 할 수 있다고 되새겨주고 있어요. 참여

인원이 계속 적은 이유는 새롭기 때문이기도 하죠. 하지만 참여할 의사를 찾으라고 우리가 정부에 압박을 가한다는 말은 전혀 사실이 아니에요.

다른 지역에서 봤는데 참여하는 의사들이 자기 환자들한테, 그러니까 오랫동안 진료한 분 중에서 자기가 불치병이고 살날이 6개월 남았고 점점 힘들어진다는 사실을 막 접한 환자들한테 질문을 받더라고요. "이런 선택이 가능하다고 하던데 선생님이 절 도와주시겠어요?"라는 질문요. 저는 앞으로 그런 식으로 진행되리라고 생각해요. 의사가 먼저 적극적으로 나서지 않았을 수도 있어요. 왜냐면 아직은 환자에게 아무 위해도 가하면 안 된다는 내면의 목소리가 있으니까요. 설사 그런 상황에서 환자를 도와주지 않아서 더 큰 해를 끼친다 해도 아직은 일부 의사들을 불편하게 만드는 무언가가 있죠.

적어도 다섯 명의 대법원 판사가 이런 말을 했어요. 조력자살을 할 수 없더라도 통증을 달래줄 약물을 손에 넣을 수는 있다고요. 그 약물이 아무리 죽음을 재촉하더라도 손에 넣을 권리는 있다는 거죠. 재택 호스피스를 하는 분들은 팔에 포트가 있어서 진통제를 자가 투약할 수 있어요. 기계 장치에 매여서 지낼 수도 있다는 생각 때문에 이런 선택지가 필요하겠다는 의식이 늘고 있어요.

원치 않는 의학적 관리를 거절할 권리가 있다는 생각도 있잖아요. 죽음을 앞당긴다 해도 말이에요. 주치의한테 "이거 다 떼주세요"라고 하면 의사는 "우리가 그렇게 하면 환자분은 이틀 내에 돌아가신다는 사실을 아시잖아요"라고 할 뿐 더는 의학적 관리를 강요하지는 못하는 거죠.

다이앤　의원님도 혹시 의료조력사망을 활용할 의사가 있으신가요?

메리　모르겠어요. 그래도 제가 원할 때 의료조력사망을 활용할 선택권이 있었으면 해요. 샌드라 데이 오코너 판사가 조력자살 사건에서 죽음은 사람마다 다 다를 거라고 했잖아요. 제 생각에도 그래요. 모두가 다 죽는다는 점에서는 차이가 없지만 어떤 환경에서 죽어갈지는 고유한 문제죠. 끝까지 버티고 싶은 분들도 있겠죠. 인생의 중요한 일들, 그러니까 자녀가 결혼한다거나 손주를 기다리고 있다거나 하는 일들 때문에요. 그런 분들은 조금이라도 더 살고 싶으시겠죠. 어떤 경우에는 신앙에 따라서, 아니면 하나님이 원하시는 한은 자기 손으로 생을 마감하면 안 된다고 생각한다든지 뭐 그런 신념에 따라서 그럴 수도 있겠죠. 상황이 어떻든 사람은 각자 자기 길을 가야 한다고 생각해요. 그렇지만 선택권은 있어야죠. 선택권이 핵심이에요.

　여기 워싱턴DC 의료협회에서 강의했을 때 사망 진단서에는 뭐라고 적어야 하는지 질문받았어요. 사망 진단서에는 어떤 약물들을 섞어 먹어서 죽었다고 쓰지 않아요. 사망 진단서에는 기저 질환이 들어가죠. 혼동하면 안 돼요. 그 사람은 죽어가고 있었다고요. 우리는 그저 방법을 고를 뿐이에요. 그러니까 그분들은 이미 창이 닫히고 있을 때 죽음을 선택하는 거죠. 하지만 사인은 해당 질환이에요. 으레 생각하는 자살이 아니죠.

다이앤   따님들하고 의원님의 바람을 놓고 계속 이야기하실 건가요?

메리   그래야죠. 저한테도 약간 거부감이 있나 봐요. 애들은 제가 자기들을 얼마나 사랑하는지 알고 앞으로도 계속 그럴 거예요. 당연히 애들한테 어떤 길잡이 같은 무언가가 있으면 좋겠지만 애들한테 감정적 부담을 주고 싶지는 않아서 참았어요.

다이앤   이 책을 쓰는 동기 중에는 의원님 가족처럼 가족 안에서 이 문제를 아주 진지하게 이야기하도록 물꼬를 트고 싶다는 바람도 있어요.

메리   진짜 그러면 좋겠어요. 이런 문제를 직시하는 일은 꼭 필요해요. 저 역시 아직은 제대로 직시하지 못한 것 같지만요.

열두 번째   메릴랜드주
하원 의원과의 대화

에릭 뤼트케,

메릴랜드주 하원 의원

에릭 뤼트케 의원은 두 자녀를 둔 37세 이혼 남성이다. 워싱턴DC에서 태어나 메릴랜드 교외에서 자랐고 현재 메릴랜드에 거주 중이다. 학부에서 행정학과 역사를 공부하고 메릴랜드대학에서 교육학 석사 학위를 받았다. 10년여 동안 몽고메리 카운티 공립 학교에서 학생들을 가르쳤고 지금은 메릴랜드대학 강사이기도 하다. 2011년부터는 메릴랜드 하원 의원으로 일하고 있다.

우리는 그가 선거구민을 만나는 용도로 사용하는 사무실에서 이야기를 나눴다. 그의 집과 워싱턴DC 중간쯤에 있는 곳이었다. 내가 뤼트케 의원에게 인터뷰를 요청한 이유는 그가 메릴랜드 하원에서 의료조력사망 법안 논쟁에 간여했기 때문이다. 법안은 결국 단 한 표 차로 무산되었다.

다이앤   의원님의 개인적인 배경을 조금만 이야기해주시겠어요?

에릭   워싱턴DC 남쪽에 있는 포트 워싱턴에서 10살까지 살다가 메릴랜드 게이더스버그로 이사했어요.

다이앤 중학교 교사로 일하셨죠? 얼마나 오래 일하셨어요?

에릭 11년이요. 끝내주는 시간이었죠. 제 인생 최고의 직업이었어요.

다이앤 지금 직업도 포함해서요?

에릭 네. 뭐, 입법부에서 하는 일도 사랑하죠. 변화를 만들어가니까요. 하지만 아이들과, 특히 어려움이 많은 아이들과 일할 때는 제가 만드는 변화가 훨씬 더 바로 눈에 들어와요. 제가 그 아이들 인생에 어떤 영향을 미치고 있는지가 보이죠. 입법 일은 그렇게까지 바로 표가 나지는 않아요. 제가 변화를 만들고 있다는 사실은 알지만 그만큼 눈에 들어오지는 않죠.

다이앤 어떤 계기로 메릴랜드주 하원 의원에 도전하셨나요?

에릭 어릴 때부터 공적인 활동이 중요하다고 생각했어요. 그 생각이 한몫했죠. 어머니에게는 자기 공동체에 보답해야 한다는 신념이 있었어요. 어머니는 1960년대와 70년대 여권 운동을 모두 겪으셨고 미국대학여성협회, 여성유권자연맹에서 일하셨어요. 그리고 그 정신을 제게 불어넣어주셨죠. 제가 출마를 결심했을 때는 교사 경험이 동기가 됐어요. 제가 가르치던 학교는 어려운 학생이 많았거든요. 당장 먹을 끼니가 넉넉지 않은 집도 있고, 여력이 없어서 두세 가정이 같이 사는 집도 있고, 부모님이 두세 가지 일을 하는 집도 있었죠. 그런 환경에서 일하다 보면 제가 이 세상 최고의 교사가 될 수 있다는 사실을 금세 깨닫는데 그래도 아이들은 여전히 부족한 점이 있어요. 그래서 지역 사회에서 아이들에게 더 많은 걸 제공하기 위해 힘쓰는 활동에 나섰고 의원직이 한 자리 생겼을 때 출마했죠.

다이앤 처음에 메릴랜드 존엄사법을 어떻게 생각하셨는지 이야기해 주시겠어요?

에릭 늘 고심해오던 주제였어요. 원래는 반대했죠. 우리 가족에 정신 병력이 있어서요. 가족 중 세 명이 자살을 시도했어요.

다이앤 시도에서 끝났나요?

에릭 네. 하나님께 감사하게도 아무도 성공하지는 못했어요. 때문에 저는 자살에 반감이 꽤 커요. 처음에 존엄사법을 생각할 때는 그런 시각이 강했죠. 그 법이 자살을 일상화할까 봐, 벼랑으로 내딛는 한 걸음일까 봐 걱정했어요. 그런데 시간이 지나면서 생각이 바뀌었어요.

다이앤 어쩌다가 생각이 바뀌었나요?

에릭 어머니가 돌아가시면서요. 어머니는 2014년에 식도암에 걸리셨죠. 제가 주로 돌봄 제공자로서 거들면서 어머니와 많은 시간을 보냈어요. 진료, 화학 요법, 방사선, 모든 처치를 따라다니면서요. 아주 힘든 경험이었어요. 어머니는 믿을 수 없을 정도로 강인한 분이었는데 저는 어머니가 우는 모습을 그때 처음 봤어요. 아시다시피 식도암이 아주 힘든 병이잖아요.

음식물을 삼키면 워낙 아파서 잘 드시지를 못했고 체중을 유지하기도 힘들었어요. 2015년에 차도가 있다고 잠시 생각했는데 병원에서 아직 암이 그대로라고 확인해줬고요.

다이앤   이런, 어머니가 몇 세셨나요?

에릭   돌아가실 때 70세셨으니까 투병할 때는 69세셨겠네요.

다이앤   너무 젊으셨어요.

에릭   어릴 때는 부모님이 영원히 산다고 생각하잖아요. 특히 저는 어머니가 워낙에 비범하시고 강인하셔서 무슨 일이 있어도 어머니는 천하무적이라고 생각했단 말이에요. 그런데 2015년 여름에 암이 재발했고 어머니가 더는 처치를 받지 않겠다고 결심하셨어요. 그해 8월에 돌아가셨고요.

다이앤   어머니가 더는 처치를 받지 않으시겠다고 한 결정을 받아들이셨어요?

에릭   저는 자기에 대한 결정은 자기가 내려야 한다고 강하게 믿는 사람이에요. 어머니의 결정이 아주 슬프기는 했지만 절대 토를 달지는 않았어요. 어머니가 내려야 할 결정이었으니까요. 저는 어머니가 많이 고통스럽다는 사실을, 힘들게 싸우고 계신다는 사실을 알았고 그래서 받아들이고 지지했어요. 우리는 어머니의 의향을 파악하고 중증 정신 질환이 있는 형을 어떻게 돌볼지, 어떻게 남은 날 동안 어머니가 편하게 지내실 수 있을지 알아봤죠.

다이앤   어머님이 완화 의료를 받으셨나요?

에릭   네, 조금요. 식도암에 받을 수 있는 완화 의료는 폭이 넓어요. 어머니는 외과적인 처치는 하지 않으셨지만 호스피스를 받으셨고 처방전이 필요한 진통제를 받으셨어요. 의사들은 어머니를 편안하게 해드리려고 최선을 다했죠.

다이앤   의사들이 더는 처치를 받지 않으시겠다는 어머니의 결정을 어느 정도나 받아들이던가요?

에릭   어머니는 존스홉킨스병원에 계셨어요. 아주 훌륭한 주치의였는데 제가 보기에는 처치를 더 하고 싶어 했고 그래서 몇 가지 선택지를 더 해보려고 했죠. 근데 어머니는 결정을 내리면 끝이에요. 그리고 주변 모든 사람에게 그 점을 분명하게 못박아 두셨어요. 그래서 의사도 받아들인 것 같아요. 어머니는 주치의보다 병원에서 일하는 다른 의사랑 훨씬 가까우셨어요. 그분이 어머니와 직접적인 소통을 훨씬 많이 하셨거든요. 그분은 어머니를 많이 이해하시고 지지해주셨어요.

다이앤   어머니가 돌아가시기 전에 의료조력사망에 대해 들어본 적이 있나요?

에릭   정치에서 전부터 이야기하던 주제였잖아요. 그래서 당연히 그런 논의가 있다는 점은 알았죠. 오리건에서 처음으로 합법화했을 때부터요.

다이앤   22년 전에요.

에릭   맞아요. 그 논쟁이 지금도 기억나요. 솔직히 말해서 어머니가 아프셨을 때는 진지하게 떠올리지 않았어요. 그때는 어머니 곁을 지키려고, 어머니를 도와드리려고 저 나름대로 최선을 다하는 중이었고 의료조력사망이 메릴랜드에서는 합법이 아니라는 점을 알고 있었으니까요.

다이앤   당시에는 하원이 그 법안을 발의하지 않았나요?

에릭   발의했죠. 그즈음에 소개됐고 저는 그 법안을 공동 발의하자는 요청도 받았는데 그러지는 않았어요.

다이앤   왜 그랬죠?

에릭   처음에는 지지하지 않았거든요. 그때는 반대해야 할 것 같았어요. 선출직 공무원으로서 세상사에 견실한 입장을 취해야 한다는 소신이 있어요. 그리고 시민들한테 우리가 어떤 의견이고 왜 그런 의견을 취하는지 알려줘야 한다고 생각해요. 그런데 그 사안에서는 갈등이 너무 심했어요.

다이앤   밝히실 수 있다면 의료조력사망을 어째서 반대하셨는지 얘기해주시겠어요? 의원님 가족에서 자살 시도가 있었다고 하셨잖아요. 제안된 법안의 어떤 부분을 우려하셨나요?

에릭   당시 제가 우려한 부분은 법안의 세부 사항이라기보다는 추상적인 수위의 문제였어요. 저를 멈칫하게 만든 가장 큰 두 가지는 자살이 일상화될지 모른다는 우려와 장애계 일각에서 의료조력사망이 악용되리라 믿고 강하게 반대한다는 점이었어요. 제가 장애계하고도 공동 작업을 많이 하는데 그러다 보니까 그분들 의견에 공감했죠.

다이앤 어떤 식으로 악용된다는 걸까요?

에릭 제 생각에는 장애인에게 조력사망을 이용하라는 압박이 가해 질 수 있다는 우려가 있는 것 같아요. 우리가 올해 하원에서 통 과시킨 법안에서는 그 문제를 방지할 보호 조치가 충분히 있다 고 생각해요. 하지만 제가 존경하는 장애계의 많은 분에게서 우려의 목소리를 여럿 들었어요.

다이앤 아프리카계 미국인 커뮤니티에서도 강한 반대를 표명했죠. 그 분들의 우려를 공감하고, 인정하고, 이해하셨나요?

에릭 메릴랜드는 아프리카계 미국인 인구가 아주 많고 천주교 인구 도 아주 많은 주예요. 두 집단은 상대적으로 종교성이 강하고 조력사망이 도덕적으로 꺼림칙하다는 입장이에요. 저희 선거 구민 중에도 두 집단에 속한 분들이 있는데 그분들한테도 얘기 를 들었어요. 저는 선출직 공무원이 도덕적인 우려에 관심을 기울여야 한다고 보지만 궁극적으로 모든 사람에게 한 가지 종 교의 도덕을 강요하는 일은 우리 책임이 아니라고 생각해요.

다이앤 어머님의 죽음이 의원님 생각이 바뀌는 데 어떻게 작용했나요?

에릭 어머니가 돌아가실 때 전처와 함께 어머니를 보살폈어요. 지켜 보기가 너무 힘들었죠. 온갖 완화 의료를 다 받고 계셨는데도 극도의 고통에 시달리는 게 눈에 훤히 보였어요. 자부심이 아 주 강한 분이다 보니까 제가 어머니를, 그것도 임종을 눈앞에

두고 있을 때 그런 내밀한 방식으로 보살핀다는 점을 내켜 하지 않으셨죠. 돌아가시기 며칠 전이었어요. 그날은 어머니가 마지막으로 혼자 일어선 날 중 하루였는데 주방에서 처방받은 액상 모르핀을 찾아서 마시려고 하셨어요. 자살하려고요. 돌아가실 정도로 충분히 마시지는 못하셔서 어머니를 병원으로 모시고 갔어요. 사실 목 상태가 안 좋아서 다 마실 수도 없으셨어요. 식도암이다 보니까 마시는 게 고통스럽잖아요. 의사가 저희를 앉히더니 "어머니는 괜찮으실 거예요. 잠시 주무실 거고요. 하지만 아시다시피 말기 환자시잖아요. 며칠 안 남으셨어요"라고 했어요. 그러고는 저희를 한쪽 옆으로 슬그머니 잡아끌더니 "다시 또 같은 일을 기도하시면 그때는 병원에 모셔 오지 마세요. 어머니는 이런 일을 안 겪으시는 편이 나아요" 하더라고요.

다이앤 저런.

에릭 저희는 어머니를 집으로 모셨고 어머니는 며칠 뒤에 돌아가셨어요. 혼수상태로 24시간쯤 있으셨죠.

다이앤 병원에서 그 모르핀 사건에 대응하려고 어머니에게 어떤 처치를 하던가요?

에릭 사실 처치를 많이 하지는 않았어요. 과하게 몸에 손을 대는 방식은 전혀 하려고 하지 않았죠. 위 세척을 포함해서 아무것도요. 그냥 몸이 알아서 모르핀을 처리하게 내버려 뒀어요. 어머니는 그러고서 12시간 동안 쭉 주무셨고요.

다이앤　어머니가 완화 의료를 받으셨군요. 그런데 완화 의료가 고통을 충분히 다스려주지 못했다니 그럴 수도 있나요?

에릭　다른 사람의 몸에 들어가서 그 사람이 뭘 느끼는지는 알아낼 수 없잖아요. 어머니는 아주 강력한 진통제를 드셨는데도 여전히 통증에 시달리셨어요. 어머니가 그렇다고 말씀하셨죠. 제 생각에는 의사들도 최선을 다했지만 관리 가능한 수준을 벗어나지 않았나 싶어요.

다이앤　의사들하고 그 일을 상의해보셨나요? 그분들이 더 할 만한 일은 없는지는요?

에릭　해봤죠. 그랬더니 어머니가 혼수상태에 빠지거나 약 때문에 돌아가시지 않는 선에서 줄 수 있는 약을 최대치로 줬다고 했어요. 그래서 뭘 더 하지는 못했죠.

다이앤　어머니의 임종과 그 과정이 의원님 생각에 변화를 가져오기 시작했군요. 그 뒤로 어떤 일이 있었는지 얘기해주시겠어요?

에릭　어머니가 돌아가신 직후에는 당연하지만 슬픔에 빠졌어요. 정치는 생각도 못 했죠. 그런데 몇 달 뒤에 입법 심의회를 다시 할 예정이었어요. 어머니는 8월 22일에 돌아가셨는데 이듬해 1월에 법안을 생각하기 시작했죠. 전에 공동 발의 제안을 거절한 그 법안이요. 어머니와 어머니가 겪은 모든 상황을 생각하면서 저한테 권리가 있는지, 선출직 공무원으로서, 무엇보다 가장 가까운 가족으로서 어머니를 위해 그 결정을 내릴 권리가 있는지 고민했어요. 어머니에게 그 선택지가 있었더라면 덜 힘들게 가셨을 테고 뒷마무리를 더 제대로 할 수 있었겠다 싶었어요.

다이앤　어머니가 죽게 해달라고 부탁하신 적이 있나요?

에릭　저한테 죽고 싶다고 말씀하셨어요.

다이앤　뭐라고 답하셨나요?

에릭　최대한 공감하려 했어요. 그래서 어머니께 이해한다고, 곁에서 어머니를 돕기 위해 뭐든 다 하겠다고 말씀드렸어요. 하지만 어머니가 직접적으로 죽을 방법을 알아봐달라고 요구하지는 않으셨어요. 그냥 죽고 싶다고 말씀하신 거여서 그 대화를 전혀 진지하게 하지는 않았어요.

다이앤　그러면 어머니는 식도암을 처음 진단받고 나서 2015년 8월에 돌아가실 때까지 투병하셨네요. 그 기간에 어머니가 돌아가실 때 무엇을 원하시는지 대화해본 적 있나요?

에릭　있어요. 제가 어머니의 의료권 위임장을 받았거든요. 어머니가 뭘 원하시고 뭘 원치 않으시는지 하나하나 설명하실 때 의사랑 같이 있었어요. 어머니는 극단적인 조치를 원치 않으셨고 소생술도 하지 말라고 하셨어요. 그래서 다 알고 있었죠. 의료조력사망까지 얘기하지 않으신 이유는 아직 합법이 아니었기 때문이에요. 어머니는 법을 지키는 분이셨죠.

다이앤　어머니가 의료조력사망이 합법인 주에 대해서 이야기하신 적은 없나요?

에릭   네. 하지만 어머니는 합법이 아닌 일은 하지 않으셨죠. 의료조
        력사망도 마찬가지고요.

다이앤   의원님이 법안에 서명하기로 결심하셨을 때 반대 측에서는 뭐
        라고 하던가요? 의원님에게 어떻게 말하던가요?

에릭   그 법안에 반대하는 분들은 마지막 몇 년에는 주로 종교적인 주
        장, 도덕적인 주장에 주력했어요. 제가 사람들한테 들은 얘기
        는 대부분 그랬어요. 저는 다른 의견을 존중하고 모두의 생각
        을 들어요. 하지만 앞서도 말했듯 궁극적으로는 다른 집단에
        한 가지 종교적인 관점을 강요하기는 정부가 할 일이 아니라고
        생각해요. 제가 반대하는 분들과 폭넓은 대화를 나눈 이유는
        모든 사람의 생각을 귀담아 들어야 한다고 믿기 때문이에요.
        저는 사람들한테 어머니 이야기를 해드렸어요. 조력사망에 반
        대하는 분들도 대부분 제가 왜 이런 입장을 가졌는지는 이해하
        리라 생각해요.

다이앤   그분들은 어떤 식으로 주장하시나요?

에릭   제일 많이 들은 말은 "목숨은 신성하다", "언제 죽을지를 정하
        는 분은 하나님이다"였어요. 그 얘기를 많이 하죠. 지난 몇 년간
        은 자살이 일상화되리라는 주장이 줄어든 것 같아요. 왜 그런
        지는 모르겠네요. 법안이 제안된 초기 몇 년 동안에는 우세한
        주장이었으니까요. 하지만 목숨은 신성하고 우리가 언제 갈지
        궁극적으로 결정하는 분은 하나님이라는 주장은 지금도 제일

자주 들어요.

다이앤   장애계에서는 뭐라고 하나요?

에릭   제 생각에 장애계는 의견이 조금 갈리는 것 같아요. 조력사망에 꽤 강한 반감을 가진 분들이 있는데 많은 유명 장애인 단체가 그 입장을 취했어요. 그런데 장애계에는 독립적인 의사 결정을 강하게 지지하는 흐름도 있어요. 역사적으로 장애가 있는 분들에 대한 차별은 장애인이 스스로 의사 결정을 할 수 없다는 가정에 토대를 뒀으니까요. 제가 보기에 장애계에는 의료조력사망이 자기가 스스로 내릴 수 있는 결정이어야 한다고 느끼는 분이 많아요.

다이앤   그럼 종교계는요? 종교계에서도 의견이 어떻게든 갈린다고 보세요?

에릭   맞아요, 그럼요. 종교적인 이유에서 조력사망에 반대하는 분이 많지만 어떤 신앙 전통에서는 우리에게 임종 때 도움받을 권리가 있어야 한다고 느끼는 분들도 있어요. 제 지역구에 사시는 어떤 랍비는 하원 표결 뒤에 제게 이메일을 보내셨어요. 자기가 해석하는 유대교 율법에서는 임종 때 도움을 주면 안 된다고요. 그런데 "하지만 저는 하원이 어떤 한 가지 종교적 가르침에 근거해서 법을 제정해서는 안 된다고 생각합니다"라고도 하셨어요. 그러고는 제 투표를 지지한다고 하셨고요. 여운이 많이 남는 편지였죠.

다이앤 메릴랜드 존엄사법은 입법 심의회를 여러 번 거쳤잖아요. 네 번인가 다섯 번이었죠. 마지막 심의회에서 어떤 일이 있었는지 이야기해주시겠어요?

에릭 처음 몇 년 동안은 표결에 부쳐지지도 않았어요. 전통적으로 위원회나 회의장에서 표결이 이루어지지 않으면 법안을 본회의로 가져가지 않거든요. 올해는 표결이 있었는데 보건국정위원회에서 나온 법이었어요. 회의장에서 논쟁이 있었고 아주 근소한 차이로 통과했는데 어쨌든 통과된 법이 상원으로 넘어갔어요. 그런데 상원 위원회가 그 법안을 수정해서 희석했죠. 누구도 사실상 그 법을 이용하기 아주 어려울 정도로요.

다이앤 어떤 식의 수정이었죠?

에릭 의사의 승인을 받는 절차를 더 장황하게 만들고 의사가 법적 부담을 지지 않게 하는 보호 장치들을 줄이는 식이었어요. 의사들이 관련 약물을 실제로 처방하기가 아주 난감하도록요. 때문에 법안을 지지한 많은 조직이 지지를 철회하기 시작했어요. 하지만 어쨌든 상원 회의장에서 표결에 부쳐졌고 한 표 차로 무산됐어요.

　그 법안은 상하원 모두에서 찬반양론이 팽팽했던 사안이에요. 하원 회의장에 그 법안이 등장했을 때는 다들 감정적으로 격하게 논쟁을 벌였어요. 저는 어머니 이야기를 했고 다른 동료는 암 생존자로서 그분이 직접 겪은 일을 말씀하셨어요. 아주 고통스러운 대화였죠. 법안이 상원으로 넘어갔는데 많은 상원 의원이 고심한 것 같아요. 표결을 빨리 해치우려고 어떻게든 표를 모아서 통과시키려는 노력도 있었어요. 그때 상대적으로 시간이 별로 없었는데 상원에 있던 핵심 발의자가 군사 명령에 호출받은 상태였거든요. 그분이 떠나기 전에 투표를 상정해야 했어요. 그런데 투표가 상원 회의장에 올라갔을 때 이번에도 토론이 상당히 감정적으로 격해져서 긴장감이 팽팽해진 거예요. 결국 한 표 차로 실패했죠. 아예 기권한 상원 의원도 있었어요.

다이앤 거의 무승부였네요. 한동안은.

에릭 통과에 필요한 표에서 딱 한 표가 모자랐어요. 한 의원은 투표를 안 했고요. 지지자들과 핵심 발의자는 내년에 그 법안을 어떻게 되살릴지, 이번에는 어떻게 확실히 성사시킬지 고민 중일 거예요.

다이앤 그런데 그 표결이 있기 불과 한 주 전에 뉴저지주 입법부가 오리건주의 법을 기초로 의료조력사망법을 통과시켰죠. 그 소식을 듣고 기분이 어떠셨어요?

에릭 우리 법안이 부결됐을 때는 실망했어요. 메릴랜드는 거의 동시에 일정한 유형의 입법을 하는 다른 여러 주를 참고하는 편이에요. 뉴저지도 그중 하나죠. 뉴욕, 일리노이, 캘리포니아, 하와이, 워싱턴도 그렇고요. 이 중에서 의료조력사망을 합법화하는 주가 많아지면 메릴랜드로 따라갈 가능성이 커져요. 저한테는 약간의 희망을 주는 소식이죠.

다이앤 의원님에게 좋은 죽음은 어떤 죽음인가요?

에릭 어머니 상황을 생각하면서 대답해야겠네요. 어머니가 덜 힘드셨더라면, 우리에게 작별 인사를 하실 수 있었더라면, 고통이 언제 끝날지 어느 정도 알고 계셨더라면 좋은 죽음이었을 것 같아요. 어머니가 임종 과정에서 더 편하셨더라면 좋은 죽음이었겠구나 싶네요.

다이앤 어머니가 임종하실 때 곁에 계셨나요?

에릭 네. 하지만 우리는 임종이 언제일지 몰랐어요. 그러다가 어머니가 혼수상태에 빠졌죠. 작별 인사 같은 걸 하기는 했는데 마무리가 전혀 없어서 힘들었어요. 오늘 여기 오기 전에 메릴랜드 하원 의장 장례식에 갔어요. 신부님이 죽음에 대해서, 우리가 죽음을 이해하기가 얼마나 어려운지에 대해서 말씀하시더라고요. "인간이 살아 있는 한 죽음은 삶의 일부입니다. 그런데 아직도 우리는 그 사실을 제대로 이해하지 못하고 있죠"라고 하셨죠. "이해가 안 되니까 두려움이 생기는데 두려움은 정상입니다"라고도 하셨어요. 신부님이 말씀하지는 않으셨지만 제 생각에 좋은 죽음은 마무리가 있는 죽음 그리고 사랑하는 사람들에게 둘러싸여 열심히 살아낸 삶을 되돌아볼 수 있는 죽음이지 않을까 싶어요.

의료조력사망은 많은 사람에게 아주 힘겨운 논쟁이라고 생각해요. 하지만 전국적으로 여론이 바뀌고 있는 듯해요. 입법부 경험으로 봤을 때 동성혼 합법화랑 제일 비슷해요. 제가 처음으로 정치에 몸담았을 때 그리고 1990년대 말에 지지자로 활동할 때 우리는 그런 일이 일어나리라고는 생각도 못 했어요. 그런데 이제 온 나라에서 동성혼이 합법이잖아요. 조력사망에서도 여론이 비슷하게 바뀔 거예요. 우리가 앞으로 나아갈 때 정치인들이 올바른 결정을 내릴 거라 생각해요.

존엄사 지지자와의 대화

알렉사 프레이저,

존엄사 지지자

알렉사 프레이저는 메릴랜드 락빌에 있는 예쁜 집에 거주한다. 나는 그곳에서 2017년 7월에 그와 이야기를 나눴다. 알렉사는 나를 반갑게 맞아주었다. 2016년 12월에 자궁 연조직암을 진단받은 알렉사의 머리는 이제 밝은색 머리칼이 두상을 다 덮을 정도로 길어 그가 수술과 화학 요법에서 회복 중이라는 점을 알 수 있었다. 마지막 화학 요법은 5월에 받았다. 알렉사는 환경학 박사 학위가 있고 인간의 건강에 해로운 물질의 노출 문제 쪽으로 많은 일을 했다. 그러다가 다른 경력을 쌓아야겠다는 결심을 하고서 유니테리언 성직자가 되기 위한 공부를 했다. 우리가 대화를 나눈 시기에 알렉사는 지역 교구에서 수련 중이었다.

나는 알렉사에게 그가 앉아 있는 자리 뒤쪽 벽에 걸린 초상화 속의 아주 잘생긴 아버지에 대해 이야기해달라고 부탁했다. 알렉사는 아버지가 파킨슨병이었다고 했다.

알렉사   음, 아빠는 재주가 정말 많은 분이었어요. 워싱턴오픈대학Open University of Washington을 시작하셨는데 사람들이 재미난 내용을 수업으로 들을 수 있는 곳이었죠. 브리지 게임, 요트 타기, 백만 장자랑 결혼하는 법 같은 수업도 있었는데 이런 수업으로 사람들이 어울리게 했어요. 사실 아빠는 그 사업체를 친구한테 판매하셨지만 계속해서 엄청 많은 수업을 직접 진행하셨죠. 제가 꽤 어릴 때 부모님이 이혼하셨는데 아빠는 그 뒤로 재혼을 안하셨어요. 최대한 많은 여자하고 데이트하는 게 너무 재밌다면서요.

다이앤   아버님이 파킨슨병을 진단받으셨을 때는 몇 세셨나요?

알렉사   80대 후반, 86세 정도요. 원래 본태 떨림 증상이 있으셨거든요. 보통 수전증이라고 하죠. 그래서 정확히 언제 그 증세가 파킨슨병으로 바뀌었는지 알기가 힘들어요. 돌아가시기 직전에는 근육 경직 같은 다른 증상도 있었어요. 원래는 운동을 아주 좋아하셨거든요. 수영은 평생 하셨고, 달리기도 하고, 요트도 진짜 좋아하셨고요. 활달하고 빈틈없이 생활하셨죠. 브로드웨이 상연작 대본도 직접 쓰셨고 연출까지 하셨어요. 극장하고도 관계가 있으셨거든요. 재밌는 일이라면 뭐든 다 하고 싶어 하셨고, 실제로 하셨죠. 하지만 아빠가 걷는다기보다는 발을 끌고 다닌다는 게 눈에 들어오더라고요.

다이앤   아버님이 독립적이셨군요.

알렉사	맞아요. 우리 집에서 5킬로미터 정도 떨어진 곳에 사셔서 아빠가 우리 아들 학교까지 가기가 아주 편했어요. 한 주에도 여러 번 학교에서 아이를 데려다주셨는데 그래서 그런지 둘이 죽고 못 사는 친구 사이였어요.
다이앤	아버님 병이 얼마나 빨리 진행됐나요?
알렉사	음, 제가 보기에 그렇게 빠르지는 않았어요. 그런데 확실히 자꾸 넘어지기 시작하더라고요. 그러다 보니까 아빠가 많이 겁이 난 거예요. 독립적인 생활을 사랑하셨기도 하고 당신 삶의 마지막을 통제하겠다는 계획을 오래전부터 세우고 계셨으니까요. 잘 아시겠지만, 파킨슨병에 걸려서 삶을 마감하고 싶은 사람은 없잖아요. 아빠한테는 계획이 있었는데 자꾸 넘어져서 어딘가 부러지는 바람에 요양원 신세를 지면 그 계획을 실행할 수 없다는 사실을 아신 거죠. 아빠한테는 낙상이 시한폭탄 같았을 거예요. 실제로 아빠가 자기 삶을 끝내려는 시도를 처음으로 하신 밤에 제게 쓴 이메일에서 그러셨어요. "금방 열네 번째 넘어졌어. 지금까지 중 최악이었단다. 널 진짜 사랑해." 그러고 끝이었죠. 열네 번 넘어지셨다니 별로 안 좋다 싶었죠. 그 일을 무슨 운명론처럼 말씀하셨으니까요. 그때가 또 유럽 전승 기념일이 며칠 안 남은 때였어요. 아빠는 독일에서 전쟁 포로셨거든요. 지금 생각해보면 아빠가 워낙 극적인 분이니까 당신한테 의미 있는 날을 죽을 날로 선택하지 않았을까 싶어요.

아빠는 모아두신 진통제를 꽤 많이 드셨는데 잘 안 됐어요. 그래서 두 번째 계획으로 넘어갔는데 이번에는 택배 상자 열 때 쓰는 칼이었어요. 하지만 수전증이 끔찍하게 심해서…… 그 방법도 실패였죠.

다이앤 아버님이 당신 손목을 긋겠다고 생각하신 거예요?

알렉사 네.

다이앤 아버님이 그렇게 하겠다고 미리 말씀하시던가요?

알렉사 아뇨, 아뇨, 아니에요. 아무 말씀 없으셨어요. 아빠 이메일을 받고 시간이 좀 지났어요. 보통은 하루에 한 번은 연락하는데 시간이 너무 많이 지난 다음에 저랑 남편이 아빠 댁에 간 거예요. 이메일을 받고 한 36시간 정도 지났을 때요. 소파에 누워 계셨는데 진통제랑 칼을 보니까 뭘 하셨는지 다 알겠더라고요. 아빠는 농담으로 말했어요. "내가 이런 걸 좀 해봤단다. 근데 다 실패할지 누가 알았겠니?" 뭐 그런 농담이요.

다이앤 아버지는 세 번째 계획도 염두에 두셨을 것 같아요.

알렉사 네. 아빠 댁에 총이 있었어요. 제가 어릴 때부터 있던 총이요. 나중에 알았지만 그게 세 번째 계획이었더라고요. 아빠를 챙겨 드리고 음식을 좀 먹은 다음에 아빠 댁에서 나왔어요.

다이앤 아버님이 가보라고 하셨나요?

알렉사 맞아요. 그때가 새벽 1시 정도였거든요. 아빠가 "이제 잘 시간이네. 잘 가거라" 하셨어요.

다이앤　아버님이 다음에 뭘 할 생각이신지 짚이신 바가 있었나요?

알렉사　아빠는 아무 말도 안 하셨지만 결국 해내겠다는 의지가 없었다면 절대 시작도 안 하셨을 거예요. 결국 성공하셨을 때 크게 놀라지는 않았어요.

다이앤　총으로 생을 마감하셨군요? 정말 끔찍했겠네요.

알렉사　참담했죠. 그렇지만 하고 싶은 일을 하신 거잖아요. 무슨 일이 일어날지를 두고 제가 감 놔라 배 놔라 할 수는 없어요. 아빠는 수완이 좋은 분이셨고 말씀드렸듯이 당신이 뭘 하고자 하는지 알고 계셨어요. 그리고 저는 아빠의 선택을 지지하고요. 아빠는 뭐가 당신 인생을 가치있게 만드는지 알았고 뭐가 당신 인생을 가치 없게 만들지도 아셨어요.

다이앤　아버님이 도와줄 곳을 알아본 적은 없으신가요? 컴패션&초이스 같은 곳이요. 혹은 담당 의사한테 도와달라고 부탁하거나 아니면 의사한테 이런 식으로 계속 살아가고 싶지 않다고 말씀하신 적은요?

알렉사　제가 알기로는 없었어요. 어쩌면 아빠가 당신이 무슨 생각을 하는지 제가 속속들이 알지 못하게 하셨다는 점에서 부녀지간의 뭔가가 걸림돌이었는지도 모르겠네요. "만일의 경우를 대비해서 준비해둔 폴더가 어디에 있다" 이런 메일을 받기는 했어요. 하지만 저는 아빠한테 평생 그런 메일을 받았거든요.

다이앤　아버님이 돌아가시기 전에도 늘 선택할 권리를 지지하셨나요?

알렉사   그럼요. 유니테리언 교회 총회는 1986년에 진작 표결로 지지를 결정했어요. 그리고 당사자가 신체적으로 쇠하고 있고 정신은 온전한 상태에서 그러한 죽음을 선택한다는 점을 분명히 해두고 싶어요. 우리 교회는 선택이라면 대찬성이거든요. 그래서 저는 선택할 권리가 적법하지 않다고 생각한 때가 언제였는지 기억도 안 나요. 다른 사람이 내가 뭘 해야 하는지 선심 쓰듯 말해줄 필요가 있나요? 그렇다고 제가 어떤 일시적인 문제를 영구적으로 해결할 방법을 말하는 건 아니에요. 우울증이라면 치료가 필요하죠. 하지만 파킨슨병이 악화할 때는 되돌릴 방법이 없어요. 그 병은 일방통행이라서요. 아빠가 원망스럽지는 않아요. 아빠 결정에 토를 달 수는 없죠.

다이앤   몇 년 전 제 프로그램에 나오셨을 때 그러셨잖아요. 의료조력사망을 선택할 권리는 차기 시민권 사안이라고요.

알렉사   그랬던 것 같네요. 제가 이해하기로 사람들이 자기 목숨을 끝낼 수 없었던 이유는 왕이 그들의 노동력을 소유한 데 그 기원이 있어요. 내가 내 삶을 끝내면 왕의 재산이 축나니까요. 그런데 지금은 군주제 시대가 아니잖아요. 지금 법은 종교적 신념을 반영하는 거 같아요. 그 어떤 종교도 그 종교 소속이 아닌 사람이 선택할 수 없도록, 합리적인 선택을 할 수 없도록 입장을 내세워서는 안 돼요. 의료조력사망법이 메릴랜드에 있었더라면 아빠는 총을 꺼내서 직접 쏠 필요가 없었을 거예요. 그다음

날 남편이 아빠 시신을 발견하는 일도 없었을 거고요.

　(존엄사 측을 대표해서) 제가 메릴랜드에서 증언할 때 공짜 총이 있으면 이 법은 필요 없을 거라고 말하는 의원들이 있었어요. 그래서 제가 그 사람한테 그랬죠. "아빠는 저희 집으로 들어와 사실 수도 있었어요. 그랬다면 15살 된 제 아들이 아빠 시신을 발견했겠죠. 총을 마음대로 사용할 수 있으면 이런 특수한 문제를 해결할 수 있다는 식으로 저한테 말하지 마세요!"

다이앤　그 의원들이 뭐라고 대꾸하던가요?

알렉사　알잖아요, 이 일의 가치를 이해하는 의원들은 항상 있어요. 의사인 의원들도 있고요. 그리고 제가 호스피스를 엄청 지지한다는 점을 짚고 넘어가고 싶어요. 사제분들과 완화 의료가 진짜로 큰 도움이 된다고 믿어요. 저는 사람들이 받을 수 있는 모든 지원을 받았으면 좋겠고 그러다가 때가 되면 각자 선택하기를 바라요. 그날이 왔을 때 여기서 끝내야겠다고 결정할지도 몰라요. 그렇지만 저희 아빠처럼 "잘 있어라. 사랑한다. 이제 갈 시간이야"라고 말하고 마는 대신 그날 가족들이 그 곁을 지킬 수 있겠죠.

다이앤　몇 년 뒤에 선생님이, 예를 들어서 6개월이면 이 세상을 떠난다는 사실을 안다면 어쩌시겠어요?

알렉사　저는 너무 힘든 고통에서 가치를 발견하는 사람이 아니에요. 그냥 그런 사람이 아닌 거죠. 만약에 제가 견디기 힘든 고통에 시달리고 있고 의사들이 어느 정도 할 만한 치료를 다 해봤다면 이런 의미겠죠. 삶을 연장할 텐가 죽음을 연장할 텐가. 전 분명히 조치를 취해야겠다고 생각할 거예요. 그니까, 저희 아빠가 아주 용감한 분이었단 말이에요. 한 번도 아니고, 두 번도 아니고, 세 번이나 아빠는 당신이 가고자 하는 곳에 가려고 할 수 있는 일을 했어요. 저는 메릴랜드가 이 법을 통과시키지 않으면, 워싱턴DC가 이 법을 무력화하면 그때는 캘리포니아로 갈 거 같아요. 아이러니하게도 브리트니 메이너드 씨는 오리건으로 가려고 캘리포니아를 떠나야 했지만 말이에요. 저는 제 곁에 가족들이 있으면 좋겠고 제 임종이 아주 평화로워서 그들하고 나눌 무언가가 있으면 좋겠어요.

다이앤 그 말은 이 아름다운 집을, 선생님과 선생님 가족이 아주 오랫동안 아주 행복했던 장소를 떠나야 한다는 의미일 텐데요. 만일 선생님이 바라는 아름다운 죽음을 맞고 싶다는 이유만으로 다른 곳으로 이사해야 한다면 그 상황이 선생님에게 어떤 의미일까요?

알렉사 아주 화나겠죠. 제 목숨을 가지고 다른 사람이 저한테 이래라 저래라할 수는 없는 법이니까요. 저는 법이 그런 선택을 가능하게 해야 한다는 생각이 강해요. 암이 재발해서 알아차리기도 전에 갈 수도 있고 암이 뼈로 가서 어떻게 손쓰기 힘들 수도 있잖아요. 오래 질질 끌다가는 삶의 질이 너무 떨어질 거예요.

의원이 한 말 중에 저를 진짜 화나게 한 말이 또 있어요. 이 사람이 자기가 아는 누가 6개월 안에 돌아가신다고 했대요. 그분이 호스피스에 가셨는데 오래 지났는데도 아직 살아 계신 거죠. 그 사람이 "저는 그분의 마지막을 보면서 아주 많이 배웠어요. 제 아이들도 많이 배웠고, 온 가족이 많이 배웠죠"라는 거예요. "그분은 예상 기간보다 훨씬 오래 사셨어요"라고도 했고요. 저는 그 사람한테 되묻고 싶었어요. "어떻게 이 이야기에서 당신이 주인공일 수 있나요? 어떻게 당신과 당신 아이들이 그 여성의 죽음에 대한 이야기에서 중심일 수 있죠?" 그 사람 어머니인지 아내인지 누군지는 모르겠지만 그분이 살면서 무슨 고통을 감내했을지 누가 알겠냐고요.

그분이 10년을 살았다고 했어요. 그래서 저는 그러고 싶었어요. "그 9년하고 300일이 대단하다는 건가요? 아니면 다른 무언가가 있나요? 뭐가 그렇게 대단하다는 거죠?" 우리가 무슨 '세상에 이런 일이!' 같은 일을 얘기하는 게 아니잖아요. 우리는 인구의 65퍼센트가 지지하는 사안을 말하는 거라고요.

다이앤   아무래도 전반적으로 죽음을 말하기를 꺼리는 분위기가 있는 것 같아요. 다들 죽음을 밀쳐내고 마치 죽음이 삶의 일부가 아닌 척하고 싶어 하죠.

알렉사   재미난 얘기가 있어요. 제가 존엄사 수업에서 설교 중이었는데 그 수업에서 스무 살 이상 차이로 제 나이가 제일 많았어요. 비평 시간에 한 학생이 그러더라고요. "아, 존엄사는 선생님 세대에 아주 중요한 문제 같아요." "아니, 넌 빠지겠다는 거야?"라고 말하고 싶더라고요. 그런데 사실 우리 사회에서 엄청나게 주목받고 논의의 흐름을 바꾼 세 죽음은 모두 브리트니 메이너드, 캐런 앤 퀸런, 테리 샤이보* 등 30대 여성의 죽음이었어요. 아마 제게 말한 그 여학생 나이랑 아주 가까울 거예요. 아무도 이 세상을 살아서 빠져나갈 수는 없다는 점을 정말로 기억해야 해요.

---

* 캐런 앤 퀸런은 1975년에 식물인간 판정을 받았고 이후 가족이 산소 호흡기를 제거해달라는 소송을 제기했다. 1990년에 식물인간 판정을 받은 테리 샤이보의 가족 역시 영양 급여 튜브 제거를 허가해달라는 소송을 냈다. 법원은 두 사건에서 모두 가족의 손을 들어줬는데 이는 당시 사회적으로 큰 논란이 되었다.

천주교 신부와의 대화

존 투히,

천주교 신부

매사추세츠 피츠필드에 있는 세인트 찰스 보로메오 교구의 사제인 존 투히 신부는 나와 의료조력사망에 대해 혹은 신부의 표현에 따르면 "생명의 자발적인 빼앗음"에 대해 이야기하기 위해 워싱턴으로 비행기를 타고 왔다.

존은 왜소하고 목소리가 아주 나긋나긋한 50대 남성이지만 천주교 신앙만큼은 강직하다.

다이앤   신부님, 최대한 분명하고 간결한 표현으로 의료조력사망에 대한 천주교의 입장을 설명해주시겠어요?

존   그럼요. 천주교는 믿음과 이성의 종교랍니다. 두 가지 측면이 있는데, 첫째인 믿음은 우리 천주교인들에게는 필수 요건이고 모든 기독교인에게도 어느 정도 익숙할 거예요. 기본적으로 하나님은 창조주이시고 우리는 피조물이죠. 그리고 성서를 보면,

가령 〈이사야서〉를 보면 이 세상은 우리가 살아가도록 빚어졌단 말이에요. 그리고 〈창세기〉를 보면 우리가 이 세상을 통치해야 해요. 이 땅에서 결실을 맺고 번성해야 하는데 다시 말하면 동산을 가꾸고 생명이 충만하게 해야 한다는 뜻이죠. 그래서 우리 관점에서 봤을 때 창조주 하나님은 생명을 빚어내지 생명을 앗아가지 않으세요. 따라서 우리한테도 자발적으로 생명을 앗아갈 권한이 없죠. 죽음은 삶의 자연스러운 일부이고 우리는 창조의 하나님을 믿어야 합니다. 하나님은 생명을 앗아가시지 않기 때문에 자발적으로 생명을 앗아가는 일은 당연히 피조물로서 우리가 누릴 수 있는 권한이 아니에요.

다이앤 그럼 신부님이 생각하시기에 지금 인용하신 내용과 신부님 입장을 뒷받침해주는 근거는 모두 하나님 말씀인 거죠?

존 음, 하나님 말씀이기도 하지만 이성적으로 봐도 그래요. 우리 믿음에 따르면 생명을 앗아가는 일은 인간의 본성에 어긋나요. 인간의 본성은 앞으로 나아가도록, 생명을 지향하고 사회적 존재가 되도록 정해져 있어요. 생명의 자발적 빼앗음은 정반대죠. 우리를 사회에서 끌어내요. 우리에게는 본성적으로 생명을 지향하고 생명을 추구하고 자기 삶의 질을 끌어올리려는 경향이 있단 말이에요. 그런데 생명을 빼앗는 일은 우리의 자연스러운 도덕 법칙 그리고 성서에서 말하는 내용과는 상반되죠.

다이앤 개인이 생각하기에 삶의 질이 더는 존재하지 않을 때 도덕적으로, 윤리적으로 교회와 천주교 사제로서 신부님의 역할은 무엇이어야 할까요?

존 아주 훌륭한 질문이네요. 천주교 전통에서는 삶의 질이 떨어지면 삶을 추구하고 유지할 의무가 감소한다고 말해요. 그래서 삶을 연장해주는 것들과 스스로를 단절하기 시작하죠. 그냥 목숨만 유지하고 있을 때, 그러니까 충만한 삶을 살지 못할 때 사람들이 약물 복용을 중단하는 일도 완전하게 허용해요. 가령 이런저런 트라우마가 일어날 것 같으면 산소 호흡기를 달지 않겠다는 결정을 미리 앞서서 내릴 수도 있어요. 이미 1950년대에 한 예수회 사람이 누군가가 "천주교식 안락사" 같은 게 있다고 생각할까 봐 걱정이라고 말할 정도였죠. 우리는 삶의 질이 떨어지면 생명을 좀 더 연장해줄 수도 있는 의료 개입을 거부해도 된다고 하니까요. 삶의 질이 떨어지면 "더는 못하겠어요"라고 말할 수 있어요.

다이앤 그러면 의료조력사망은요?

존 우리는 그 지점, 생명의 자발적인 빼앗음에는 선을 그어요. 내 삶의 질이 떨어지고 있다고 말하는 것과 그 과정에 개입해서 주도하는 일은 다르거든요. 의료조력사망은 의학적인 문제를 해결해주지도 못하고 통증을 관리하지도 않아요. 매년 보고 자료나 통계는 바뀌지만 약물 치료를 받는 호스피스 환자 중에서 심한 통증에 시달리는 비중은 15퍼센트 정도밖에 안 된다더군요.

사실 그 선택으로 문제를 해결하려는 것은 실존적인 위태로움이죠. 여러 연구가 이 점을 보여주고 있어요. 의존적인 사람이 되고 존엄성을 잃는다는 두려움 말이에요. 제가 생각하기에 이런 문제는 대면 관계를 통해서 해결할 수 있어요. 환자가 그 문제 때문에 약을 먹어야 할 필요는 없어요.

다이앤 하지만 더는 삶의 질을 회복할 가망이 없는 지점에 도달한 환자가 의료조력사망을 요구한다면 어떤가요? 그분이 신부님 교구의 신도라면 그 환자분에게 뭐라고 말씀하시겠어요?

존 그런 경우가 있었죠. 특히 통증 때문에 고용량 펜타닐에 의지하다가 그 약에 중독된 여성분 사례가 기억나요. 하지만 완화 진정으로도 충분히 상황에 대처할 수 있어요.

다이앤 완화 진정은 의식이 거의 없어진다는 의미잖아요?

존 그래요. 통증의 수위에 따라서는요. 완화 진정이 통증을 다루는 유일한 방법이라면 우리는 통증을 그렇게 다루고 환자는 자연스럽게 사망하는 거죠. 환자분이 거의 임종 직전이면 바르비투르 복용도 거의 불가능할 테니까요.

다이앤 그럼요.

존 어쨌든 어느 정도 완화 진정을 원할 거예요. 왜 그냥 그 일을 받아들이면 안 되는 거죠? 왜 그다음 단계가 필요한가요?

다이앤 광범위한 완화 진정이 환자의 죽음으로 귀결된다는 사실을 알면서도 진행한다면 의료조력사망과 어떤 차이가 있을까요? 어쨌든 그분이 죽음에 이르도록 돕는 일이잖아요. 그렇지 않나요?

존 맞아요. 용어가 까다로운 이유죠. 조력사망은 좋은 방법일 수 있어요. 우리가 말하는 접근법도 그렇지만요. 하지만 안타깝게도 여기서 도덕적인 의사 결정 방법을 들여다봐야 해요. 논리적인 접근에 익숙하지 않은 사람이라면 "당신 그냥 말장난하는 거잖아. 그 소리가 그 소리 같은데"라고 말할 거예요. 하지만 논리적인 접근에 익숙한 사람이라면 "아, 그러게. 완전히 맞는 말이네" 하겠죠. 결과론자라면 "아, 어쨌든 죽기는 마찬가지인데 왜 최대한 부드럽게 하면 안 되는 거야?"라고 할 거고요.

이렇게 볼 때 우리는 이 문제를 어떤 흐름에 따라 사고할지에 관한 도덕적인 접근법에 합의할 필요가 있어요. 공공 정책에서는 아마 어느 정도 공통의 출발점을 찾을 수 있을 듯해요. 하지만 도덕적인 문제에 접근하는 방법은 워낙 많아서 우리가 한 가지 접근법에 합의하기는 힘들잖아요. 그래서 우리는 그 사람이 완화 진정을 통해 통증을 다스리려고 하다가 사망한다고 접근해요. 그 과정을 재촉하는 바르비투르를 먹어서 죽는다고 보지 않고요.

천주교식 접근법에서는 직접적으로 죽음을 유발하는 무언가를 하는 것과 그 사람을 도우려고 행한 무언가 때문에 죽는 게 다르다고 봐요.

다이앤 이 문제를 신부님 교구 안에서도 이야기해보신 적이 있나요?

존	그럼요, 이 이야기는 자주 나온답니다. (천주교 계통 병원이 없는) 지역 병원 사제는 종종 문의를 받아요. 주로 "아빠가 호흡을 잘 못 하시는데 산소 호흡기를 계속 씌워드려야 하나요? 아니면 이제 그만 떼어내도 괜찮은가요? 아버지는 항생제로 7일짜리 요법을 하는 중인데 이제 닷새째고 아무런 차도가 없어요. 이틀 더 항생제를 써야 할까요? 아니면 그냥 '더 나아지지 않아. 이제 그만하자'라고 말해도 되나요? 항생제가 상황을 바꿔줄 것 같지 않아서요……" 같은 질문이에요. 이런 질문은 계속 들어오죠.
다이앤	그러면 소극적으로 사망에 이르도록 두는 데에는 반대하지 않으시는군요? 어떤 사람이 죽음에 이르도록 적극적으로 돕는 일에는 반대하시지만요.
존	그래요. 좀 미묘하지만 덧붙이고 싶은 부분이 있다면 때로는 소극적이라는 표현이 해야 하는 무언가를 하지 않는다는 의미일 수도 있다는 거예요. 저는 사람의 자연스러운 임종 과정에 끼어드는 모든 일을 하지 않는 데 찬성해요. 지금 여기서 갑자기 제게 위중한 심장 마비가 왔다고 해봅시다. 그럼 선생님은 소극적으로 "아, 이런" 하고 말 수도 있어요. 저를 구하려고 애쓰지 않았다는 이유로 문제에 휘말릴 수도 있겠지만요. 무언가 소극적이라는 거랑 그게 괜찮다는 건 다른 뜻이니까요. 사람이 자연스러운 임종 과정에 접어들었을 때의 개입은 절대 필요하

지도, 도움이 되지도 않아요.

다이앤 저희가 몇 달 전에 댄 디아스라는 분과 이야기를 나눴어요. 그 분의 아내인 브리트니 메이너드 씨는 어떻게든 살아보려고 다 양한 방법을 시도하다가 결국 캘리포니아에서 오리건으로 이 주했고 그곳에서 스스로 삶을 마감하셨어요. 댄 디아스 씨는 천주교인인데 그분이 알아보신 바에 따르면 많은 천주교인이 의료조력사망에 찬성한다고 하더라고요. 이 점은 어떻게 생각 하시나요?

존 제게는 익숙하지 않은 통계예요. 그분이 어떤 연구를 인용하 셨는지 모르겠네요. 불과 몇 년 전에 매사추세츠에서 조력사망 이 무산됐어요. 매사추세츠는 천주교가 꽤 강세인 곳이잖아요. 그래서 그분이 말씀하신 통계가 정확한지 저로서는 알 길이 없 네요.

다이앤 매사추세츠에서는 그 문제가 다시 고개를 들고 있고 제가 겨우 몇 주 전에 매사추세츠 입법부의 한 위원회에 가서 증언도 했어 요. 법안이 통과할지는 모르겠어요. 제가 아는 건 그 주에서 네 번인가 다섯 번째로 그 법을 통과시키려고 애쓰고 있다는 사실 이죠. 올해는 통과될 가능성이 더 높아진 듯해요.

오리건에 계실 때 했던 임상 활동, 그러니까 이미 죽을 권리 법이 존재하는 곳에서 말기 환자들의 문제에 어떤 식으로 접근 하셨는지 이야기해주시겠어요?

석좌 의료진으로서 제가 한 일 중 하나는 매일 생애 말기 관련 논의를 많이 하는 중환자실을 돌고 중환자 전문가와 레지던트들하고 이야기를 나누는 거였어요. 하지만 천주교 기관으로서, 병원으로서 저희가 그 문제를 직접 다룰 필요는 없었죠. 호스피스라면 해야겠지만요.

저희는 호스피스 입원 환자가 없었어요. 그래서 저희 입장은 집에서 호스피스를 받는 사람이 만약 자발적으로 자기 생명을 빼앗을 생각을 한다면 우리가 알고 싶다는 거였어요. 어쩌면 우리가 해결할 수 있는 증상이 있을 수도 있으니까요. 제가 생각하기에 우리가 받아들여야 하는 한 가지 사실은 조력사망이 여러 면에서 마지막 수단이라는 점이에요. 불치병에 걸렸을 때 자기 생명을 빼앗는 게 첫 번째 선택지가 아니라는 말이죠. 그러면 우리가 도울 일이 뭐가 있을까요? 처방전을 실제로 사용하는 사람보다 그냥 받아두기만 하는 사람이 더 많잖아요. 처방전을 사용하지 않는 편이 더 나을 수도 있는데 그럼 우리는 그 사람이 그렇게 하도록 어떻게 도울 수 있을까요? 이게 우리 접근법이에요. 효과가 크죠. 하지만 어떤 사람이 처방전을 받아야겠다고 결심했다 해도 우리가 써주지 않을 수 있어요. 우리가 그 사람한테 처방전을 갖다주지 않을 수도 있는 거죠. 그 사람이 침대 옆에 있는 서랍에 처방전을 넣어뒀으면 그냥 그곳에 있는 거예요. 우리는 그 사람이 약을 먹을 때 그 자리에 있지 않아도 돼요. 뭐, 항상 쉬운 일은 아니었어요. 환자를 내팽개치는 거라고 생각했으니까요. 그렇지만 그 자리에 함께 있으면 그 일을 거든다고 여겨질 수 있는데 그거야말로 우리 사명에서 진짜 벗어나는 일이잖아요.

그 문제가 항상 도전 과제였어요. 어떻게 환자한테 안 된다고 말할 수 있을지가요. 환자가 우리 기관에 있지 않으면 당연히 마음대로 할 수 있겠죠. 하지만 우리는 그분들이 그 선택을 내릴지는 알고 싶었어요. 우리가 일차적으로 그분들을 도울 수도 있으니까요. 다시 말하지만 그 방법은 누구한테도 첫 번째 선택지가 아니잖아요. 그리고 대부분은 자기 근심을 허심탄회하게 털어놓고 싶어 했고요.

다이앤 신부님이 보시는 호스피스 환자 중에 "저 의료조력사망 하고 싶어요"라고 말한 분도 계셨나요?

존 그럼요, 있었죠. 실은 어떨 때는 환자가 아주 예의를 차리느라고 호스피스 간호사에게 알려주기도 해요. "내일은 오지 마세요. 선생님을 불편하게 하고 싶지 않아요. 이 일에 관해서 하나님의 가르침이 뭔지 알아요. 그래서 선생님께 미리 알려드리는 거예요"라는 식으로요. 자기를 돌보는 사람들이 느낄 가책까지도 걱정한다니 아주 좋은 일이죠. 그런 일은 한 번도 도전 과제인 적이 없었어요. 사람들이 우리 신념 때문에 호스피스를 떠나는 일은 없었고 우리도 환자의 신념 때문에 환자를 포기하지 않았죠.

다이앤 그렇군요. 신부님은 천주교 사제로서 "내일 오지 마세요"라고 말하는 분에게 종부성사를 해주실 의향이 있으신가요?

존 아주 좋은 질문이에요. 대답은 "아니요. 우리는 할 수 없어요"로 거의 합의된 상태예요. 종부성사에는 고해성사가 들어 있거든요. 말하자면 그분이 의식이 있다면 고해를 실제로 해야 해요. 의식이 없는 상태라도 죄사함은 마찬가지로 일어나고요. 그런데 아직 일어나지 않은 일을 용서하지는 못하잖아요. 그래서 만약에 그분이 약을 먹을 거라는 점을 제가 알고 있으면 종부성사는 딱히 의미가 없어요. 용서받아야 하는 일을 아직 하지 않은 상태라서요. 물론 약을 먹고 나면 선을 넘은 거죠. 아직 저지르지도 않은 일에 대해서 그분이 죄사함을 받게 해드릴 수는 없어요.

다이앤 하지만 의향이 있고 그 의향을 말로 표현했잖아요.

존 환자가 천주교 신자이고 병자성사를 받고 싶으면 가능해요. 하지만 종부성사에는 고해성사가 들어 있다 보니까 받을 수 없다는 의미예요. 병중이면 병자성사는 받을 수 있어요. 종부성사는 마지막 병자성사죠. 그래서 병석에 있는 동안 병자성사를 자주 받을 수는 있지만 마지막 병자성사는 받지 못할 거예요.

다이앤 아주 슬프겠어요. 특히 평생 신실한 천주교 신자였던 분에게는요.

존 목회자답지 않은 소리일 수도 있지만 우리는 "하나님의 자비에 맡기세요"라고 말하고는 한답니다. 어쩌면 "죄송해요. 종부성사는 못 해드리지만 우리가 같이 기도할 수는 있어요. 하나님의 자비에 맡겨보자고요"라고 말할 수도 있겠죠. 우리가 환자를 포기하지는 않았다는 뜻이에요.

다이앤 종교적으로 봤을 때 종부성사를 받지 못하고 죽으면 그 영혼에 무슨 일이 일어나나요?

존 전적으로 하나님의 자비에 달린 문제예요. 종부성사가 반드시 필요하지는 않아요. 세례를 받아야 반드시 구원받는 게 아니듯이요. 종부성사를 받았든 안 받았든 그 문제는 하나님 손에 달렸고, 그래서 그 결정은 우리가 보기에는 아무런 영향을 미치지 않아요. 장례식을 천주교식으로 할 수도 있어요. 그런 부분에서는 거부당할 일이 없어요.

다이앤 약을 먹고 생을 마감하더라도 천주교식으로 장례를 치를 수 있다는 말씀이시죠?

존 맞아요. 완전히 다른 얘기지만 심지어 정신 질환 때문에 힘들어하다가 스스로 삶을 마감한 경우에도 여전히 천주교식으로 장례를 치를 수 있어요. 교회는 그분이 스스로 삶을 마감하는 게 유일한 선택지라고 느꼈다는 점은 불행한 일이라고 말하겠지만 그래도 우리는 하나님의 자비를 믿어요. 그분은 천주교 신도로서 누릴 수 있는 의식을 치를 수 있어요.

다이앤	신부님에게 좋은 죽음이란 어떤 죽음인가요?
존	저는 죽음이 다가오고 있다는 사실을 알고 싶어요. 잠시 개인적인 이야기를 하자면 몇 년 전에 전이성 간암을 진단받았거든요. 살날이 몇 달 정도라고 얘기했어요. 지금은 그 예상이 틀렸다는 게 분명해졌지만 어쨌든 그 사실을 알지 못한 그 몇 주 동안 저는 무슨 일이 일어날지를 알고 대비하는 일이 얼마나 소중한지 절감했어요. 알지 못하는 상황에 대한 두려움과 함께요.

저는 무슨 일이 다가올지 미리 알고 싶어요. 그 일에 대비할 수 있으면 좋겠어요. 뭐, 제가 잠을 자다가 죽으면 뭐라고 하지도 못하겠죠. 하지만 그렇지 않다면 미리 알고 대비하고 싶어요. 아직 하고 싶은 일들이 있어서요. |
다이앤	주위에는 누가 혹은 뭐가 있으면 좋으시겠어요?
존	가족이죠. 제가 다시 매사추세츠로 돌아온 이유기도 해요. 가족들과 가까이 있으려고요. 가족과 함께하는 게 제일 중요해요.
다이앤	의료조력사망을 선택하는 많은 분이 바로 그렇게 말해요. "죽을 때 곁에 가족들이 있으면 좋겠어요. 아직 가족들하고 이야기할 수 있을 때, 사랑을 표현할 수 있을 때 그렇게 하고 싶어요. 그리고 가족들이 표현하는 사랑을 내 귀로 들을 수 있을 때요." 이거야말로 많은 분이 의료조력사망을 선택하는 정당한 이유 중 하나라고 말씀하시죠. 그런데 신부님도 같은 바람을 갖고 계신 듯하네요.

존   맞아요. 자기가 원하는 바를 항상 손에 넣지는 못한다는 게 문제겠네요. 집에서 죽기를 간절히 소망했는데 집에 문 열어줄 사람이 아무도 없어서 앰뷸런스에서 돌아가신 정말 비극적인 사건도 있었어요. 항상 자기가 바라는 대로 다 하지는 못하죠.

다이앤   병자성사라는 단어를 여러 번 쓰셨는데요, 병자성사와 종부성사의 차이를 설명해주시겠어요?

존   병자성사는 성유를 병자에게 바르는 의식이에요. 기본적으로 주님의 치유 안식을 구하는 기도죠. 물리적인 자연의 기적이든 그분을 위한 기도, 환자의 평화와 안식, 위로이든지요. 종부성사는 마지막에 받는 병자성사라고 보시면 돼요. 둘 다 성유를 바르는데 하나님의 자비를 기리는 방식으로 기도가 정해져 있어요.

제가 병원에 수술받으러 가면 주님의 가호나 저의 회복, 뭐 그런 것들을 구하는 병자성사를 받겠지요. 그런데 제가 임종을 앞두고 있으면 기도 문구가 달라져요. "당신에게 하나님의 자비가 있기를 기립니다." 똑같이 성유를 바르겠지만 기도문에 그 상황이, 말하자면 마지막 순간이라는 표현이 들어가죠.

다이앤   그러니까 종부성사는 그분에게 하나님의 자비가 있기를 기리는데 병자성사에서는 그 표현이 빠지는군요?

존   맞아요. 물론 우리는 항상 하나님의 자비 속에 있죠. 하지만 하나님의 자비로 치유하려는 게 아니라 하나님한테 그분을 인도한다는 의미에서 위탁하는 거예요. 그러니까 어쩌면 종부성사보다 더 나은 말은 위탁일 수 있어요. 임종을 앞둔 분이 영생으로 나아갈 때 우리는 그분을 주님께 위탁하는 거죠.

우리가 곧 자발적으로 자신의 삶을 앗으려는 분에게 종부성사를 해드리지 않는 이유는 교회가 그 일을 죄라고 가르치기 때문이에요. 말씀드렸듯이 저는 저지를 의도만 있고 아직 저지르지는 않은 죄를 사해드리지는 못해요. 그분이 생각을 고처먹었다고 해봅시다. 그래도 어쨌든 아직 죄사함을 받지 않은 거잖아요. 그 일을 저지르지 않았으니까요. 누군가를 무슨 일이 있기 전에 사할 수는 없어요. 마치 은행을 털게 해달라고 허락을 구하는 것과 같죠.

다이앤　그렇군요. 그럼 어떤 분이 자발적으로 자기 생명을 빼앗는 방법을 사용했다고 한다면 신부님이 혹시 그 이후에 가셔서 그분에게 종부성사를 해드릴 수도 있나요?

존　가능할 것 같아요. 어떤 분이 저한테 종부성사를 해달라고 연락했다면 마지막 순간에 거절하기가 편치는 않겠지요. 제가 그분의 죽음을 준비하는 데 함께할 수는 없지만 만약에 가족분들이 그 뒤에 저를 부르시면 그 요청을 거절하기가 편치는 않을 거예요. 그리고 다시 한번 말씀드리지만 저는 그분에게 하나님의 자비가 있기를 기린다는 의미에서 성유를 바르겠어요. 일이 끝난 뒤에 저를 부르신다면 가야죠.

다이앤　그런 생각이 일반적인가요, 아니면 신부님의 개인적인 생각인가요?

존 특별한 지침이 있는지는 잘 모르겠어요. 목회자로서 제 입장은 어떤 과정이 있든 성사를 거절하지는 말자는 거죠.

다이앤 대화의 시작으로 돌아가서 자발적인 죽음에 대한 천주교의 입장을 아주 엄밀하고 간결하게 말씀해주시겠어요?

존 그럼요. 창조주는 생명을 빼앗지 않으십니다. 따라서 피조물인 우리도 그래서는 안 되죠. 우리는 우리를 창조하신 하나님의 모범을 따라야 해요.

우리는 피조물이에요. 우리의 창조주는 생명을 창조하시지 생명을 빼앗지 않으십니다. 이 창조된 질서 가운데 하나는 우리가 죽어서 창조주께 돌아가는 자연스러운 방법이 있다는 거예요. 창조주가 질서를 빚어내신 방법이기도 하죠. 그분의 피조물로서 우리는 그 과정을 통제하려 해서는 안 되고 자연의 계획에 따라 그저 알아서 펼쳐지도록 놔둬야 합니다.

다이앤 자연 또는 하나님의 계획이요?

존 맞아요. 하나님이 자연을 지으셨으니까요.

다이앤 어떤 분이 자발적으로 생명을 빼앗는 길을 가겠다는 생각에서 약을 복용하지 않거나 완화 의료를 지속하지 않겠다고 한다면요? 치료를 지속하지 않는 것과 자발적으로 죽음을 향해 움직이는 일이 어떻게 다른지 궁금해요.

존 차이가 있어요. 천주교 입장에서는 자연을 믿고 하나님께서 육신이 더는 생리적으로 스스로 버티지 못할 때 스러지는 방식으로 이 세상을 지으셨다는 점을 믿어요. 다른 쪽은 아직 때가 되기 전에 내가 개입해서 직접 그 순간을 고르겠다고 결심하고요. 우리 쪽의 가르침은 자연스럽게 벌어지는 일을 우리가 주도하려 해서는 안 된다는 거죠.

다이앤 교회는 자발적으로 사람의 생명을 빼앗는 쪽으로 가는 환자나 의사가 죄를 저질렀다고 여기나요?

존 네 맞아요. 천주교의 가르침에서는 죄예요.

다이앤 어떤 종류의 죄인가요?

존 중죄죠. 생명을 빼앗는 일이니까요. 생명을 빼앗음, 정당화되지 않은 생명의 빼앗음은 저지를 수 있는 죄 중에서도 최악이에요. 그래서 중죄죠. 그 문제가 놓인 환경도 여러 가지겠죠. 특히 환자 입장에서요. 환자가 임종을 앞두고 있다고 해봅시다. 과실을 저지르는 데는 여러 우발적인 상황이 있을 수 있겠지만, 그래요, 그 행동 자체는 중죄로 간주될 거예요.

다이앤 그 환자를 돕는 의사는요? 그 사람도 죄를 저지르는 건가요?

존 그럼요. 맞습니다. 그런 목적으로 처방전을 쓰는 일은 죄악으로 간주될 거예요.

다이앤 천주교 안에서 그런 생각이 어떤 식으로든 바뀌고 있다고 보시나요?

존 심판하듯 사고하는 경향이 약해지고 있다는 점에서만요. 그 행동이 죄라는 생각과는 다른 문제예요. 만약에 어떤 천주교 신자가 조력사망을 했다면 교회는 그분을 심판하지 않고 그 행동을 둘러싼 환경을 볼 거예요. 그분이 천주교식 매장을 하리라고 말한 것은 그런 이유에요. 그러니까 그 행동이 틀렸다는 입장에는 변함이 없겠지만 천주교식으로 매장할 권리는 부정하지 않죠.

다이앤 그 일에 간여한 의사나 간호사는 어떤가요?

존 음, 그분들이 천주교 신자이고 자기 잘못을 뉘우친다면, 교회식으로 표현하자면요, 그럼 언제든 고해성사를 할 수 있어요. 고해성사는 항시 열려 있어요.

다이앤 고해성사에 대해서 얘기해주시면 좋겠네요. 고백성사*라고 아시는 분들이 많은데요, 고해랑 어떻게 다르죠?

존 아, 다르지 않아요. 사실 그 성사 이름은 내 죄를 고백한다는 행동이 아니라 그 성사의 결과에 초점을 맞추려고 바뀌었어요. 핵심은 하나님, 공동체와의 화해예요. 고해성사라고 하면 내가 고백한다는 사실만이 아니라 어째서 고백하는지에 초점을 맞출 수 있죠.

다이앤 만약에 의사나 간호사가 환자의 소망을 들은 후 처방전을 제공하고 도움을 준 다음에 고해하러 간다면 그분은 자동으로 죄사

---

* 고해성사의 전 용어

함을 받나요?

존   그렇죠.

다이앤   그런데 그분이 계속 그런 일을 한다면요?

존   음, 고해는 그 사람이 자기 방식을 바꾼다는 점을 전제하죠. 고
해는 전향의 경험이에요.

다이앤   그렇군요.

존   자기 행동을 바꿀 의도가 없으면 그 성사는 무효예요. 믿음과
이성은 천주교 가르침에 필수적이거든요. 우리는 사람들이 자
발적으로 자기 생명을 빼앗을 수 있다는 사실이 사회에 이로운
지 자문해봐요. 사형이 범죄를 줄이지 못한다는 사실을 알고
있고 조력사망이 의료진에게 도움이 안 된다는 사실도 알고 있
어요. 사람들이 조력사망을 선택하는 이유는 고통이 아니라 낙
담이니까요. 보통은 존엄성을 상실하기 때문이에요. 우리는 이
사회가 어떤 사람이 자기 가족한테 의지하고 있다고 느낄 때 미
련 없이 세상을 떠나라고 말해도 괜찮은지 자문해봐요. 아무리
그 사람이 감당하기 힘들다고 느낀다고 해도 사회가 조력사망
이 괜찮다고 손을 들어줘도 정말 괜찮을까요? 우리 사회가 그
일을 찬성하기를 바랄까요?

사실 조력사망은 궁극의 이기적인 행동이에요. 가족들이 동
의하지 않을 수도 있는데 어쨌든 그 사람은 그 일을 하겠다는
의미니까요. 그래서 우리는 물어요. 자발적으로 생명을 빼앗는

행동이 훌륭한 공공 정책인지를요.

다이앤 장기적으로 신부님은 의료조력사망이 전체 사회에 어떤 영향을 미칠 수 있다고 생각하시나요?

존 제가 오리건에 있으면서 입법가들과 이야기할 때 이미 그 영향을 봤죠. 의료조력사망은 환자들이 서로 반목하는 결과를 초래하니까요. 제가 암에 걸려서 죽어가고 있으면 그 선택을 할 수 있어요. 하지만 제가 근위축증이어서 운동 제어만 안 되고 다른 모든 일은 할 수 있으면 그 선택을 할 수 없죠. 하지만 둘 다 죽어가고 있잖아요. 만약에 제가 치매에 걸려서 죽어가고 있으면 약을 먹을 육체적인 능력은 있어요. 하지만 더는 그런 의사 결정을 할 능력은 없죠. 그래서 문제가 생겨요. 아니, 저 사람들은 되는데 왜 우리는 안 되는 거야? 생명의 자발적인 빼앗음을 어디에서 중단해야 하지? 한도를 어디에 설정해야 할까? 선을 어디에 그을까?

다이앤 자기 삶을 마감하고 싶다고 말할 권리는 어떤가요?

존 아마 그 문제가 권리가 아니라 특권이라는 점을 놓치고 있는 듯해요. 일부 주에서는 무슨 운전면허처럼 질병을 이유로 주에서 자발적으로 자기 생명을 빼앗을 특권을 주면서 다른 분들한테는 그 특권을 거부해요. 다들 "난 할 만큼 했어. 더는 아무런 개입도 필요하지 않아"라고 말할 권리는 있어요. 그런 말을 할 수 있는 게 권리라면 누구든 항시 그 말을 할 수 있어야 해요. 그런데 그 권리는 암 환자는 누리지만 근위축증 환자는 누리지 못하는 특권이에요.

다이앤 오리건주는 바로 그 문제를 고심 중이에요.

존 맞아요. 제가 오리건주에 있을 때 그런 논의가 있었어요. 아시다시피 저는 이 법을 추진한 사람들한테 당신들이 지금의 법이 가장 멀리 간 거라고, 더는 나아가지 않겠다고 오리건 시민들과 약속했다는 사실을 상기시켰죠. 그래서 시민들이 그 문제를 승인했다고요. 이게 공공 정책이죠. 그런데 그 입법이 끝나고 나니까 이제는 그 법을 확대하고 싶어 해요. 이런 식의 입법은 사회와 한 약속을 깨는 일이에요.

다이앤 신부님이 이미 말씀하신 혼자 힘으로는 어떻게 할 수 없는 분들을 도우려는 오리건주의 시도가 약속을 깨는 일이라고 보시나요?

존 의사 결정 능력이 있는 환자분들과 호스피스를 받을 조건이 되는 분들에게만 제한되는 법이라서 찬성표를 던졌다면, 그리고 그런 제한이 있어서 찬성했다면요. 그런 분한테는 약속을 깨는 거죠. 그분들은 더 나아가기는 원치 않은 거니까요. 그런데 지금 와서 "우리가 15년 동안 해왔는데 좀 더 넓힙시다"라고 말하잖아요. 저는 위험하다고 생각해요.

다이앤 어떻게 위험한가요?

존 누구를 믿어야 하나 싶은 거죠. 이 정도까지만 한다고 약속했는데 나중에 더 넓히지 않는다고 어떻게 믿겠냐고요. 이제 와서 그 대상자를 확대한다고 표를 물릴 수도 없잖아요. 애당초 찬성표를 던지지 않았어야 했는데. 저는 여기에 공적인 신뢰의 문제가 있다고 생각해요.

다이앤 천주교는 이 나라에서 존엄사법을 가장 큰 목소리로 반대해왔잖아요. 그런데 "내일은 오지 말아주세요"라고 말하며 자기 생명을 자발적으로 빼앗은 환자분에게 천주교식 장례를 할 수 있다고 하셔서 아주 흥미로웠어요.

존 자비는 그런 식으로 그 무엇에든 앞서는 법이죠. 물론 프란체스코 교황님의 메시지이기도 하지만 성서에도 나와 있어요. 자비요. 결국에는 자비죠. 그 일을 행한 환자분이 우리 공동체의 일원이면 우리는 하나님을 믿고 그분을 돌볼 거예요.

다이앤 그러니까 그건…….

존 심판이 개입하지 않은 반대죠. 그렇게 부를 수도 있겠네요. 그 선택을 한 사람을 심판하는 태도를 취하지 않고 그저 그 행위에 반대하는 거예요. 사실 저는 그 표현을 좋아해요.

다이앤 저도 마음에 드네요.

존 우리는 그 행동에 반대하지 그 행동을 하는 사람을 심판하지는 않을 거예요.

열다섯 번째 　　　　말기 암 환자인
　　　　　　　　　친구와의 대화

윌리엄 "빌" 로버츠,

말기 암 환자이자 다이앤 렘의 친구

　빌 로버츠는 내 고등학교 연인이었다. 우리는 3학년 때 "정식으로 사귀었고" "반에서 가장 귀여운 커플"로 선발되었으며 졸업반 무도회에 같이 참석했다. 그는 우리 졸업반 대표였고 아메리칸대학 장학금을 받았다. 나보다 한 살 많았지만 척수막염 때문에 그가 1년을 놓쳐서 같이 졸업했다. 그는 척수막염 때문에 어릴 때 목숨을 잃을 뻔했고 한쪽 귀가 거의 들리지 않았다. 빌은 아내 아이린을 아메리칸대학에서 만나 60년간 결혼 생활을 했다.

　우리는 2018년 12월 11일에 스카이프에서 만나 대화했다. 빌은 창백해 보였지만 뼈까지 전이된 전립선암의 고통 속에서도 미소를 짓고 소리 내어 웃기도 했다. 아이린이 그의 곁에 있었다. 2019년 2월의 마지막 두 주에는 24시간 간호사를 대기시켰지만 아직은 아이린이 그의 주 돌봄 제공자였다. 나는 빌에게 기분이 어떤지 물었고 그는 막 맛있는 아침과 커피를 먹었다고, 기분이 "끝내줘서" 산책하러 갈지도 모르겠다고 말했다. 빌은 "매일이 좋은 날이야"라고도 했다.

빌은 이제는 존재하지 않는 회사에서 선진 무기 프로그램(핵무기) 매니저로 일했다.

빌　　숱하게 은퇴했지만 진짜 은퇴는 1995년이었어. 사람들이 자꾸 나를 다시 불러대기도 했고 수표책을 봤더니 돈이 별로 없었지. 그래서 돌아갔어. 원래는 내가 화학자였잖아. 근데 그 사람들은 최고의 기술자들을 데려가서 그중에서 매니저를 뽑아. 가끔은 그게 먹히기는 해. 내 경우도 효과가 있었던 거면 좋겠네.

다이앤　가장 최근에 건강 문제가 닥친 일을 설명해줄 수 있어?

빌　　음, 다이앤, 내 병은 사실 무슨 벽돌처럼 떨어졌어. 한두 달쯤 전이었지. 그전만 해도 나는 청춘이었거든. 진짜 팔팔했단 말이야. 못 하는 일이 거의 없었어. 그런데 갑자기 등이 아프기 시작하더라고. 처음에는 등 통증 때문에 병원에 갔어. 등 때문에 9월 내내 병원을 들락거렸지. 그러다가 결국 의사들이 그게 이미 전이된 4기 전립선암이라고 진단하더군. 심장 마비도 두 번 있어서 의사들이 울혈성 심부전증도 알아냈지. 아마 의사들은 내가 뭐 때문에 갈지 내기했을 거야. 심장 문제냐 암이냐.

　　병원을 나서면서 다 끝났다고 생각했어. 내 나날들이 막을 내렸다고 여겼지. 그런데 두 달이 지났는데도 여기 이렇게 있잖아. 호스피스랑 완화 의료를 다 받고 있는데 아이린한테는 그게 얼마나 든든한 지원군인지 몰라. 아이린이 내 주 돌봄 제공자이기는 한데 이 사람도 자기 시간이 필요하잖아. 혼자서 쉬고 늘어지기도 해야 한다고.

아이린은 빌이 처음 집에 왔을 때는 혼자서 아주 작은 일도 할 수 없었고 자신도 어떻게 헤쳐 나가야 할지 막막했다며 "우리 두 사람 모두에게 학습 경험이었죠"라고 말한다.

빌에게 퇴원하기 전에 의사들이 뭐라고 했는지 물었다.

빌   그 사람들은 아주 솔직했어. 아주 단도직입적이었지. 내게 시간이 얼마 없다고 하더군. 이런 말을 들으면 그 말이 몸 안에 가라앉는 기분이거든. 그래서 요즘은 무슨 알코올 중독자처럼 하루하루를 보내. 매일을 헤아려야 하지. 아침에 일어나서 내 신부를, 60년 된 새신부를 보는 일이 너무 간절해져. 아이린은 얼굴도 예쁘고 성격도 예쁘단 말이야. 그래서 의사들이 행운을 빌어주지.

빌과 아이린이 사는 콜로라도 볼더에서는 의료조력사망이 합법이다. 나는 빌에게 자신의 생애 말기 소망을 놓고 의사들과 어떤 대화를 나눴는지 물었다.

빌   우리는 한 달 전에 로라 휴스 박사를 만났어. 2주 안에 다시 만날 건데 일단 기본적인 서류 작업은 마쳤고 의료조력사망에도 서명했어. 박사님은 나한테 아주 상냥하고 친절하셨고 전반적인 절차나 내가 사용할 약물을 자세하게 설명해주셨지. 콜로라도에 살아서 이런 선택을 할 수 있다니 난 운이 아주 좋은 거지. 처음 병원에서 나왔을 때는 그날로 당장 다 끝내버릴 마음이었어. 너무 끔찍한 기분이었거든. 그런데 아이린과 호스피스 분들, 완화 의료를 해주는 분들한테 도움을 받으면서 나한테 미래가 있구나 싶었어. 별로 길지는 않겠지만. 휴스 박사님이 내 손을 잡고 친절하게 다 설명해주셨어. 그 일은 그냥 시간이 됐을 때 할 일처럼 느껴져.

다이앤   시간이 됐다는 점을 어떻게 알 수 있을 것 같아?

빌   통증 때문이겠지. 통증이 아주 심할 거야. 아니면 침대에서 꼼짝 못 할 수도 있어. 난 활동적인 사람이란 말이야. 너무 심하게 갇혀 지내고 싶지 않아. 내가 얼마나 멋지게 살았는데. 멋진 아내도 있고. 의료조력사망이라는 선택지가 있다니 난 운이 좋아. 나는 이런 선택지가 없었던 당신의 소중한 남편 존 렘 씨나 우리 가족 중에서도 이런 방식을 선택할 수 없었던 다른 사람들을 생각해. 그 사람들은 용감했어. 견뎌야 했지.

다이앤   아이린, 빌의 말을 들으면 어떤 기분이 드나요?

아이린   다이앤, 저는 빌이 얘기할 때 항상 같이 있었어요. 얘기를 듣는 귀가 두 쌍이면 이중으로 확인할 수 있어서 늘 좋거든요. 하지만 그 운동, 컴패션&초이스는 이미 지지하고 있었어요. 빌과 제가 항상 다 얘기한 내용이었죠. 친구들이 죽고 친구들이 자꾸 떠나니까 우리도 삶의 마지막을 이야기한 거죠. 우리가 너무도 사랑한 사람들한테 끔찍한 일이 일어났는데 이제는 우리한테도 그 일이 일어나려고 하고 있죠. 80대가 되면 시간이 끝나간다는 사실을 실감할 수 있잖아요. 삶이 그렇게 흘러가니까요. 우리는 삶의 마지막과 우리가 뭘 원하는지를 많이 얘기했어요. 실은 몇 년 전에 우리 시신을 연구용으로 기증하자는 결정도 내렸죠.

다이앤   빌, 의료조력사망을 진행할 때 필요한 약물은 신청했어? 그리고 지금 그 약을 가지고 있어?

빌   약물 신청은 했어. 관련된 콜로라도주 법률 조건하고 서류 작업을 마무리하려면 종양학자 휴스 박사님을 한 번 더 만나야 해. 그때 그 약을 제공할 임상 약학자가 같이 올 거야. 약값으로 꽤 거금을 내야 하더라고. 콜로라도에는 마지막에 나를 부드럽게 잠들게 해줄 세코바르비탈이 "품귀" 상태야. 세코바르비탈을 구할 수 있냐 없냐는 타이밍의 문제지. 아직 그 약물을 가지고 있지는 않아.

다이앤   내가 알기로는 네가 직접 약물을 복용할 수 있어야 할 거야.

빌   그렇지. 처방이 그렇게 되어 있어. 내가 약을 섞어야 하고 내가 직접 마셔야 해. 사전에 항구토제를 몇 가지 물약으로 마셔야 하고. 그래, 이 과정을 다 혼자 해야 하지. 그래도 아내가 있고 친구 몇 명이 우리 곁에 있을 거야. 날 위해서. 그 일이 있을 때 아이린이 의지할 또 다른 기둥이 되어줄 친구들이야. 아내가 걱정이야. 내가 가는 날 무슨 일이 있을지.

다이앤 빌, 좋은 죽음이란 뭘까?

빌 글쎄, 병원에서는 내가 심장 때문에 죽을 수도 있다고 해. 하지만 난 의료조력사망이 더 하고 싶어. 의료조력사망은 그게 뭐든지 부드럽게 다음 단계로, 다음으로 천천히 옮겨가는 방법일 거야. 다음 생에는 전혀 기대가 없어. 내가 먼저 가서 당신한테 알려줄게.

나는 빌에게 내 시간이 오면 남편과 자식들, 소중한 친구들을 모두 모아서 넉넉한 샴페인과 넉넉한 웃음 속에 근사한 만찬을 한 다음 남편과 아들, 딸과 침실로 옮겨 조용히 잠에 빠져들고 싶다고, 늘 그렇게 생각했다고 말했다. 나한테는 그게 완벽한 마지막일 것 같다고.

빌은 자기는 아직 샴페인은 주문하지 않았지만 곧 해야겠다면서 "근데 네 파티에 나 초대하는 거 잊지 마. 재밌을 것 같아!"라고 말했다.

나는 좀 더 진지한 어조로 빌에게 죽는 일이 두려운지 물었다.

빌 무서웠어. 그랬지. 몇 번 불안해지는 일이 있었어. 주로는 호흡이랑 관계 있는 일이야. 내가 호흡을 잘 못 해서 산소가 폐로 제대로 들어가지 못할까 봐, 아니면 폐가 말을 안 듣거나 심장이 망가질까 봐 무서워. 그런데 정직하게, 상당히 정직하게 대답하자면 죽음이 무섭지 않아. 엄청 기대하지는 않지. 하지만 그날이 올 거고 난 준비가 되어 있을 거야. 아이린이 함께 있을 거고. 아이린 손을 잡고 있는 게 나한테는 큰 의미야. 그날은 그리 멀지 않아. 더는 무섭지 않아.

　　두 달 뒤인 2019년 2월 10일, 빌에게서 몸과 정신이 모두 악화하고 있다는 장문의 이메일을 받았다.

맙소사. 나쁜 날들이 좋은 날들과 거의 비슷해졌어. 그래서 이제는 가능한 날에만 친구들하고 외출해. 지난주에 생을 마감하는 약을 받았어. 팬트리에 잘 숨겨뒀지. 저장 기한은 6개월이야. 팬트리에 숨어 있는 많은 제품보다 더 길지. 그러니까 간단히 말해서 난 이제 황천길로 접어들었어. 너 같은 친구들을 남겨두고 아마 먼 길을 떠나겠지.

밸런타인데이에는 이런 편지를 보냈다.

넌 우리와 이곳에 함께 있어. 그게 느껴져. 이상한 기분이야. 이렇게 죽어가다니……. 지금은 혼란스러워. 늦게 일어났어. 아이린이 내가 정신을 차릴 수 있게 막 찬물을 가져다줬어. 내가 마시겠다고 했거든. 다른 건 참기가 힘들어. 다이앤, 난 죽어가고 있어. 죽음이 언제 어떻게 올지 모를 뿐이지. 둥실둥실 떠나고 싶어. 파도에 실려 가듯이……. 두려움, 공포, 아니면 고통? 그 어떤 것도 없는 것 같은데도 항상 이 모든 걸 느껴. 아이린, 내 평생의 사랑은 내게 힘이 되어주고 잘 시간이 지났다고 말하지. 아이린이 없으면 내가 뭘 할 수 있을까? 곧 알게 되겠지. 너를 많이 사랑해. 아이린을 많이 사랑해. 조만간 또 연락할게, 약속해. 빌.

그다음에는 2월 17일에 아이린에게서 이메일이 왔다.

빌은 침대에 있어요. 기력이 많이 없어요. 여전히 자상하지만 가끔은 혼란스러워해요. 지난주에는 많이 힘들었어요. 워낙 자부심이 강한 사람이라서 통제력을 잃는 상황을 편치 않아 하죠. 다행히 내일부터는 숙련된 간호를 받을 거예요. 우리 두 사람 다 도움이 필요하답니다.

2월 22일, 아이린은 이렇게 적었다.

빌은 계속 버티고 있지만 잠을 많이 자요. 통증은 약으로 다스리고 있어요. 월요일 이후로 받고 있는 24시간 간호가 힘이 되고 있어요. 우중충하고 춥네요. 우리는 쨍한 해가 필요해요.

2월 23일에는 빌에게서 이런 이메일이 왔다.

한 주 내내 집 밖을 못 나갔고 이제는 24시간 내내 돌봄을 받아.
비참해. 약을 먹겠지. 마지막 작별 인사를 할 때가 거의 다 돼서
말이야. 너무 기력이 없어. 하나님은 내게 힘을 주시지. 아이린,
친구들, 이웃들, 너무 훌륭하고 사려 깊은 돌봄 제공자들. 나는
진짜 살아 있는 최고의 행운아야. 고통과 그 모든 것들. 투쟁을
멈추지 않으려면 지금처럼 계속 씩씩해야 해. 사랑해. 빌.

울지 않고서는 읽기가 힘들었다. 그날 밤은 빌이 겪고 있을 일을 생각하느라
잠을 이루지 못했다. 그래서 2월 25일 빌의 집으로 전화를 걸었고, 그가 받았다!
아주 지친 목소리였고 숨을 거칠게 쉬었지만 그래도 10분 정도 대화를 이어갈 수
있었다. 그는 친구의 방문을 기다리는 중이라고 했다. 무기 회사에서 그와 같이
일하다가 빌과 똑같은 병에 걸려 세상을 떠난 옛 동료의 아내라고 했다. 나는 무
슨 연결고리가 있는지 물었고 빌은 "그럼, 플루토늄에 노출됐잖아"라고 대답했
다. 그 이상은 이야기하지 않았지만 아무래도 관련된 소송이 있는 것 같다.

결국 내 소중한 친구 빌 로버츠는 약을 먹지 않고 세상을 떠났다. 아이린은 빌
의 호흡이 계속 거칠어지다가 2019년 3월 11일 오후 8시 3분에 멈췄다고 했다.
나는 그의 따스함과 유머를, 모든 친구를 향한 그 아량을, 점점 가까워지고 있는

자신의 죽음에 대해 나와 허심탄회하게 이야기하면서 보여준 용기를 영원히 그리워할 것이다.

열여섯 번째   존엄사에 참여하는
의사와의 대화

로니 샤벨슨,

베이 에어리어 임종 선택 진료소 소장

캘리포니아 버클리에 있는 로니 샤벨슨 박사의 진료소는 조력사망 요구를 전문적으로 상대한다. 캘리포니아주가 존엄사법을 채택한 이후로 샤벨슨 박사는 많은 환자에게 이 과정을 안내했고, 기준에 부합하는 사람들에게는 처방전을 써줬다. 우리는 그의 검박한 집에 있는 거실에 앉아 대화를 나눴다. 가구는 많이 낡았지만 편안했다.

다이앤   샤벨슨 박사님, 박사님 인생에서 죽음에 대한 생각은 얼마나
          일찍부터 시작됐나요?

로니   죽음이라는 문제는 제가 태어나기 전부터 시작했죠. 저희 할머
          니가 당뇨랑 신장 문제가 있으셨고 시력도 잃으셔서 아주 힘들
          게 돌아가셨어요. 그런데 가족 안에서 전해져오는 이야기에 따
          르면 의사가 할머니 방에 들어가면서 가족들한테 잠시 할머니

하고 단둘이서만 있겠다고 하더래요. 그러고서 의사가 방에서 나오더니 할머니가 막 숨을 거두셨다고 말했다는 거죠. 어디까지 사실인지는 전혀 몰라요. 제가 태어나기 2년 전에 있었던 일이거든요. 그냥 우리 가족끼리 넘겨짚는 거죠. 그 의사가 할머니께 자비의 주사를 놓아드렸다고. 그분이 모두에게 나가 있으라고 말한 건 할머니를 자비롭게 보내드리기 위해서였다고. 저희 어머니에게 이 이야기가 얼마나 큰 영향을 줬던지 제가 두 살 무렵부터 이 이야기를 듣고 또 들었어요.

다이앤 할머님이 많이 고생하셨나 봐요?

로니 "하나님 살려주세요", "하나님 저를 데려가세요" 하고 울부짖으셨다고 해요. 이디시어로 "하나님 저를 데려가세요, 하나님 저를 데려가세요" 하신 거죠. 그러다가 의사와 잠시 단둘이 남았을 때 돌아가셨고요. 가족들은 전부 만약에 그 의사가 할머니의 죽음을 유발한 거라면 더할 나위 없이 적절하다고 생각했다고 해요.

다이앤 박사님 어머니께서는 중년에 접어들면서 질환이 생겼는데 박사님이 14살 때부터 어머님이 그런 부탁을 하신 모양이에요.

로니 맞아요. 어머니는 중증 크론병이었어요. 염증성 장 질환인데 많은 분들 생각보다 훨씬 불편해요. 몇 년에 걸쳐서 상당히 고생하셨고 큰 수술도 여러 차례 했지만 전체적으로 편찮으셨어요. 제가 12살인가 14살이었을 때 저한테 죽는 걸 도와달라고 부탁하기 시작하셨죠. 어머니가 75살이 되실 때까지 계속 그 얘기를 주고받았는데 결국은 자연사하셨어요. 뭐, 요즘 "자연사"라는 게 있다면 말이에요. 사실 저는 이제 자연사하는 사람이 더 있는지 잘 모르겠어요. 어머니는 병원에서 돌아가셨어요. 하지만 아프신 내내 우리는 어느 시점이든 어머니가 점점 힘들어지면 어머니가 돌아가실 수 있게 제가 도움을 드리겠다는 암묵적인 합의를 한 상태였죠.

다이앤 아버님은 그 문제를 어떻게 생각하셨나요?

로니 아버지는 거의 무시하셨어요. 전혀 진지하게 여기지 않으셨죠. 아버지는 전반적으로 갈등을 피하려고 하는 분이었어요. 어머니에 대한 반응도 "아, 그건 터무니없어. 우리는 그 문제를 신경 쓰지 않을 거야"였어요. 아버지가 안 된다고 말씀하실 때 어머니는 제게 의지하고는 하셨죠. 제가 13살 때부터 어머니의 자살 요청을 꽤 진지하게 여긴 이유예요.

다이앤 두 분이 대화하면서 어떤 표현을 썼는지 기억하세요?

로니 어머니가 그러셨죠. "난 죽어야 해, 네 도움이 필요하단다." 어머니는 세부적인 지침까지 내리셨어요. 어머니는 칼륨을 원하셨죠. 이유는 모르겠지만 13살이면 제가 정맥 주사를 놓을 수 있고 어머니에게 치사량의 칼륨을 놔드릴 수 있다고 생각하셨어요. 어머니가 어떻게 치사량의 칼륨을 손에 넣으셨는지는 잘 모르겠어요. 어쨌든 우리의 신호는 "난 이제 칼륨이 필요해"였어요.

다이앤 그런데 마지막에 어머니는 병원에 가셔야 했고 병원에서 자연
사하셨죠. 이 초기의 경험이 박사님께 어떤 영향을 미쳤다고
생각하시나요?

로니 고통의 과정을 생각하기 시작했어요. 아마 제가 의사가 되겠다
고 마음먹은 핵심 동기 중 하나였던 듯해요. 이 문제에 대한 사
람들의 제대로 된 논의는 잭 키보키언*이 화제였던 1990년대
초부터 시작되지 않았나 싶어요. 그 일로 저는 큰 맥락에 더 관
심을 가졌고요. 그때 저는 의사로서 응급 의학을 수련 중이었
어요. 많고 많은 죽음을 목격하면서 사람들의 죽음을 돕는다는
게 무엇을 의미하는지 더 깊이 공부해보고 싶다는 생각이 들었
어요. 그 의미를 더 잘 이해하는 일과 그때까지만 해도 숨은 세
계였던 질병과 고통 때문에 죽게 해달라고 요청하는 사람들의
세계가 어떤 곳인지 제대로 알아내는 일이 중요했죠. 잭 키보
키언은 이미 진행 중인 일에서 빙산의 일각일 뿐이었어요.

다이앤 박사님의 책 《선택된 죽음 A Chosen Death》에서 티모시 퀼 박사의
말을 인용하시잖아요. 호스피스 프로그램에서 환자의 험한 죽
음을 목격한 사람들은 언제나 죽음을 감당 가능하게 만들 방법
이 있다는 호언장담에 마음을 놓지 않는다는 말이요. 완화 의

료와 호스피스의 현실에 대해서, 이 방법으로 뭘 할 수 있고 뭘 못하는지 이야기해주시겠어요?

로니   저는 호스피스를 사랑해요. 진심으로요. 제가 생각하기에 호스피스는 사람들을 합리적인 죽음(저는 좋은 죽음이라는 표현을 싫어해요. 무슨 뜻인지 아무도 모르니까요)으로, 사람들이 편안해하고 고통의 양을 최소화한 죽음으로 인도하는 데 경이적이에요. 저는 완화 의료와 호스피스가 사람들이 편안히 죽음에 이르게 하는 데 놀라운 재주가 있다고 생각해요.

하지만 한계가 있어요. 저는 의학의 모든 것이 더는 먹히지 않는 지점에 도달했을 때 모두가 그 사실을 인정할 수 있어야 한다고 생각해요. 호스피스 종사자들은 안정된 자기 기반을 마련하려고 힘겨운 싸움을 해왔죠. 지난 50년 동안의 성장세를 살펴보면 놀라워요. 하지만 스스로를 홍보해야 하다 보니 '우리 진짜 잘한다'와 같은 태도도 있었어요. 어떤 환자들의 고통은 사라지지 않는다는 사실을 망각한 거죠.

어떤 환자에게는 최고의 호스피스에서 맞는 임종이 적합하지 않아요. 너무 오래 이어질 수 있거든요. 혼수상태로 3주를 끌면서 그동안 가족들이 껍데기만 남은 몸을 돌봐야 할 수도 있다는 소리예요. 그분들이 바라던 바가 아니죠. 참기 힘든 호흡 곤란이 일어날 수도 있어요. 생각보다 힘든 통증이 있을 수도 있고요. 통증은 거의 항상 제어 가능하지만, 항상은 아니에요.

그다음에는 어떤 분들이 삶의 마지막 장에 이르면서 느끼는 실존적인 불안이라는 문제가 있죠. 그런 식으로 마지막 3주를 보내고 싶지가 않은 거예요. 아무리 호스피스가 훌륭해도 한계는 있어요. 일부 호스피스 환자에게도 호스피스 영역에서 떠날 준비를 마치고 죽음을 선택할 권리가 있어야 한다고 생각해요.

다이앤   완화 의료는 어떤가요?

로니   완화 의료는 호스피스와 겹치는 부분이 많아요. 본질적으로 완화 의료는 증상을 다스리는 방법이죠. 기저 질환을 치료하지 않고 그 질환이 일으킨 증상을 다뤄요. 완화 의료는 호스피스 바깥에서 일어날 수도 있어요. 가령 완화 의료 팀이 있는 병원 같은 곳에서요. 그보다는 덜 일반적인 재택 완화 의료는 호스피스랑 중첩되기 시작했어요. 아프고 힘든데 호스피스를 받을 수 없는 분들한테 완화 의료는 완벽하게 적당하죠. 하지만 똑같이 한계가 있어요. 통증, 메스꺼움, 구토, 불안 같은 걸 다 다스려주니 훌륭하죠. 하지만 여전히 일부 환자에게는 "훌륭하게 보살펴주셔서 감사합니다. 하지만 저한테는 또 다른 선택지가 있어요. 제 선택은 죽는 약을 먹는 거랍니다"라고 말할 권리가 있어요.

다이앤   완화 의료가 모든 통증을 관리할 수 있고 모든 문제를 처리할 수 있다고, 그래서 의료조력사망이나 호스피스는 전혀 필요 없다고 말하는 아이라 바이오크 박사 같은 분은 어떻게 생각하시나요?

로니 　그분과는 지금까지 약 25년간 논쟁 중이에요. 어느 의료 분야든 의사가 다 해낼 수 있다고 말하면 저는 항상 그 말을 의심해요. 어떤 환자든 말기 상황을 돌볼 수 있다고, 환자가 원하는 만큼 편안하게 해줄 수 있다고 한다면 맞는 말일 수가 없어요. 항상 효과적인 방법은 아무것도 없거든요. 어떨 때는 호스피스와 완화 의료가 증상을 완화하지 못하기도 해요. 예를 들어볼게요. 어떤 사람 구강에 암 때문에 거대한 덩어리가 있다고 해보자고요. 그 덩어리는 조만간 기도를 막아서 환자의 호흡과 타액 관련 활동을 중단시킬 거예요. 무언가를 삼키기가 불가능해지겠죠. 이런 분의 증상은 제어하기 힘들어요. 진정제를 퍼부어서 명료한 사고가 불가능한 진정 상태로 만드는 것 말고는요. 이런 상황에 놓인 일부 환자들은 "여러분의 완화 의료는 유익해요. 하지만 제가 원하는 건 아니랍니다"라고 말할 수 있어요. 자유의 문제죠.

다이앤 　고통과 통증의 관점에서 무엇을 느끼는지를 환자 당사자가 규정해야 한다는 말씀인가요?

로니 　맞아요. 저는 아이라 바이오크 박사 같은 사람이 우리가 모든 사람을 돌볼 수 있다고, 다 편하게 해줄 수 있다고 말할 때 "모든 사람" 같은 건 없다고 생각해요. 개개인은 바이오크 박사가 해주는 것과는 다른 선택을 할 수 있어야 해요. 그 주장에는 어떤 가부장주의적인 요소가 있어요. 옛날식 의사죠. 그렇지 않나요? "난 당신 의사야. 내 말 들어. 난 당신이 이렇게 하게 만들 수 있어. 그럼 당신은 괜찮을 거야." 그런데 새로운 의료 방식이 있어요. 환자의 말에 귀를 기울이는 거죠. 만약 환자가 "선생님이 저를 앞으로 3주 동안 반쯤 편안하게 만들어주실 수 있다는 점은 알아요. 그렇지만 선생님이 주시는 모르핀과 그 외 나머지 약물 때문에 저는 인사불성 진정 상태가 되겠죠. 저는 그러고 싶지 않아요"라고 말한다면요. 환자는 결정을 내릴 권리가 있어요.

다이앤   환자에게 더 많은 선택지를 줘야 한다는 말씀이군요. 박사님 개인으로서는 환자에게 더 많은 선택지를 제공해왔는데, 요즘 의대에서는 어떤 교육이 이뤄지나요? 박사님이 의대에 다니셨을 때는 환자의 선택권 논의가 없었다고 알고 있어요.

로니   없었죠. 요즘 의대에서는 환자의 자율성과 정보에 대한 논의가 그 어느 때보다 많다고 알고 있어요. 그렇지만 죽을 권리라는, 조력사망 약물을 먹을 권리라는 아주 어려운 문제에 관한 특정한 자율성의 양상은 전혀 가르치지 않을 거예요. 아직은요. 너무 새로운 분야라서요. 지금 캘리포니아에 생긴 새 법도 겨우 2년 됐잖아요. 2년은 의학 역사에서 점이나 마찬가지예요. 의학은 언제나 빙하가 움직이듯 더딘 속도로 바뀌죠. 우리가 이 모든 새로운 발견을 줄곧 해왔다고 보일지 모르겠지만 의학에서 변화는 사실 상당히 더딘 속도로 일어나요. 특히 새로운 관행을 채택하는 데는 더 그렇죠. 조력사망과 관련해서는 사실상 아직 아무런 교육이 없어요. 너무 새로운 분야인 거죠.

다이앤 호스피스 쪽도 자기들이 환자가 죽는 일을 도울 수 있다는 생각을 아직 받아들이지 않죠?

로니 호스피스의 기본 원칙은 죽음을 재촉하지도 지연하지도 않는다는 거예요. 그 원칙이 호스피스의 성경이고 기본 토대죠. 다시 말하면 호스피스 쪽에서는 소위 죽음의 자연스러운 흐름이 일어나도록 놔둬요. 그분들이 환자 곁에 있는 이유는 그렇게 해야 환자들 마음이 더 편해서일 뿐이에요. 모르핀을 사용하고 온갖 다른 것들을 사용하지만 그러면서도 죽음의 과정에는 개입하지 않아요. 조력사망이 등장하면서는 환자가 어떤 시기에 약물을 먹도록 허락한다는 의미에서 죽음의 과정에 개입하죠. 호스피스의 돌봄 방식은 전통적으로 조력사망과 갈등이 있어요. 사람들이 호스피스가 죽으러 가는 데라고 생각하다 보니까 호스피스에 들어가기를 꺼렸거든요. 그래서 호스피스에서 일하는 분들은 호스피스가 도움을 얻으러 가는 곳이라는 명성을 얻고 싶어 하세요. 조력사망을 받아들이면 호스피스는 죽으러 가는 장소가 되죠.

호스피스는 초기에 조력사망법에 극심히 반대했어요. 환자가 조력사망을 요구하면 그쪽에서는 그분들한테 "걱정하지 마세요. 우리가 도와드릴 수 있어요. 이런 거 하실 필요 없어요"
라고 말했을 거예요. 하지만 시간이 흐르면서, 캘리포니아에서
법이 통과된 뒤에 조력사망을 요구하는 환자가 하나둘 늘어나
면서 달라졌어요. 조력사망 요구를 직접 듣는 간호사, 환자들
한테서 자꾸 조력사망 요구를 듣는 사제들과 사회 복지사부터
시작해서 호스피스 쪽에서도 환자의 자율성에 동의한다면 조
력사망 요구에도 대응해야 한다는 사실을 깨닫기 시작했죠.

이렇게 얘기할 수 있겠네요. 지금 베이 에어리어에서 우리와
같이 일하는 호스피스의 약 60퍼센트가 공개적으로 자기 환자
들의 조력사망에 협조하고 있어요. 조력사망 요구를 승인받으
려면 의사 두 명이 필요하잖아요. 이제는 많은 호스피스가 그
요구에 대응하고 있어요. 호스피스 의사들이 상담 의사의 일을
하죠. 만약 전국호스피스완화의료기구에 조력사망에 대한 입
장을 문의하면 전부터 그래왔듯이 됐다고, 그 이야기는 안 하
고 싶다고, 그 생각은 안 하고 싶다는 대답을 들을 거예요. 하지
만 구역을 좁혀서 내가 있는 지역, 내가 일하는 호스피스를 들
여다보면 "물론 가능합니다. 다음 환자는 어떤 분인가요?"라는
답을 들을 수 있어요. 호스피스의 태도에서 대대적인 변화가
아주 급속하게 일어나고 있어요.

다이앤　의사 당사자들은 어떤가요? 박사님이 보시기에 6개월 이내에
세상을 떠날 환자가 "선생님, 저는 고통받을 만큼 받았어요"라

고 말할 때 기꺼이 힘을 보탤 의사의 수가 어느 정도 늘었나요? 얼마나 많은 의사가 기꺼이 조력사망에 참여하죠?

로니 그 문제는 환자들이 어떻게 조력사망에 접근하는지의 접근성 문제로 볼 수 있어요. 환자들에게는 법이 보장하는 새로운 권리가 있어요. 조력사망을 할 권리가 있죠. 원하면 자신의 죽음을 앞당길 권리가 있어요. 하지만 자신을 도와줄 의사가 두 명 필요해요. 결론적으로 의료 서비스 접근성은 우리 주 곳곳에서 모든 면이 불균등하게 분포된 상태예요. 일부 지역에서는 심각하게 제한적이죠.

다이앤 전국적으로도 그렇죠. 부유한 사람과 가난한 사람, 보험이 있는 사람과 없는 사람 사이에서요.

로니 심장 카테터 삽입술 접근성도, 조기 유방 조영상 접근성도 고르지 않아요. 조력사망도 평등하게 접근하지 못하는 현실이고요. 더 많은 의사가 수련받을 필요가 있죠. 조력사망을 하고 싶지 않다고 하는 많은 의사가 그 일이 편치 않다고 해요. 반대한다는 게 아니라 불편하다는 거죠. 약물 정량을 몰라서, 규정을 몰라서, 서류 작업을 몰라서, 비용을 어떻게 청구할지 몰라서요. 조력사망은 아직 청구 코드도 없거든요.

다이앤 관련해서 어떤 교육 과정이 나와 있나요?

로니 교육 과정은 없어요. 저 같은 사람하고 우리 진료소 같은 곳만 있죠. 저희가 환자별 사례를 브리핑하는 병례 검토회를 하고 있어요. 가능한 한 많이 하고 있지만 아직은 소수뿐이죠. 시간이 지나면서 점점 개선되고 있어요. 지금은 2년 전보다 많은 의사가 참여 의지를 보이고 있거든요. 하지만 접근성은 여전히 아주 난제예요. 특히 시골일수록, 가난한 지역일수록 그렇고 보험이 없는 환자들도 그렇죠. 다른 모든 의료에서 그렇듯이요. 계속 이런 상태일까요? 그렇지 않다고 생각해요. 교육이 좀 더 공식적인 수준에서 일어나기 시작할 거예요. 우리가 노력 중이에요. 환자 요구가 많아지면 그 문제는 어느 정도 풀리지 않을까 싶어요. 환자한테 요구받은 의사가 처음에는 거절할 수 있어요. 하지만 두 번, 세 번 이어지면 의사는 그 문제를 생각할 수밖에 없죠. '이 문제를 좀 더 편하게 대해야겠군. 환자들이 계속 요구하네'처럼요.

다이앤 환자의 요구를 거절한 의사가 그 환자를 조력사망 관련 경험이 있거나 그 일을 편하게 느끼는 다른 의사에게 소개하기도 하나요?

로니 그 의사의 태도에 달렸죠. 어떤 의사는 다른 사람을 찾으려고 아주 열심히 노력할 테고 어떤 의사는 그냥 직접 알아보라고 말할 거예요. 다시 말하지만 우리는 초기 단계고 이 문제가 얼마나 빠르게 개선될지는 시간이 지나야 알 수 있어요. 저는 상당히 빠르게 변화가 있으리라고 생각해요.

다이앤 오리건은 캘리포니아에 있는 박사님 같은 분들에게 충분한 사례가 아니었나요?

로니 오리건 인구는 캘리포니아의 10퍼센트예요. 20년 동안 이 일
을 해왔지만요. 대부분이 농촌이기도 하죠. 그래서 우리 주보
다는 일반 진료와 가족 진료에 더 주력해요. 오리건과 캘리포
니아를 비교하기는 아주 힘들어요. 우리는 오리건에서 많은 걸
가져왔어요. 세코날 약물도 그렇고, 업무 방식도 일부 가져왔
죠. 하지만 이제 우리 쪽 약물은 바뀌었고 이야기하는 방식도
바뀌었어요.

다이앤 대학에서 의사들에게 세상을 떠날 준비가 된 환자들과 이야기
하는 법을 가르치기 전에 풀뿌리에서 변화가 일어났으니까 하
향식이 아니라 상향식으로 일이 진행되는 거네요?

로니 맞는 말씀이에요. 풀뿌리에서 주도하고 있죠. 요구와 필요와
교육을 환자들이 이끌고 있어요. 환자들이 제일 먼저 간호사
를 이끈다는 점이 흥미로워요. 간호사는 특히 호스피스에서 환
자들과 가장 가까이서 일하는 분들이거든요. 진짜 힘은 환자의
요구에서 나오는 중이에요. 우리의 이 작은 진료소에서 조력사
망을 도와달라는 요구를 6백 건도 넘게 받았어요. 다 타당하지
도 않고 모두 수용할 수도 없었지만 어쨌든 6백 명이 찾아왔죠.
　조력사망이 어떻게 풀뿌리 주도로 이루어지고 있는지를 보
여주는 아주 좋은 사례가 있어요. 제가 처음 이 일을 시작했을
때 만난 어떤 환자분은 심장이 안 좋은 96세 여성이었어요. 호

스피스를 받으셨고요. 그런데 그 호스피스는 조력사망에 찬성하지 않았죠. 사실 그 호스피스에서 그 환자분을 저한테 의뢰했고 호스피스 직원들한테는 그 환자분이 돌아가시는 날에 그 장소에 가지 말라고 얘기해뒀다더라고요. 아무튼 제가 그분 조력사망일에 환자분 집으로 찾아갔어요. 그런데 그 집에 호스피스 간호사, 사회 복지사, 사제가 있더라고요. 저는 "아니 여기서 뭐 하세요?"라고 물었죠. 그랬더니 "환자를 나 몰라라 할 수는 없어서요"라고 하시더라고요. 조력사망이 환자 주도라고 말할 때는 정확히 이런 상황을 말하는 거예요.

다이앤 굉장한 이야기네요! 그럼 그 환자분은 캘리포니아 법의 모든 기준을 충족하셨나요? 의사 두 명이 6개월 이내에 돌아가신다는 판단을 내렸나요? 그 사실을 어떻게 알 수 있죠?

로니 사실 6개월 판단을 정확하게 내리는 능력은 누구도 제대로 갖추지 못했다는 점을 모두가 인정해요. 그 문제 때문에 고생을 좀 하고 있죠. 그런데 실은 그 문제가 모두의 생각처럼 그렇게 중요하지는 않아요. 그러니까 어떤 분이 저한테 오면 제가 "드릴 말씀이 있어요. 환자분은 유방암이고 6개월도 못 살아요"라고 말하고, 그러면 그분이 그 자리에서 조력사망 약물을 가져가겠다는 결정을 내리는 식이 아니란 말이에요. 실제로는 일단 얼마나 더 아플지 기다려요. 막 진단받은 분이 조력사망을 요청하는 경우는 없어요. 막 예후를 확인한 분이 조력사망을 요청하는 경우도 없어요. 병이 진행되고, 무슨 일이 일어나는지를 지켜보다가 조력사망을 신청할 때쯤에는 예후가 아주 분명해지죠. 임종이 코앞에 닥치는 거예요. 저는 예후가 자신 없을 때는 환자분에게 아주 직접적으로 말씀드려요.

다이앤 박사님은 6개월 예측이 캘리포니아 법의 골칫거리 중 하나라고 생각하시나요?

로니 아니에요. 6개월 예측을 내리기가 어렵다는 점을 감안하면 그 문제가 우리가 이 법을 얼마나 잘 기능하게 만드는지에는 실질적인 변화를 주지 못한다고 생각해요. 그 법이 좋은 법인지 나쁜 법인지와도 무관하고요. 누구한테는 자격이 있고 누구한테는 없다고 판단할 때는 어느 정도 기준을 갖춰야 해요. 중요한 문제죠. 그래야 조력사망을 자살과 구별지을 테니까요. 대단히 중요한 문제예요. 조력사망은 살 수 있는 선택지가 없는 분들을 위한 조치예요. 그래서 자살이 아닌 거죠. 자살하려는 사람들은 살 수 있다는 선택지가 있는데 자기 삶을 끝내겠다는 선택을 내리잖아요. 조력사망을 앞둔 분들은 살 수 있다는 선택지가 없어요. 자기가 어떤 방법으로 죽을지 고를 뿐이죠. 그래서 우리는 더는 의사조력자살이라는 표현을 쓰지 않아요. 우리가 아무리 그렇게 하고 싶어도 법적으로 사망 진단서에 자살이라고 쓰지 못하는 것도 그래서예요. 조력사망은 자살이 아니니까요.

다이앤 환자들이 6개월 예측을 받은 뒤에 15일 동안 가져야 하는 대기 시간에 대해서도 물어보고 싶어요. 모든 걸 끝낼 준비가 된 환자에게는 이 15일이 영원처럼 느껴질 수도 있잖아요.

로니 15일 대기 기간은 아마 이 법에서 가장 잘못 고안한 쓸데없는 부분일 거예요. 여러 이유에서 완전히 잘못됐어요. 누구도 성급한 결정을 내리지 못하게 하겠다는 생각에서 시작됐겠죠. 그런데 그 기간은 환자가 주치의한테 존엄사법을 처음 구두로 요청하는 순간부터 시작이에요. 15일 대기 기간에는 환자를 전혀 도울 수 없어요. 그 15일이 지나야만 환자가 숙고를 제대로 했다고 전제하죠. 마치 환자들이 병이 진행되는 동안에는 별로 많은 생각을 하지 않았다는 듯이요. 저는 오랫동안 이 문제를 생각해보지 않고 첫 요청을 하러 오는 환자를 만나본 적이 없어요. 이런 환자 중에서 많은 분이 이 15일 대기 기간 동안 돌아가시죠. 본인이 바라지 않던 바로 그 방식으로요. 저는 많은 환자분이 대기 기간 동안 돌아가시는 걸 봤어요. 20년에 걸친 모든 오리건 데이터에서도 마찬가지예요. 우리 환자의 삼 분의 일가량이 이 15일 대기 기간에 돌아가셨어요. 법안의 대단히 잘못된 부분이에요. 이 요건은 없어져야 한다고 생각해요.

다이앤 어떤 분이 이 모든 절차를 마쳤을 때 선생님의 경험 그리고 선생님이 의사로서 그 환자의 마지막을 지키면서 어떤 기분이었는지 이야기해주시겠어요?

로니 　우리 일은 조력사망이 환자의 일생에서, 환자의 가족들에게 가장 어려운 경험이라는 생각을 바탕에 깔고 있어요. 복잡하죠. 죽음은 복잡해요. 그리고 중요하죠. 저희는 환자들에게 "여기 처방전 있습니다. 준비될 때 가져가세요"라고 말하지 않아요. 최대한 꾸준히 관계를 맺으려고 하죠. 그 환자가 언제 준비될지는 항상 분명하지 않거든요. 그래서 저희는 약물을 먹을지 말지를 놓고 복잡한 대화를 나누기를 원해요. 어쩌면 그분들은 순조롭게 돌아가실 수도 있고 조력사망이 필요 없을 수도 있거든요. 저희는 환자분들이 그 결정을 내리는 일도 도와요. 하지만 조력사망 약물을 먹겠다는 결정을 내렸다면 문제는 언제 먹을지거든요. 한 주 기다릴까? 더 안 좋아질 수도 있으니 지금 먹을까? 가족들이 올 때까지 기다릴까? 토론은 이 모든 내용을 포함해요.

　환자가 약물을 먹는 날은 불안이 가득한 날이죠. 가족들에게도 아주아주 힘든 날이고요. 보통은 어떤 전문적인 도움도 받지 못하고 환자만 덩그러니 남겨져요. 저희는 이런 방식을 신뢰하지 않아요. 저희는 업무의 일환으로 그날 환자분의 곁을 지켜요. 가족들과 이야기를 나누고 모두가 너무 힘들지 않도록 도움을 드리고 그분들에게 이 과정이 어떻게 진행되는지를 설명하죠. 조력사망은 의료적인 절차예요. 저희는 사람들이 그 순간을 혼자 감당하도록 내버려 두길 원치 않아요.

투약도 도와드려요. 약물을 드리지는 않죠. 법적으로 환자는 스스로 투약해야 하기 때문에 당연히 환자가 직접 약물을 삼켜요. 하지만 관련된 준비가 있어요.

환자를 주시하면서 그분에게 무슨 일이 일어날지를 설명해드리기도 해요. 온 가족이 자기 눈앞에 무슨 일이 펼쳐질지를 알 필요가 있죠. 어머니나 아버지가 의식 불명이면 어떤 모습일까요? 의식 불명까지 시간이 얼마나 걸릴까요? 잠든 뒤에도 고통스러울까요? 아직 들을 수 있나요? 지금 심장은 뭘 하고 있죠? 20분 동안 의식이 없는 것 같은데 심장은 아직 뛰고 있어요. 왜 그런가요?

저희는 조력사망이 10분에서 10시간까지 걸릴 수 있다는 사실을 알아요. 오리건에서는 사나흘이 걸렸다는 보고도 있었어요. 그래서 가족들한테만 맡겨둬서는 안 돼요. 그렇게 하면 좋은 의료가 아니죠. 숙련된 사람이 침대 곁에 있어야 해요. 미래에는 그 사람이 호스피스 간호사이기를 바라요. 저희는 조력사망이 진행되는 동안 가족들만 있어서는 안 된다고 생각해요.

다이앤 그렇게 말씀하시니 마음이 아주 놓이네요. 세코날의 문제점을 말해주시겠어요?

로니 앞으로 두 시간은 더 걸릴 텐데요? 세코날은 전통적으로 오리건에서 사용하던 약이었어요. 바르비투르라고도 하는데 사람들을 잠들게 하죠. 보통은 호흡을 멈출 정도로 깊이요. 뇌에 압박을 가해서 호흡이 멈춘다고 생각하면 돼요. 세코날은 아주아주 좋은 약이에요. 하지만 그렇게 신뢰할 만하지는 않아요. 오리건 데이터를 살펴보면 10분 만에 죽음에 이르는 경우도 있고 중위 시간은 두 시간 정도라는 사실을 알 수 있어요. 다 훌륭하죠. 그런데 극단적인 경우에는 나흘이 걸리기도 해요. 세코날이 호흡을 확실하게 억누르지 못한다는 뜻이에요. 오리건보다 더 큰 주가 새로 조력사망을 시행하면서 이 데이터를 한 번 더 살펴보고는 세코날 사용을 재검토하겠다고 했어요. 좋은 일이죠. 우리 역시 필요를 고르게 충족해주지 못하는 약물을 받아들이고 싶지는 않았어요. 게다가 한 회분 가격이 3천 5백 달러까지 갔단 말이에요. 보험도 안 되는데. 가격 문제도 있고 평등 문제도 있죠.

다이앤   너무 시시콜콜한 이야기를 꺼내서 죄송하지만 맛에도 문제가 있지 않나요?

로니   조력사망 약물은 워낙 고용량을 사용하다 보니까 하나 같이 맛에 문제가 있어요. 다들 똑같이 역겹기 짝이 없죠.

다이앤   유럽 모델은 어때요? 유럽 모델에 대한 의견을 얘기해주실 수 있나요? 오래전에 호주에 살던 104세 남성이 조력사망을 하고 싶어서 스위스까지 가야 했다는 이야기를 읽은 적이 있어요. 스위스에서는 어떻게 하는지 그리고 박사님이 생각하기에 그쪽 접근 방법은 의사로서 지향할 만한 방향이라고 보는지 말씀해주시면 좋겠어요.

로니 스위스까지 갈 필요도 없어요. 우리보다 더 나은 모델을 보고 싶으면 그냥 국경 너머 캐나다로 가면 되거든요. 캘리포니아에서는, 그리고 법을 통과시킨 미국의 모든 주에서는 조력사망을 경구 투여 약물로만 제한해요. 입법가 입장에서 경구 투여가 환자의 최종 동의라는 점을 확인하려는 의도였죠. 혼자 약물을 입수하고 혼자 삼키면 환자가 약물 투여에 동의했다는 사실이 최대한 보장받는다는 거죠. 제가 보기에 이 조치는 "당신은 우리가 당신 맹장을 떼어내도 좋다고 허락하셨어요. 허락해주셔서 감사합니다. 여기 메스가 있어요. 이제 시작해볼까요" 하는 일만큼이나 어느 정도 합리적이에요. 약물에는 이런 최종 동의가 필요 없으니까요.

약물을 삼키는 문제로 좀 더 좁혀볼게요. 입법부에서는 나름대로 머리를 굴렸겠지만 마지막 순간에 환자의 최종 동의를 확인하고 싶다 그랬어요. 누구도 강요받아 어쩔 수 없이 약물을 삼키지 않는다는 점을 또는 우리가 소위 말하는 안락사에 빠져들지 않는지를요. 그래서 환자들한테 그 약을 마시라고 하는 거예요. 최종 동의를 보여달라는 거죠.

그 결정이 얼마나 많은 문제를 일으키는지 말도 못 해요. 첫째, 환자가 너무너무 아플 때는 장기, 내장도 다 아파요. 약물을 잘 흡수하지 못하죠. 연로하고 쇠약한 말기 암 환자들을 보세요. 그분들은 기력이 없어요. 그분들 내장도 마찬가지예요. 그래서 구강 경로가 제대로 일을 못 하죠. 둘째, 환자분들이 얼마나 많은 약물을 먹을 수 있느냐도 문제예요. 그다음 문제는 근위축증처럼 약물을 먹을 힘이 없는 일부 환자도 있다는 점이에요. 제 바로 옆에는 간편한 정맥 주사가 있고 환자가 동의를 표시할 수 있으면 당장 정맥 주사를 놓을 수도 있는데 액상 약물을 드리는 일만 허락되니 의사로서 환자분의 침대맡에 앉아 있으면 얼마나 바보같고 불편한 기분이 드는지도 말해야겠네요. 환자의 심장을 멈추게 할 의료 절차가 필요 이상으로 복잡해진 거죠.

올바른 방법은 가장 성공적인 방법이에요. 어떤 환자들에게는 그 방법이 구강 경로일 수 있죠. 어떤 분들에게는 급식용 관을 통하는 방법일 수 있고요. 어떤 분들은 정맥 주사를 이용하는 방법일 테고 어떤 분들에게는 심지어 직장 투여일 수도 있어요. 하지만 문제는 제가 "환자분은 너무 기력이 없고 이제 곧 삼키는 능력도 잃을 거예요. 이틀 내에 약을 삼키지 못하게 될 겁니다"라고 말할 수도 있다는 거죠. 그러니까 법 때문에 환자들은 자기 바람보다 일주일 앞서서 죽어요. 그렇게 안 하면 삼키는 능력을 잃으니까요.

법이 계속 최종 승인을 구강 경로로 하겠다는 고집을 굽히지 않으면 하던 대로 법의 모든 부분을 충족시키고 환자는 약물을 삼키면 돼요. 그런데 환자의 심장이 4시간 뒤에도 멈추지 않고 가족들이 앞으로 무슨 일이 벌어질까 조마조마하면서 대기하는 상황이라면 의사로서 제가 할 수 있는 일을 할 권리가 있으면 좋겠어요. 정맥 주사로 약물을 투여해서 환자를 보내드리는 거요. 저는 5시간 이상 지체되는 모든 조력사망은 실패라고 생각해요. 그런 오랜 기다림은 가족들에게 고문이니까요. 입법부가 구강 경로를 의무 사항으로 규정하는 바람에 실패한 조력사망 내지는 너무 긴 조력사망이 생긴다는 사실을 이해하면 좋겠어요.

다이앤　마지막으로 꺼내기 아주 어려운 문제를 말씀드려야겠네요. 저는 이제 81살인데 만약에 알츠하이머에 걸리면, 더는 사회에 쓸모가 없으면, 더는 나 스스로를 돌볼 수 없으면, 더는 내 주변 사람들을 알아보지 못하면 제 삶을 끝내고 싶다고 결심했고 가족들한테도 그렇게 말했어요. 박사님 생각에 이게 적법한 요구일까요? 그러니까 궁극적으로 법에서 이 요구를 받아들일까요?

로니　개인적인 신념으로는 일을 어떻게 진행해야 하는지에 관한 제대로 된 엄중한 규정이 있고 그 시점에 당사자가 어떤 기준을 충족해야 하는지에 관한 아주 구체적인 개요가 있으면 가능하다고 생각해요. 그런 환경에서라면 조력사망이 가능하도록 허용해야 한다고요. 그런데 제 개인적인 신념은 아무런 의미가 없잖아요. 사회가 아직 합의하지 못한 상태니까요. 주 정부에서도 허락할 준비가 안 된 듯하고요. 우리는 이제야 자기 목소리를 낼 능력이 있는 불치병 환자들을 위한 조력사망을 이해하기 시작했어요. 제 생각에 우리는 서서히 움직일 거예요. 이런 사안에 대해서는 당연히 신중해야 하잖아요.

저희는 저희가 뭘 할 수 있는지 알고 싶어 하는 치매 환자 가족들에게서 꾸준히 문의를 받아요. 어떨 때는 정신이 맑았다가 어떨 때는 안 그런 분들, 우리가 그런 분을 정신이 맑았을 때 만나서 그분이 자기는 조력사망을 하고 싶다고 말하게 만들면 그 결정은 유효한가요? 그리고 그분이 돌아가시는 날 정신이 맑아서 자가 투약을 할 수 있으면 법적으로 문제가 없을까요? 굳이 따지고 들면 문제는 없겠지만 저는 아직 그렇게 하기는 불편해요. 어떤 분들은 우리가 미끄러운 내리막길에 접어들었다고, 악용으로 치달을 거라고 말할지 몰라요. 어떤 분들은 죽기를 바라는 사람들에게는 조력사망이 적당한 방법이라는 점을 우리가 점점 더 인정하리라고 말할 수도 있고요. 환자의 자율적 의사 결정 문제겠죠. 좋은 일이라고 생각해요.

존엄사를 원하는 환자와
그 의사와의 대화

데보라 갓제크 크래터,

변호사, 로니 샤벨슨 박사의 환자

다이앤   데보라, 자기소개와 투병에 관한 이야기를 부탁드릴게요.

데보라   2017년 초에 췌장암 진단을 받았어요. 처음에는 완전히 다른
           병이라 생각하고 너무 오래 끌다가 진단받으러 갔죠. 그런데
           검사를 하고 난 다음에 전화를 받았는데 의사가 CT를 살펴봤
           는데 췌장암이라고, 암이 퍼진 것 같다고 했어요. 대체 무슨 소
           리인가 싶어서 바로 인터넷에 들어가 봤는데 예후가 너무 나쁘
           다는 사실을 알고 가슴이 철렁했어요. 보통은 4개월에서 6개월
           이더라고요.

다이앤   췌장암 진단을 받았을 때 어떤 일을 하고 있었는지 얘기해주시
           겠어요? 아직 변호사로 일하고 있었나요?

데보라   그랬죠. 아직 변호사협회 회원이었어요. 주업에서는 은퇴한 상
           태였지만요. 한 공기업 이사회랑 감사위원회에서 아주 활발하

게 일했어요. 기업지배구조위원회 책임자였고요. 지금 제가 사는 곳의 주택소유주협회 이사도 했어요. 몇몇 자선 단체에도 참여했고요. 이런저런 활동을 꽤 좋아했어요.

다이앤　　진단받고 직접 찾아보다가 췌장암 예후가 나쁘다는 사실을 알았을 때 제일 먼저 든 생각이 뭐였나요?

데보라　　첫 반응은 앞으로 겪을 거로 보이는 일을 겪고 싶지 않다는 생각이었죠. 가족 중 몇 명이 유쾌하지 못한 상황을 겪는 모습 봤기 때문에 오랫동안 임종 선택을 적극적으로 지지해왔다는 말씀을 먼저 드려야겠네요. 어떻게 해야 편하게 갈 수 있을지 생각했어요.

다이앤　　담당 의사에게 마지막 순간이 힘들지 않으면 좋겠다고 이야기했나요?

데보라　　결국에는 했죠. 하지만 일단은 먼저 알아봤어요. 캘리포니아가 근래에 존엄사법을 채택했다는 얘기를 들은 기억이 나서요. 일단 처음에는 어떻게 해야 하는지 알아봤죠. 그런 다음에 주치의하고 얘기했는데 그분은 꽤 공감해주셨어요. 그 무렵에 제가 종양학을 전문으로 하는 어떤 대학 의료 기관에 다니기 시작했는데 그 기관에서 장애물을 더 많이 만났어요.

다이앤　　어떤 장애물이었죠?

데보라　　처음에는 존엄사를 어떻게 해야 하는지 모르는 것 같더라고요. 제가 인터넷에 들어가서 모든 서류를 다운받았고 "좋아요. 여기 다 있어요. 저는 자격이 된답니다. 이렇게 하면 돼요"라고 말했는데도요. 진짜로 그냥 어쩔 줄 몰라 보였어요. 그 시점에 제가 존엄사를 요구한다는 데 놀라서 그 요구 자체를 놓고 입씨름했죠. "고약하다"고 말하고 싶지는 않지만 불쾌하게 옥신각신하는 데만 몇 달을 허비했어요. 존엄사를 가능하게 하려고 스트레스를 많이 받았죠.

다이앤   그분들이 뭐라고 하던가요?

데보라   "어째서 지금 하고 싶으신 거예요? 어째서 이 절차를 시작하겠다는 거예요? 저희는 환자분 치료가 어떻게 될지 아직 몰라요. 검토해볼 만한 완화 요법도 많아요. 호스피스로 가실 수도 있고 모르핀 용량을 점점 늘릴 수도 있어요" 뭐 이런 식이었죠. 저는 계속해서 "제 상태는 제가 통제하고 싶어요. 제가 통제하고 있다는 점을 알아야 마음이 놓여요"라고 말했고요. 처음에 그쪽 분들은 제가 자살 성향이 있는 사람이라고 생각한 것 같아요. 그래서 자살 성향이 아니라는 점을 분명하게 밝혔죠. 그냥 계속 나이고 싶을 뿐이라고, 원래 그랬듯 계속 활동적인 사람이고 싶다고요. 온종일 침대에 누워 있으면 내가 아니라고도 했고요. 하지만 그분들은 계속 찜찜해했죠.

다이앤   그래서 도움을 구할 수 있는 의사를 찾기 시작하셨군요. 샤벨슨 박사님은 어떻게 만나셨어요?

데보라   인터넷에 들어가서 캘리포니아에 임종 선택을 전문으로 하는 의사가 있는지 알아봤는데 하나님께 감사하게도 샤벨슨 박사님을 찾았어요. 저를 도와주실 완벽한 분이었죠. 처음 만났을 때는 우리가 1년 뒤에도 이 자리에 같이 있을 줄은 몰랐어요. 그런데 화학 요법이랑 그 온갖 치료를 다 하면서도 어느 시점에 제가 정말로 더는 못 견디겠다 싶으면 상황을 통제할 수 있다는 사실을 아니까 마음이 훨씬 편하더라고요. 제게 선택지가 있으니까요.

다이앤   화학 요법을 얼마나 하셨는지 이야기해주실 수 있나요? 1년 동안 치료받으면서 전혀 생각해보지 못한 일을 겪으셨겠어요.

데보라   맞아요. 화학 요법을 들어본 적은 있지만 뭔지는 전혀 몰랐죠. 처음 받은 요법은 상대적으로 괜찮았어요. 3주 동안 한 주에 한 번 하고 그다음에 한 주 쉬는 식이었는데 그런 식으로 여섯 번까지는 괜찮았어요. 아주 효과가 있었죠. 그런데 여섯 번을 하고 난 다음에는 효과가 더는 없더라고요. 그래서 그다음에는 그보다 훨씬 힘든 두 번째 요법에 들어갔고 지금도 하고 있어요. 제가 아는 어떤 암 연구자는 그 요법을 "왕 망치"라고 불러요. 할 때마다 한 번에 여섯 시간 동안 주입실에 들어가 있어야 하고 그다음에는 이동식 펌프를 채우는데 48시간 동안 1킬로그램쯤 나가는 충전식 펌프를 달고 있어야 하니까 그런 농담을 한 거죠. 48시간 동안 무언가에 묶여 있다고 상상해보세요. 잠을 잘 때도 잠재의식 속에서 어떻게 움직일지를 신경 써야 하잖아요. 그 요법을 이제까지 열두 차례 했고 효과도 좋았어요. 몇 차례 더 일정이 잡혀 있고요.

다이앤 몸은 화학 요법에 어떻게 반응하던가요?

데보라 맨 처음에는 손 저림을 느꼈어요. 목걸이 차기 같은 일이 어려워졌죠. 귀걸이는 거의 불가능해요. 다행히 아직 컴퓨터는 쓸 수 있어요. 발에 신경 장애가 생긴 것도 이상해요. 마치 모래 위를 걷는 기분이거든요. 맨날 '내가 해변 위를 걸었나? 그런데 내가 모르나?' 생각하죠.

다이앤 걸을 때 아주 조심하셔야겠어요.

데보라 다른 얘기인데 모든 화학 요법 약물이 많은 부위에 진짜 안 좋거든요, 뼈를 포함해서요. 그래서 화학 요법을 시작하고 나서 발뼈가 세 군데 골절됐어요.

처음에 이런 일이 화학 요법이랑 관계있냐고 물어보니까 그냥 어깨만 으쓱하더라고요. 또 한 번은 오른발이 그래서 운전할 수가 없었어요. 다시 물어봤는데 또다시 으쓱하더라고요. 인터넷에 들어가 봤더니 이 증세가 잘 알려진 부작용이라는 점을 분명하게 보여주는 연구들이 있더라고요. 부작용을 치료하는 제일 좋은 방법도 있다고 하고. 그런데 저는 그런 치료는 받아본 적이 없어요. 지금까지 아무도 뭘 해보자고 안 해요. 아마 두 발에 동시에 골절이 생기면 샤벨슨 박사님한테 연락드릴 것 같아요. 치료가 안 된다는 사실은 알고 있는데 발이 망가져서 조금 걷고 싶어도 그럴 수 없는 상황에 놓이는 건 상상할 수도 없어요. 제게는 내가 아주 열심히 운동하는 사람이라는 점이 중요하거든요. 운동도 못 하고, 하이킹도 못 하고, 산책도 오래 못 하면 진짜 미치는 거죠.

다이앤   샤벨슨 박사님 얘기를 좀 들어볼까요. 박사님이 삶을 통제할 수 있게 해주셔서 그분을 찾아낸 후 아주 기뻐하셨잖아요.

데보라   제 영웅이죠.

다이앤   박사님, 데보라가 얼마나 이례적인 환자죠? 췌장암 진단을 받고 자기한테 남은 시간이 얼마 안 될 수도 있다는 사실을 알았잖아요.

로니   예후는 항상 곧이곧대로 들으면 안 된다는 말부터 해야겠네요. 보험 통계표랑 비슷해요. 통계표를 뒷받침하는 데이터가 있다고 생각하지만 예상을 뛰어넘는 사람들이 나오죠. 데보라의 경우에 예후는 기본적으로 정확하지 않았다고 생각해요. 일차적으로 췌장암이 퍼져 있는 환자는 4개월에서 6개월을 넘기지 못한다고 생각하죠. 존엄사법을 비판하는 사람 중에는 우리가 예후를 제대로 파악하지 못한다고 말하는 사람도 있는데 사실 모호하기는 해요. 하지만 그렇다고 존엄사법이 우리한테 딱히 피해를 주지는 않잖아요. (데보라를 보며) 이 선택지를 받아놓고 예상보다 더 길게 살아서 피해를 입으셨나요?

데보라   전혀요. 저는 이 선택지를 받아놨기 때문에 치료가 아주 힘들 수 있다는 사실을 알면서도 더 열린 마음으로 시도할 수 있었어요. 이것도 해보고 저것도 해보고 어떻게 되는지를 보는 거죠. 그러다가 더는 받아들일 수가 없으면 이 선택지가 있잖아요. 존엄사법이라는 선택지 때문에 오히려 제가 대안을 더 개방적으로 대해서 더 오래 살 수 있었죠. 그 선택지가 저한테 남아 있었기 때문에요.

다이앤   데보라, 처음에 샤벨슨 박사님을 만났을 때 얘기를 해주시겠어요?

데보라   박사님이 집에 오셨는데 그때까지의 경험과는 완전 반대였어요. 제가 겪을 일에 개방적이셨고 지지해주셨죠. 그리고 그 절차를 어떻게 진행할지 충실히 설명해주셨어요. 닫혀 있던 셔터가 열리는 기분이었어요. 굉장했어요.

다이앤   박사님이 그 절차와 관련해 뭘 설명해주시던가요?

데보라   마지막에 어떤 상황일지요. 자기는 약물만 처방해주지 않고 제가 진짜로 최종 결심할 준비가 됐을 때 그곳에 있겠다고도 얘기하셨어요. 찬장에 약을 넣어두고 있다가 어느 날 일진이 안 좋을 때 그냥 위층으로 달려가서 삼키는 그런 식이 아니라는 거죠. 만약에 그런 상황이면 제가 박사님께 연락해야 하고, 박사님이 전화를 받으면 그런 기분이 얼마나 오래됐는지 몇 가지 질문하실 거라는 점을 알아요. 만약 제가 오랫동안 그랬다고 하면 최대한 빨리 저한테 오시라는 것도요. 아니면 "며칠만 더 지켜봅시다. 어때요? 그때 다시 기분이 어떤지 한번 보자고요"라고 말씀하실 수도 있겠죠. 저는 박사님이 자기가 최선이라고 생각하는 방법을 해주실 거라는 점에서 마음이 아주 편해요. 전혀 기계적이지 않아요. 공감을 많이 해주세요.

다이앤 박사님께 연락하신 적이 있나요?

데보라 아니요. 사실 제가 워낙 잘하고 있거든요. 박사님과 박사님 사무실에서 계속 제가 어떤지 확인하는 것도 너무너무 좋아요.

로니 저희 원칙 중 하나가 환자를 꾸준히 추적하는 일이에요. 저희는 환자를 진짜로 알고 싶어요. 언젠가 이분들 삶에서 아주 중요한 날에 우리가 참여할 거니까요. 그런데 데보라, 다시 여쭤봐야겠어요. 아직도 궁금하거든요. 6개월이 안 남았다는 예후를 듣고서 아무런 피해가 없었나요? 데보라가 그 예후를 넘기고 잘 살고 계시고, 여기 이 자리에 같이 있다는 사실에 얼마나 감사한지 몰라요. 우리가 절차를 너무 이르게 시작하는 바람에 뭔가를 잃지는 않았을까요?

데보라 아니요, 조금도요. 저는 치료하는 내내 훨씬 높은 삶의 질을 누렸어요. 제가 치료를 겁내지 않는다는 사실도 알았고요. 저한테 그 선택지가 있다는 사실을, 그리고 여러 가지를 시도해볼 수 있고 만약에 무언가 잘 안되면 그 문제에 갇히지 않아도 된다는 사실 알고 있는 건 100퍼센트 긍정적이었어요. 사실 저는 의사분들이 사고방식을 조금만 더 바꾸면 좋겠다고 생각해요.

로니   그런데 이 법에 반대하는 분들은 이 선택지를 너무 일찍 제공하면 아직 때도 안 됐는데 그 약을 삼켜버릴 수 있다고 말하잖아요. 환자분이 사실 1년을 더 살 수도 있는데 실수로 그 약을 먹고 돌아가시는 위험이 진짜로 있을까요?

데보라   박사님은 존엄사가 매우 사려 깊은 과정이라고 아주 분명하게 밝히셨잖아요. 제가 처음부터 존엄사를 선택하고 싶던 이유는 제 상태를 제가 통제하고 싶어서였어요. 내가 나를 통제하고 있다는 사실을 아는 데서 오는 안도를 원했죠. 부정적인 측면은 전혀 없었어요.

다이앤   오늘 이 아름다운 집에 들어왔을 때 여기 이 가족실에 마련해둔 손주의 테이블에 제일 먼저 시선이 꽂혔어요. 이 테이블을 보고 가족과 친구들이 자기 삶을 자기가 통제하겠다는 데보라의 결정을 어떻게 느끼는지 궁금해졌어요. 때가 되면 샤벨슨 박사님과 당신 자신에게 그리고 가족과 친구들에게 지금이 그때라고 말하겠다는 그 결정에 대해서요.

데보라   제 가족은 다들 지지해요. 각자 조금씩 다른 걱정을 하기는 하죠. 아들은 자기 아이가 이 방을 쓰는 혜택을 누리다 보니까 내 손주가 뭔가를 알아차리지는 않을까 걱정해요. 마지막 날이 됐을 때 아들 가족이 여기 있을지에 관한 문제가 남아 있는데 아직 결정을 못 했어요. 사실 저는 누군가가 지켜보기를 원하지는 않아요. 우리 딸은 아주 실용적이어서 100퍼센트 이해해요.

남편은 제가 뭘 원하는지 알겠다고는 하는데 그 대화는 하고 싶지 않아 하죠. 그리고 제 친구들은, 제 나이의 많은 친구가 아직 연로한 부모님이 있다 보니까 완전히 지지하고 "나도 똑같이 하면 좋겠다" 말하기도 해요. 배우자를 먼저 보낸 친구들은 자기 배우자도 이런 선택을 할 수 있었으면 좋았겠다는 바람을 드러내기도 하고요.

다이앤   남편분이 이해는 하지만 대화하고 싶어 하지는 않는다는 데는 어떤 기분이세요?

데보라   남편은 평생 그런 식이었어요. 감정을 다른 사람들하고 나누지 않아요. 새삼스럽지도 않고 이 상황하고는 별로 관계가 없답니다.

다이앤   데보라의 발뼈가 걱정이네요. 혼자서 돌아다닐 수 없어서, 가령 휠체어를 타거나 심지어 자리보전할 수밖에 없으면 그 문제가 결정적인 요인일 수 있을까요?

데보라   지금으로서는 그럴 거 같아요. 두 발 다 동시에 부러지면 즐겁지도 않은 화학 요법을 계속해서 뭐 하나 싶은 생각이 들지 않을까요? 고작 자리보전이나 하자고 화학 요법을 계속해야 하나 싶을 테고……. 저라는 사람과는 안 어울리는 일이에요.

다이앤   그러면 그때는 샤벨슨 박사님에게 도움을 청하실 건가요?

데보라   그렇겠지요.

다이앤   그럼 박사님은 어떻게 하실 건가요?

로니   꽤 긴 대화를 나누겠죠.

다이앤   어떤 대화인지 이야기해주시겠어요?

로니   먼저 환자분과 제가 이 문제를 합의하지 못하면 결국 선택은 여전히 환자의 몫이라는 말을 해두고 싶어요. 제 입장이 환자분하고 다를 수도 있거든요. 저는 "이 장애를 우회할 방법이 있을지 알아봅시다" 그러겠죠. 휠체어를 타는 일이 생각처럼 그렇게 나쁠까요? 그렇지 않을 수도 있어요. 남아 있는 약간의 삶의 질을 유지하면서도 도움이 될 만한 일이 뭐가 있을지, 삶의 질이 뭘 의미하는지 이야기해보자고요. 일할 수 있다는 의미라면 휠체어에 앉아서도 일할 수 있는 컴퓨터가 있잖아요. 집에 경사로를 설치해야 한다는 뜻이면 우리는 환자분을 모시고 밖으로 나갈 수도 있겠죠. 환자분이 활동적인 걸 좋아하시니까요. 저는 몇 가지 적응 수단을 찾아보자고 상당히 강력한 주장을 펼칠 거예요. 하지만 그다음에는 이렇게 말하겠죠. 환자분이 그 생각을 떨칠 수 없고, 최종적으로도 원한다면, 그 선택이 그냥 우울해서 하는 말이 아니라는 확신이 들면, 환자분의 바람을 존중하겠다고요.

다이앤   박사님이 말씀하신 모든 일이 가능하기는 한데 문제는 다 많은 돈이 들잖아요. 재력이 없는 분이 박사님을 찾아오면 어떻게 되죠?

로니   가장 쉬운 예를 들어볼게요. 사람들이 저한테 자기는 절대 넘지 못한다고 말하는 가장 일반적인 경계, 즉 사람들이 죽을 준비를 하겠다는 시점은 기저귀를 차고 침대에 누워 있을 때예요. 그 말을 정말 많이 들어요. 그런데 진짜 그런 때가 와서 사람들이 침대에서 꼼짝 못 하면 기저귀가 필요해요. 하지만 며칠 동안 기저귀도 없이 침대에서 똥을 싸고 나면 기저귀를 찰 수 있다는 데 엄청 감사해해요. 그러고 나면 몇 주 동안 기저귀를 차고 살죠. 적응하는 거예요. 우리가 움직이는 모래의 선이라고 부르는 일이죠. 기저귀는 별로 비싸지도 않아요. 경사로와 로봇 팔 같은 건 비싸지만요. 보통 우리는 임종을 앞둔 분들을 더 편하게 해드릴 수 있는 비싸지 않은 방법을 우선적으로 찾아요.

하지만 선생님이 무슨 말씀을 하는지는 잘 알아요. 재력이 부족한 분들은 양질의 의료 서비스를 못 받는다는 의미잖아요. 살아 있는 동안에도 그렇지만 슬프게도 생을 마감할 때도 마찬가지죠. 저희가 이 문제를 해결할 수 있는지는 모르겠어요. 할 수 있는 선에서 최선을 다할 뿐이죠. 하지만 휠체어는 그렇게 구하기 힘들지 않고 경사로 설치도 그렇게까지 어렵지는 않아요. 제 생각에는 임종을 앞둔 분에게 이런저런 장애가 늘어나면 호스피스가 아주 큰 도움일 거예요. 문제는 이 모래 안에서 진짜로 환자가 넘지 못할 선이 뭐냐는 거죠. 그때가 환자분이 조력사망을 준비하는 때니까요. 일반적으로 우리는 그 과정에서 모래 안에 있는 숱한 선을 넘어봤어요. 환자분들이 적응을 했으니까요.

다이앤 박사님께 도움을 구할 때 비용이 얼마나 드는지 알고 싶어요.

로니 우리 진료소는 돈이 없다는 이유로 조력사망을 못 하는 사람은 없어야 한다는 생각이 아주 강해요. 그래서 일단 정해놓은 금액은 있지만 경우에 따라 차등을 둬서 0으로 내려가기도 해요. 그런 경우가 드물지 않죠. 우리 서비스를 이용하고자 하는 모든 분에게 기본요금은 2천 6백 달러예요. 최초 방문부터 전 과정을 통틀어서요. 그 과정이 1년 동안 이어질 때도 있는데 마지막에는 제가 침상에서 곁을 지키죠. 어떤 분들한테는 그 과정이 일주일이에요. 이번 주에 그분을 만났는데 그다음 주에 그분이 돌아가시는 일을 돕는 거죠. 전 과정이 얼마나 걸리는지에는 편차가 있는 편이지만 누구든 비용은 동일하게 2천 6백 달러예요. 만약에 그 돈이 없는 분이 있으면 필요한 만큼 저희가 낮춰드리고요.

다이앤 박사님, 데보라가 얼마나 일반적인 환자인지 이야기해주시겠어요?

로니 완전히 드문 경우죠. 임종이 아주 가까워져서 우리와 만나는 환자는 대부분 호스피스에 계시거나 아니면 너무 임종이 가까워서 저희가 곧장 호스피스로 모셔다드려요. 제가 짐작하기에 저희는 대부분의 환자를 조력사망으로든 다른 과정으로든 돌아가시기 4주에서 10주 전에 뵙는 것 같아요. 대개 상당히 중환이시죠. 저희 진료소는 마지막으로 찾아오는 곳이잖아요. 보통은 담당 의사한테 부탁해서 거절당하세요. 그런 다음에는 대학 돌봄센터나 종양학자들한테 부탁했다가 거절당하고요. 그래서 저희를 찾아오시면 어떤 돌봄을 받으셨는지 제일 먼저 여쭤봐요. 식이 요법을 똑같이 해드리고 싶어서요. 저희가 환자를 받을 때는 그분들이 자신을 받아줄 다른 의사를 찾지 못했기 때문일 때가 많아요.

다이앤 데보라, 담당 의사가 당신이 샤벨슨 박사님께 가겠다고 하니까 뭐라고 하던가요?

데보라 제 주치의는 아주 우호적이어서 제가 박사님을 찾았다고 하니까 기뻐했어요. 대학 의료 시스템에 있던 의사들은 제가 그 시점에 조력사망 절차를 요구해서 약간 화난 듯했고요. 그래서 저는 아직 한 의사한테 감정이 남아 있어요. 분노라고 하기는 힘들고 그냥 놀랐다고 해야 할까. "보세요, 환자분이 틀렸어요. 아직 살아계시잖아요" 하더라고요. 그 사람은 제가 그때 죽기를 원한 게 아니라 제 기준에서 빨간 선을 넘었을 때 그 선을 넘었다는 사실을 알아차리는 데서 위안을 얻고 싶었을 뿐이라는 점을 이해하지 못했죠. 그러니까 다른 누군가가 "안 돼요, 우리는 저 멀리 있는 빨간 선도 넘어야 해요"라고 말하기를 기다릴 필요가 없어요.

다이앤 데보라는 본인의 빨간 선이 뭔지 아나요?

데보라   그런 거 같아요. 그런데 아닐지도 몰라요. 화학 요법이랑 제가
        받은 치료를 다 떠올려보면 제가 "안 돼, 난 그런 거 안 해" 그랬
        거든요. 그런데 스테로이드제가 빠져나간 다음 날, 그 약품을
        투여하면 기분이 약간 붕 뜨는데 이동식 펌프를 맨날 달고 다니
        다가 정신을 차려보니까 제가 이 펌프에 묶여 있을 때는 이게
        무슨 미친 짓인가 싶기도 해요. 그런데 이삼일 지나면 다시 이
        사회 회의에 나가고 그런단 말이에요.

다이앤   데보라, 시간이 됐을 때, 당신이 생각하는 빨간 선에 도달했다
        고 느낄 때 박사님이 주신 약을 사용하리라고 어느 정도 확신하
        나요?

데보라   꽤 확신해요. 지난 몇십 년 동안 등이 너무 안 좋아서 많이 아팠
        는데 그러다 보니까 제가 통증을 어느 정도 견디고 버틸 수 있
        는지를 이제 알거든요. 제가 어린애를 키우고 있지도 않고, 다
        른 사람을 위해서 아무것도 안 하고 있는 상황에서 통증과 불편
        감이 오면 이득을 보는 사람이 아무도 없잖아요. 그러니까 지
        금으로서는 "그래, 통증을 며칠만 더 견뎌보자"라고 말할 아무
        런 가능성이 없죠. 삶의 질이 너무 안 좋잖아요. 제가 그 단계까
        지 가기 전에 박사님한테 연락할 거라고 확신해요.

다이앤   약을 받고서 그 약이 어떤 약인지, 어떻게 복용하는지 들으셨
        나요?

데보라   박사님이 아주 분명하게 알려주셨어요. 화학 용어는 잘 모르지

만 처음 두 가지 약을 먹으면 상당히 빨리 잠든대요. 그런 다음에 제가 혼자서 먹어야 하는 약들이 최종적으로 심장 활동을 늦추고요. 박사님은 이 일이 몇 분 만에 일어나지 않을 수도 있다는 점까지 확실히 알려주셨어요. 어떤 환자들은 약이 잘 안 받아서 생각보다 오래 살아 있을 수도 있대요. 하지만 어쨌든 저는 필요한 내용은 100퍼센트 확실하게 들었다고 생각해요.

다이앤　그 약을 진짜로 먹을 때 혼자 있고 싶다고 이해했는데 맞나요? 최소한 지금은 그렇게 생각하신다는 거죠? 저는 가족과 친한 친구들하고 같이 있다가, 아마 그런 다음에 침실로 들어가고 싶지 않을까 싶어요. 의사 선생님이 제 곁에서 도와주시면 좋겠는데 아마 딸애가 의사니까 그렇게 해줄 테고, 아들하고 남편도 있으면 좋겠어요. 그런데 데보라는 혼자가 더 좋다는 거죠?

데보라　음, 저도 작별 파티 같은 건 생각하고 있어요. 비슷한 생각을 하다니 재밌네요. 〈그레이스 앤 프랭키〉*에 끝내주는 에피소드가 있잖아요.

다이앤　그 에피소드 진짜 멋지지 않았어요?

데보라　완전히 끝내주는 에피소드였어요. 주인공 여자가 직접 멋진 작별 파티를 열잖아요. 그런데 예외적인 상황으로 보이기는 해

---

*　2015년부터 방영되어 2022년 일곱 번째 시즌으로 끝난 미국 드라마

요. 그렇게 씩씩하게 재미난 파티를 열고 그런 다음에 위층으로 올라가는 게요. 막상 제가 그런 결정을 내리면 그렇게 씩씩하지 못할 거 같아요. 곁에 가족이나 친구들이 있으면 좋을지는 많이 생각해보지 않았어요. 저는 주로 그 일이 다른 사람에게 어떤 영향을 미칠지를 생각해요. 가족들이 위층 침실에 들어와서 언제 제 숨이 멎는지를 보는 일은 별로 원하지 않아요. 가족들한테 유쾌하지는 않을 거 같아요. 마지막 순간에는 지켜보는 사람이 없는 게 좋겠어요.

다이앤   박사님, 박사님을 찾아오는 분들은 모두 백인인가요?

로니   아니요. 아프리카계 미국인 비중이 가장 적기는 해요. 아마 의료 시스템에 대한 불신 때문에 그런 듯해요. 아시아계는 제 예상보다 상당히 많아요. 라틴계 환자분들도 적지 않고요. 저는 조력사망이 양질의 의료에 접근하는 것과 관련이 있다고 생각하는데 이 문제에서는 여전히 교육받은 백인 특권층이 더 유리해요. 우리 진료소에도 종양 치료라던가 조기 유방 조영상, 백신 접종에서 똑같은 쏠림이 있어요. 이런 불균형은 의료계 전반에서 나타나죠.

그래서 일반적으로 조력사망이 부유한 백인용이라고 비난하기도 하잖아요. 조력사망은 컴퓨터를 쓸 수 있고 당사자가 원하는 바를 얻을 수 있게 도와주는 협조적인 의사를 찾아낼 수 있는 사람들에게나 가능한데, 보통 그런 사람들은 조력사망뿐만 아니라 모든 의료 부문에서 더 많은 편익을 누리는 부유층일 때가 많죠. 그런데 놀랐어요. 저희가 캘리포니아에 있다 보니까 백인이 그렇게 많지 않아요. 인종 구성이 꽤 다양한 편이죠. 아프리카계 미국인만 부족하다고 말씀드릴 수 있겠네요. 의료계가 아프리카계 미국인과 신뢰 관계를 잘 쌓지는 못했다고 생각해요.

다이앤   반대하시는 분 중에서는 의료조력사망이 미끄러운 내리막길이라고, 장애가 있거나 정신적으로 어려움이 있는 분들이 본인 의지와 반대로 희생당하는 때가 올 수 있다고 걱정하기도 해요. 박사님은 이런 우려에는 뭐라고 답변하시나요?

로니   우리 사회가 어느 정도 근거를 중심으로 돌아가야 할 것 같아요. 오리건에서는 22년 동안 의료조력사망을 실행했고 지금은 캘리포니아, 워싱턴 그 외에도 여러 주에서 하고 있는데 그런 식으로 남용됐다는 보고는 한 번도 없었어요. 그 우려의 강도를 생각하면 반대하시는 분들이 말하는 "미끄러운 내리막길" 위법 사례가 진작에 나왔어야죠. 우리는 법을 지키고, 준수하고, 법에서 규정한 유형의 환자들하고만 일해요. 의료조력사망을 치매 환자나 중증 장애 환자에게 적용할지 말지에 관한 논란은 타당하다고 생각해요. 사회는 그 질문에 대답을 내놔야죠. 그런데 지금 우리한테 주어진 법은 말기 환자에게만 적용하도록 해놨단 말이에요. 저희는 그 법을 따르고요. 예를 들면 저는 심각한 장애가 있는 파킨슨병 환자인데 아직 치료가 가능한 경우에는 아주아주 신중하게 접근해요. 이런 환자들이 아무리 강하게 요청하고 자기 삶을 끝낼 준비가 되었더라도 거절해야죠. 이 법은 중증 장애 환자가 아니라 불치병 환자한테 적용하는 법이니까요. 힘든 논의도 있지만 어쨌든 저희는 법을 따라요.

열여덟 번째　　　존엄사를 지지하는 의사와
의대생들의 대화

데이비드 그루브,

컴패션&초이스 전국 의료장

2019년 4월 15일,

조지워싱턴대학 의대 2학년생 대상 강연

데이비드　오늘 우리가 이야기할 주제는 의료조력사망입니다. 제가 이 주제를 가지고 전국에서 강의하는데 제일 좋아하는 청중이 의대생이에요. 그중에서도 1학년, 2학년 학생들을 더 좋아하고요.

저는 오리건의 작은 도시에서 35년 동안 의사로 일했어요. 오리건에서는 의료조력사망법이 실행된 지 거의 22년이 됐고 여기 워싱턴DC에서는 이제 1년이 조금 넘었잖아요. 여러분이 의대를 졸업할 때쯤이면 많은 주에서 생애 말기에 의료조력사망을 선택할 수 있는 권한이 자리 잡을 거예요. 그렇기 때문에 여러분이 의료조력사망을 배울 필요가 있다고 생각해요.

먼저 연간 사망률에는 변화가 없다는 사실을 기억해둬야 해요. 죽음은 적이 아니라는 점을 되새기는 일이 중요하죠. 우리는 다 죽어요. 적은 불치병과 함께 찾아오는 고통이죠. 삶의 끄

트머리에 찾아오는 고통이요.

지금 미국에서는 아홉 개 행정 구역에서 의료조력사망을 허용하고 있어요. 이 지역에 사는 사람의 수를 더해보면 미국인 다섯 명 가운데 한 명 정도는 삶이 막바지에 이르렀을 때 조력사망을 선택할 수가 있다는 얘기예요. 오리건이 가장 처음이었고 최근에 뉴저지가 한배를 탔죠.

조력사망의 적용 대상은 성인이어야 하고, 여러분이 일하는 주에 거주하고 있어야 하고, 자기가 무슨 일을 할지 이해할 능력이 있어야 해요. 치매가 있거나 고지에 입각한 동의를 이해하는 데 어려움이 있는 분들은 대상자가 아니에요. 자유 의지가 있는 분들이어야 하죠. 그러니까 자기 선택이어야 한다는 거예요. 다른 사람이 대신 선택해줘서는 안 되죠. 그리고 불치병 진단을 받아야 해요. 말하자면 호스피스 환자가 그렇듯 기대 여명이 6개월 이하여야 한다는 소리예요.

그리고 자가 투약은 환자가 직접 의료조력사망 약을 먹는다는 뜻이에요.

보호 장치들도 있어요. 법이 허락한 일이기에 여러분은 의료조력사망 때문에 (몇 년 있다가) 의사로서 소송당하지 않아요. 사실 의료조력사망을 승인한 주에서 의사가 고소당한 일은 아직 한 번도 없었죠. 의사에 대한 징계 조치도 전혀 없었어요. 제가 오랫동안 오리건의 의료위원회에서 일해서 매년 다양한 사례를 살펴봐요. 우리 위원회에서는 의사가 법 조항에 따라 선의에서 행동한 경우라면 절대로 징계를 내리지 않았어요.

환자를 보호하는 중요한 장치들도 있어요. 사람들이 의료조력사망을 선택해도 생명 보험 정책이나 그 외 다른 어떤 계약에도 영향을 미치지 않아요. 그리고 의료조력사망을 선택하면 사망 진단서 사인 항목에 의료조력사망이라고 기록하지 않아요. 폐암, 근위축증 등 생명을 앗아간 질병을 적죠. 사망 진단서에는 두 부분이 있는데 법적인 부분에는 유산 관련 사항이 들어가고 의학적인 부분에는 역학epidemiology적인 내용이 들어가요.

조력사망 정보는 의사가 작성하는 양식에 모두 기입해요. 내밀하고 사적인 경험이랍니다. 의료조력사망이 자살, 안락사, 살인에는 해당하지 않는다는 사실이 제일 중요해요. 여러분에게 임상적으로 이야기할 수도 있지만 모든 주의 법이 그래요. 조력사망을 그렇게 부르지 않는 이유는 조력사망이 자살, 안락사, 살인이 아니기 때문이죠.

오리건에서는 이 법을 오랫동안 시행했어요. 몇 가지 예상 못 한 결과들이 나오기도 했지요. 무엇보다 우리는 조력사망에 대한 대화를 나누기만 해도 그 자체로 완화 치료 효과가 있다는 사실을 미처 몰랐어요. 임종을 앞둔 환자들이 이야기를 원하셨어요. 이야기를 나누고 나서는 조력사망을 선택하실 수 있었죠. 하지만 대개는 선택하지 않아요. 환자분들은 제가 당신들 이야기에 귀 기울이리라는 사실을 알고 기분이 더 나아지셨죠. 제가 그분들을 돕는다는 점을, 그분들을 버리지 않는다는 점을, 그분들이 하는 생각이 어리석다고 무시하지 않는다는 점을, 어째서 그런 이야기를 하고 싶냐고 묻지 않는다는 점을 알고 나서요.

또 다른 흥미로운 부분은 대부분이 극도의 통증 때문에 조력사망을 선택하지는 않는다는 점이에요. 다들 '아, 이런. 환자들은 통증이 너무 심해서 힘든 거야'라고 생각하잖아요. 그런데 아니에요. 꼭 통증만이 환자분들을 힘들게 하지는 않아요. 그분들은 쾌감 상실, 그러니까 기쁨의 부재나 유쾌함의 부재, 자율성의 상실, 존엄의 상실 때문에 힘들어하세요. 매일 다른 사람이 내 몸을 닦아줘야 하고, 자기 스스로 자기 몸을 돌볼 수가 없을 때 또는 대소변 실금이 있다든지 할 때처럼요. 사람들이 조력사망을 원하는 이유 순위에서 통증은 다섯 번째나 여섯 번째 정도예요.

그리고 조력사망을 이용한다고 해서 무슨 득을 보지는 않는다는 점도 아주 중요해요. 소수 집단, 장애인, 빈민들한테 조력사망을 강요하는 일은 없다는 말이에요. 그럴 일은 없어요. 의료조력사망에 반대하는 분 중에서는 "장애인한테 불리할 거야"라고 말하는 분들이 있죠. 하지만 절대로 그렇지 않아요. 오리건을 포함해서 그 어떤 주에서도 그렇지 않아요. 여기서 관건은 임종을 앞둔 분들이에요. 그분한테 장애가 있을 수도 있고 없을 수도 있지만 중요한 건 장애 여부가 아니라 임종이 얼마 안 남았다는 사실이에요.

이 절차를 진행하는 분 중에서 결국 약물까지 복용하는 경우는 세 명 중 두 명뿐이라는 점도 알아둘 필요가 있어요. 처방전을 받은 분 중 삼 분의 일은 약을 드시지 않아요. 그저 선택지를 원하죠. 선택지가 있다는 데서 힘을 얻고 싶은 거예요. 다가오는 죽음에는 선택의 여지가 없지만 그 방법에서는 다른 확실한 선택지가 있었으면 하는 거죠.

조력사망이 오리건에서 아주 일반적인 일은 아니라는 점도 중요하게 깨달은 사실이에요. 매년 오리건의 사망자는 3만 5천 명 정도인데 작년에 약물을 드신 분은 170명이었어요. 전체 사망자의 0.2퍼센트 정도죠. 이 비율은 다른 주도 비슷해요.

이제 아주 중요한 부분이에요. 여러분이 알아차리셨을 듯한데 저는 의료조력사망을 "자살"이라고 부르지 않아요. "자발적인 조력사망"이나 "의사조력사망"이라고 불릴 때도 있기는 하지만요. 자살이라는 단어를 쓰지 않는 이유는 자살이 아니기 때문이에요. 완전히 다른 상황이죠. 제가 의사로 일을 시작한 지 얼마 안 됐을 때 어떤 환자 집에 왕진 요청을 받은 적이 있어요. 호스피스 환자였죠. 제가 침실에 들어갔더니 환자분이 엽총을 꺼내서 입에 넣고 방아쇠를 당긴 뒤였어요. 저는 아직도 그때의 악몽을 꾼답니다. 저도, 그날 저를 도우러 왔던 아내도 애를 먹었죠. 뒷정리하고 환자분의 아내와 가족들을 챙기느라고요. 너무 참혹했어요.

반대로 8일 전에는 미리 계획된 임종에 참석했어요. 복막암 종증으로 임종이 얼마 안 남은 여성분이었는데 침상에는 손자 일곱과 그분의 자녀들, 개 그리고 직접 고른 음악까지 있었죠. 아름답고 고요한 죽음이었어요. 평온하고, 가족들이 다 한자리에 있었죠. 다들 환자분이 돌아가셔서 슬퍼하셨지만 더는 고생하지 않아도 되니까 행복해하셨어요. 두 상황은 완전히 딴판이었죠.

자살은 우리 사회에 병적으로 퍼져 있어요. 예방하는 데 쏟는 자원을 늘려야 할 정도로요. 자살은 충동적인 행동일 때가 많고 자살을 저지르는 사람에게는 어떤 정신 질환이 있기도 해요. 이런 분들은 외상 후 스트레스 장애가 있거나 중독적인 성향이 있거나 중증 우울 장애 같은 질환이 있어요. 조력사망을 하는 환자분들은 절대 충동적이지 않아요. 계획을 세우고 철저하게 생각하죠. 가족에게 지지받고 가족들과 함께해요. 그래서 조력사망 이후에 나타나는 애도 반응은 정상적인 수준이지만 자살에 대한 애도 반응은 처참해요. 가족에게도, 사랑하던 이들에게도, 의료 팀에게도요.

제 동료 중에 B. J. 밀러라는 분이 있는데 그분은 호스피스 의사예요. 그분이 말하기를 우리가 임종의 순간에 사용하는 언어가 아주 중요하다더군요. 죽음을 앞둔 분에게 수치심이나 두려움, 죄책감이나 근심을 유발하는 언어를 절대 사용하면 안 된다고요. 우리는 친절하고, 상처를 주지 않는 언어를 사용하려고 해요. 우리가 하는 일을 "조력사망"이라고 부르는 것은 "자살"이라고 부르는 것과 아주 차이가 커요.

생애 말기 선택지로 조력사망을 고민하시는 분 중 통증이 제대로 통제되지 않아서 실제로 선택하는 경우는 사 분의 일밖에 안 돼요. 제가 의사로 일한 40여 년 동안 엄청나게 훌륭한 변화가 일어났으니까요. 하지만 그렇다고 해서 우리가 항상 고통을 관리할 수 있지는 않아요. 그리고 고통을 정의하는 주체가 누구겠어요? 의사가 아니라 환자예요. 그 사실을 정말 잘 기억해 둬야 해요.

역사적으로 조력사망을 이용하는 분은 대부분 암 환자들이었어요. 하지만 요즘은 다른 환자들이 점점 늘어나는 추세예요. 예를 들어 근위축증이요. 열이면 열 치료가 불가능하고 결국에는 전신 마비가 오는 끔찍한 병이죠. 이런 환자분들이 조력사망을 고민하는 빈도가 늘고 있어요. 그리고 말기 폐기종과 심장 질환 환자분들도 그래요. 제가 약을 처방한 분 중에 말기 폐기종 환자가 있었어요. 산소 호흡기를 뗐다 달았다 하셨고 폐렴도 계속 재발했죠. 산소 장치를 달고 지내다 보니까 침대에서 나올 수도 없었어요. 숨 막혀하셨죠. 매 순간, 그 환자분은 숨 막혀하셨어요. 끔찍했답니다. 그분은 죽음을 앞두고 끔찍한 일을 겪으셨고 그래서 조력사망을 택하셨어요.

옛날 옛적으로 돌아가서 제가 오리건에서 의대에 다녔을 때 제게 죽음은 적이었어요. 눈에 보이는 모든 사람을 치료하려 했죠. 최대한 많이 배우려고 했어요. 그래야 최고의 의사가 돼서 치료할 수 있을 테니까요. 그런데 제가 의대에서 배운 것 중 하나는 죽음이 적이 아니라는 점이었어요. 우리는 다 죽잖아요. 여러분이 나중에 의사가 되면 사람들의 병을 다스리고 더 건강하게 지낼 수 있도록 멋진 일을 많이 할 수 있어요.

다시 말하지만 적은 살날이 며칠 안 남았는데 견딜 수 없는 통증에 시달리고 있을 때 닥치는 생애 말기의 고통이에요. 조력사망에 반대하는 분들과 대화하다가 삶의 마지막 순간에 누가 그런 무지막지한 고통을 겪는 일에 찬성할 수 있는지, 어떻게 그 일을 지지할 수 있는지 물어보면 보통 다들 제 말에 동의하세요.

말기 돌봄에서는 두 가지가 중요해요. 하나는 위안을 드리는 일이고 다른 하나는 그분들의 바람을 존중하는 일이에요. 우리는 절대 포기하지 않고 환자분들을 돌봐요. 그분들 선택에 예를 갖추죠. 우리가 아니라 그분들이 중요해요. 조력사망은 환자분들의 선택에 예를 갖추고, 고통을 예방하고, 삶이 얼마 남지 않은 분들에게 위안을 드리는 일이에요.

50명 정도의 의대 2학년생이 그루브 박사의 강의를 들었다. 강의 시작 전에 학생들은 대형 강의실에 앉아서 큰 소리로 수다를 떨었다. 남학생보다는 여학생이 더 많았고 인종과 민족이 다양했으며 옷은 편한 차림이었다.

학생   환자분들과 여러 선택지를 이야기할 때 박사님은 어떤 식으로 의료조력사망 선택지를 거론하시나요? 말기 진단이 나오자마자 또는 환자분이 이런 종류의 선택지에 개방적이라는 감이 오자마자 하시나요? 박사님하고 환자 중에서 누가 먼저 그 이야기를 꺼내죠?

데이비드   훌륭한 질문이에요! 물론 상황에 따라 달라요. 이런 분들은 대부분 오랜 시간 앓으셨고 95퍼센트 정도는 호스피스에 계세요. 수년간 화학 요법과 숱한 수술을 겪은 상태죠. 대부분은 본인 상황에 그렇게 순진하지 않으세요.

훌륭한 완화 의료 전문의는 이런 질문을 해요. "환자분의 마지막 순간을 생각하거나 상상해보신 적 있나요? 어떤 장소에 있고 싶으세요? 병원에 있고 싶으신가요?" 어떤 분들은 그러고 싶어 하세요. "저희가 모셔다드릴 수 있으면 집에서 사랑하는 분들과 함께 있고 싶으세요? 임종 계획을 세워놓고 싶으신가요? 원하는 시간에 임종하기를 원하세요? 호스피스를 하고 싶으세요?" 이런 질문들을 다 하죠.

그런데 현실에서는 환자분들이 그 말을 먼저 꺼내요. 여러분은 "음, 이제 환자분은 완화 의료를 받으실 수 있어요, 말기 진정에 들어가실 수 있어요, 깊은 진정에 들어가실 수 있어요, 자발적으로 섭식을 중단하실 수도 있어요" 같은 말을 거의 할 일이 없어요. 이런 질문보다는 환자분들이 있는 곳에 가서 두려움은 좀 어떤지, 불안은 좀 어떤지, 우리가 이런 감정들을 어떻게 다룰 수 있을지를 살피게 될 거예요.

학생 환자 자신이 의료조력사망을 원한다고 결정을 내리고 약물을 받았을 때 실제로 그 약을 사용하는 경우와 사용하지 않는 경우는 어느 정도인가요?

데이비드 절차를 밟기 시작한 분들의 절반 정도가 끝나기 전에 돌아가셔요. 말하자면 우리의 보호 장치죠. 2주간의 대기 기간이 있고, 지원자는 두 명의 의사를 만나서 서류에 서명받아야 해요. 보호 장치가 여러 가지인 이유는 사람들이 그냥 막 내키는 대로 결정하지 않게 하려는 목적이죠. 절차가 모두 끝나는 데 걸리는 평균 시간이 한 달인데 절반 정도는 그 전에 세상을 떠나시고요.

학생 의료조력사망을 불허하는 주들은 완화 의료가 의료조력사망보다 훨씬 낫다는 주장을 어떤 논리로 펼치나요? 제가 알기로 완화 의료는 환자가 심하게 고통스러워하면 의사가 그런 분들

을 거의 혼수상태로 만들고 그렇게 자연사할 때까지 유지한다
던데요. 의료조력사망을 선택지로 고려하지 못하게 하는 주는
어떤 논리를 내세우죠?

데이비드 지속적인 깊은 진정, 원래는 "완화 진정" 또는 "말기 진정"이라
고 부르는데 대단히 고도의 기술이 필요한 일이에요. 일반적으
로는 시설에 들어가 있어야 해요. 집에서는 대개 완화 의료를
하지 않아요. 의사가 통제해야 하거든요. 의사가 환자를 잠들
게 하고 환자분이 돌아가실 때까지 쭉 재우죠. 여기서 주인공
은 환자가 아니라 의사예요.

　지속적인 깊은 진정은 모든 주에서 합법이에요. 사실 우리가
던져야 할 질문은 어떻게 의료조력사망이 아니라 그 방법이 허
용됐는지죠. 그런데 저는 대답을 못 찾겠어요. 의료조력사망의
핵심 반대층은 하나님이 우리를 이 땅에 살게 하셨고 우리를 데
려가는 것도 하나님이라고 믿는 종교 집단이죠. 자기들이 위험
해질 수 있다는 생각에 어떤 식으로든 흔들린 장애인 집단들도
있고요. 근데 실은 어떤 주에서도 그런 사례는 전혀 보고된 바
없어요.

학생 사람들이 의료조력사망을 선택하는 이유가 조금 혼란스러워
요. 금전적인 문제는 인용된 이유 중에서 3퍼센트밖에 안 되잖
아요. 어떤 사람이 이 절차를 밟는 타당한 이유가 존재하는지
알고 싶어요.

데이비드	금전적인 이유도 있을 수 있죠. 하지만 저는 한 번도 그런 경우를 접해보지는 못했어요. 의료조력사망이 합법인 주에서 이를 선택하는 분들의 98퍼센트가 보험을 가지고 있어요. 그리고 메디케이드*, 우리 공공 보험이 그 비용을 대죠.
학생	실제로 의료조력사망에 사용하는 약물에 대해서 이야기해주실 수 있나요?
데이비드	효과가 빠른 바르비투르가 선정되었죠. 펜토바르비탈하고 세코바르비탈이요. 그러다가 사형이 실패하는 사건이 생기면서 미국에서 펜토바르비탈은 제외됐어요. 그 약은 덴마크에서 생산해서 우리는 이제 그 약이 없죠. 그리고 세코바르비탈은 2019년 1월 1일 이후로 더는 미국에서 구할 수 없는데 그 이유는 아무도 모른답니다. 그래서 의료조력사망이 합법인 주에서 의사와 약사들이 손을 잡고 두 가지 프로토콜을 내놨어요. 하나는 (바륨인) 디아제팜 1그램, 일반적인 복용량의 2천 배인 디기탈리스 50밀리그램, 모르핀 황화물 15그램, 프로프라놀롤 2그램을 섞는 방법이에요. 아주 효과가 좋아요. 세코바르비탈이나 바르비투르만큼은 아니지만 그래도 효과가 있죠. 하지만 이 프로토콜을 썼을 때 임종 시간이 길어지는 일이 있었어요. 특히 근위축증 환자들이 그런 편이었어요. 이분들은 심장은

---

* 연방 정부와 주 정부가 함께 운영하는 저소득층을 대상으로 하는 의료 보험 제도

36세 청춘처럼 아주 튼튼한데 그냥 몸을 움직이지 못할 뿐이어서 폐암에 걸린 90살 환자처럼 육체적으로 쇠약해진 상태가 아니거든요.

좀 더 최근의 프로토콜은 DDMA라고 불러요. 디기탈리스 100밀리그램, 그리고 1시간 있다가 디아제팜 1그램, 모르핀 황화물 15그램, 그다음에 프로프라놀롤 대신 아미트리프틸린 8그램을 복용하죠. 이러면 임종 시간이 더 빨라져요. 한두 시간씩 끌지 않고 20분에 가까워져요. 아마 제일 많이 쓰는 프로토콜일 거예요. 어려움이 있다면 약물을 혼합해야 한다는 점인데 오리건 시골 지역 같은 곳에서는 혼합이 가능한 약국이 없어요. 그래서 혼합 약물을 포틀랜드에서 가져와야 하는데 그 점이 또 다른 장애물이죠. 시간이 더 걸리니까요.

학생　그러면 처방전을 작성하고 환자가 약물을 손에 넣은 뒤에는 어떻게 진행하나요? 그분들이 날짜를 정하나요? 할머니랑 손자들이랑 개까지 다 한자리에 모이는 의식과 비슷한가요?

데이비드　저는 일단 처방전을 쓰고 나서 환자들한테 자기가 의료조력사망을 원한다는 절대적인 확신이 들기 전까지는 조제하지 말고 약국에 맡겨두라고 말해요.

그래도 아무런 비용이 들지 않고 약국에 있으면 안전하니까요. 무슨 일이 일어날지는 아무도 알 수 없어요. 관련해서 아주 흥미로운 일화가 있는데 어떤 여자분이 처방전을 받았어요. 암 때문에 살날이 얼마 안 남으셨는데 갑자기 어떤 실험적 처치술이 나왔죠. 그래서 그분이 시애틀에 가서 그 시술을 받고 4년을 더 사셨어요. 진짜 멋지게 4년을 사셨죠. 그러다가 다시 암이 재발했고 참혹했어요. 그래서 그제야 약을 드셨죠.

저희는 환자분들한테 절대로 약을 혼자 드시지 말라고, 공공 장소에서 드시지도 말라고, 반드시 가족들하고 상의하시라고 말씀드려요. 어떨 때는 가족 중 동의하지 못하거나 참석하지 않으시거나 심지어는 방해하거나 소란을 피우거나 뭐 그런 분이 있을 수도 있단 말이에요. 그런데 환자분이 호스피스에 있으면 사제와 복지사와 간호사의 지지를 받을 수 있으니까 훨씬 훨씬 낫죠.

학생　그런데 투약에 관한 결정과 집행을 모두 환자 본인이 한다면 약이 어떻게 엉뚱한 사람 손에 들어가지 않는다고 장담할 수 있죠?

데이비드　말기 환자분들의 침대 옆에는 온갖 게 다 있어요. 호스피스용 구급상자, 화학 요법, 아스피린. 모든 약이 독극물이잖아요. 정량을 사용하면 치료가 되지만 제대로 보관해야 하죠.

학생　박사님 같은 의사가 환자들에게 이런 돌봄을 제공해서 정말 다행이에요. 그런데 이 분야에서 더 수련하고자 하는 다른 의사 그리고 이런 중요한 대화를 완화 의료 환자분들하고 나누고 싶어 하는 의사에게는 어떻게 힘을 실어줄 수 있을까요?

데이비드   일단 젊었을 때 의대에서 교육받아야 해요. 저는 포틀랜드에 있는 의대에서 학생들을 가르치는데 가능하면 항상 여러분들과 비슷한 1학년을 가르쳐요. 선택지에 가장 열린 마음을 가지고 있으니까요. 개인적인 신념과 직업적인 완결성의 차이를 가르치는 일이 아주 중요해요. 우리는 다들 아주 깊은 개인적인 신념을 갖고 있잖아요. 하지만 직업적인 완결성은 여러분이 실전에 들어갔을 때는 환자가 중요하다는 뜻이에요. 여러분이 무슨 생각을 하느냐는 중요하지 않다는 의미죠. 여러분은 환자의 관심에 반응할 필요가 있어요.

      저는 호스피스와 여러 의료 프로그램에서 강의하면서 주 단위의 의료협회들을 변화시키려고 애써요. 이제는 14개 또는 15개의 주 의료협회와 미국가정의학아카데미가 최근에 반대 입장에서 돌아섰어요. 이제는 미국의료협회를 대상으로 노력하고 있고요. 미국간호사협회는 아마 곧 입장을 바꿀 거예요. 엄청난 일이죠. 간호사랑 결혼해서 40년 넘게 살고 있는 사람으로서 저는 의료에서 권력이 어디에 있는지를 안단 말이에요. 하나님께 감사한 일이죠.

학생   의료 팀에서 이 결정에 동의하지 않는 분들하고 같이 일해본 적이 있으신가요?

데이비드   절대 그럴 일은 없어요. 모든 주에서, 모든 시스템에서요. 만약에 어떤 일이 법적으로 아무런 문제가 없지만 자기 개인적인 신넘하고 맞지 않으면 빠질 수 있거든요. 제가 어떤 호스피스에서 이사로 있는데 우리 정책은 의료조력사망 선택을 지지해요. 그래서 어떤 간호사가 그 일에 참여하고 싶지 않다고 하면 저희는 그분이 참여하지 않을 수 있게 조치를 취하고 다른 간호사가 대신하게 하죠. 거의 모든 정책이 그런 식이에요. 아주 중요한 문제죠.

제 생각에 사람들을 이해시키는 한 가지 방법은 우리가 태블릿 피시나 핸드폰 같은 데 사전연명의료의향서, 유언장을 읽는 모습을 비디오로 찍어두는 거예요. 가까운 가족에게도 그 영상을 보여주면서 "이게 엄마가 진짜 원하시던 거예요. 보세요, 어머니가 많이 아프기 전에 이렇게 말씀하셨어요"라고 말하면 크게 상황이 달라져요. 그냥 종이 한 장에 적어두기보다 이 방법이 훨씬 낫다고 생각해요.

학생 환자분이 그 약물을 자가 투약할 수 있어야 하잖아요. 언제가 그 약을 먹을 적기인지를 놓고 고심하는 환자를 자주 보시는 편인가요? 아무래도 혼자서 약을 먹지 못할 정도로 병이 너무 진행되기를 원치 않으실 거잖아요.

데이비드 맞아요. 특히 근위축증 환자들이 그렇고, 특히 삼키는 일이 문제죠. 하지만 자가 투약이 반드시 삼키기만을 의미하지는 않아요. 다른 사람이 약물을 혼합해주면 환자가 그 약물을 자신의 영양 급여 튜브에 주입하는 일을 의미할 수도 있죠. 그리고 메

이시 카테터라고 하는 것도 있어요. 직장 카테터인데, 그 카테
터를 사용하면 약물을 직장으로 투여할 수 있어요.

투약과 조력의 차이를 알아두는 일은 진짜 중요해요. 조력은
약물을 혼합하고, 약국에 가고, 약물을 받아오고, 환자가 빨대
로 액체를 빨아들이는 동안 컵을 들고 있는 일을 의미할 수 있
어요. 그런 일은 다 괜찮아요. 다 합법이죠. 만약에 그 약물을
환자의 입에 부어주면, 이런 투약은 불법이고요. 하지만 특히
근위축증 환자들은 그런 상태가 되기도 해서 본인이 팔을 쓸 수
없으면 이 약물을 먹을 창의적인 방법을 내놓기도 한답니다.

제가 시간을 너무 많이 잡아먹었네요. 전 젊은 분들하고 이
이야기를 나누는 일을 진짜 좋아해요. 나이 든 의사들하고 이
야기해보면 대부분은 아직은 의료조력사망이 옳은 일인지 모
르겠다고 말하기도 하고 마음을 바꾸는 사람이 몇 명 안 되거든
요. 어쩌면 제가 여기서 그 누구의 마음도 바꿔놓지 못했을 수
도 있지만 여러분에게 도움이 되는 정보를 조금이나마 드렸다
면 좋겠네요. 여러분들이 만들어갈 의학의 미래를 정말 기대해
요. 훌륭한 의사가 되시기를 바랍니다!

존엄사 강의를 들은
의대생들과의 대화

기잘 라치티, 프랭키 부루피,
소미아 모누푸티, 찰리 하틀리
그루브 박사의 강의를 들은 네 학생

다이앤 일단 금방 들은 강의에서 무엇을 느꼈는지 이야기해줄래요?

기잘 여기 올 때는 이 주제에 대한 제 입장이 뭔지 약간 자신이 없었어요. 어릴 때부터 천주교였거든요. 천주교는 항상 생명이 중요하다, 사람의 생명을 지키려면 무슨 짓이든 해야 한다고 하는데 의료조력사망은 여기에 맞지 않잖아요. 그런데 이 강의에서 진짜 감동받았어요. 그루브 박사님이 사람들의 존엄함에 대해 들려주신 모든 이야기에도요. 저희 어머니가 난소암이신데 만약에 엄마가 의료조력사망을 선택하시면 저는 100퍼센트 지지할 거예요. 엄마가 결정한 일이니까요. 모든 환자도 그런 결정을 하겠죠.

프랭키 제가 자라온 방식, 제 믿음, 그리고 제가 의사로서 환자를 어떻게 대하고 싶은지 사이에 항상 갈등이 있다고 생각해왔어요.

환자는 어떤 경우든 선택할 권리가 있어야 한다는 게 항상 제 믿음이었거든요. 근데 항상 내면에서는 그렇게 하는 게 맞을까 하는 독백도 있었어요. 그런데 오늘 강의를 들으면서 방향이 '그래, 이건 맞는 일이야' 쪽으로 많이 기울었어요. 환자 의견 존중은 항상 옳은 일이고 환자는 자신이 원하는 대로 죽을 자율권을 가져야 한다는 쪽으로요.

소미아 저는 전에 생각해본 적 있는 주제이기는 한데 자세한 내용은 잘 모르고 그냥 열린 마음으로 왔어요. 저희 집안이 모슬렘인데 이슬람교에서는 의료조력사망이 논란이 많은 주제예요. 하지만 핵심은 고통이라는 점, 말기의 고통을 줄이는 일이라는 점, 그리고 이 절차가 얼마나 신중한 고민을 거쳤는지, 사람들이 이 방법을 온전하게 고려하게끔 하기까지 얼마나 많은 장애물이 있는지에 관한 많은 내용이 아주 설득력 있었어요.

찰리 저는 사실 환자가 의료조력사망을 할 권리와 능력이 있어야 한다는 점을 전적으로 확신한 상태로 왔어요. 저희 부모님 두 분다 일찍 부모를 여의셨죠. 아빠는 아주 어릴 때 아버지를 잃으셨고 엄마는 10대 때 어머니를 잃으셨어요. 엄마의 할머니는 근위축증을 앓으셔서 만년에 고생하셨다고 하고요. 사람들이 자기 삶의 마지막을 어떻게 결정해야 하는지 알려주는 일이 의사의 권한은 아닌 것 같아요. 그리고 의료조력사망 절차는 효과가 있고 고통이 없다는 점, 그리고 사람들이 자신의 시간이

다가올 때 상대하는 압박감을 덜어준다는 점이 이미 입증됐잖아요. 환자들에게 이 절차를 선택할 권한이 전적으로 주어져야 할 것 같아요.

소미아 저는 대학에서 여러 문화권의 죽음과 임종을 이해하려고 많은 시간을 공부했어요. 제가 오늘 강의에서 배운 내용 중 하나는 미국에서 이 움직임이 성장세를 보이고 있다는 점이었는데, 그 이야기를 들으니 기분이 좋더라고요. 제가 잠깐 네덜란드에 있었는데 거기서 많은 사람과 조력사망의 중요성에 대한 얘기를 나눴거든요. 그루브 박사님이 간단하게 언급하시기도 했는데, 제가 보기에 앞으로 해결해야 할 문제 중 하나는 인지력이 저하되는 분들을 어떻게 할지일 것 같아요. 저는 이런 문제를 겪는 환자분들에게도 조력사망을 허용하면 좋겠어요. 윤리적으로도 의학적으로도 흥미로운 주제일 거예요.

프랭키 의료조력사망이 설계된 방식을 보면 이 절차는 시간이 오래 걸리는 듯해요. 환자가 승인받는 데 시간이 꽤 많이 소요되잖아요. 어떤 사람은 승인을 못 받기도 하고요. 사람들이 잘못된 결정을 내리지 않도록 방지해줄 안전장치가 많은 거죠.

다이앤 그루브 박사님이 환자나 여러분이 사랑하는 사람과 대화를 시작하는 일에 대해 하신 말씀 중에 뭐가 가장 와 닿았나요?

기잘 제 전반적인 인상은 환자가 질병과 고통을 경험하는 사람이라는 인정과 존중을 담아서 접근한다는 점이었어요. 제가 가족으로서나 사랑하는 사람으로서나 의사로서 판단할 일이 아니에요. 환자 자신이 경험하는 일이니까 당사자가 판단할 일이죠. 그래서 우리는 환자가 무슨 말을 하려는지 들으려는 자세로 대화의 문을 열어야 해요. 자신의 판단이나 믿음을 그 환자한테 투사하지 말고요.

다이앤 전에는 환자들이 "음, 선생님 마음대로 하세요"라고 말하고는 했죠. 그런데 이제는 바뀌었어요. 그런 책임을 받아들일 수 있겠어요?

소미아 제 생각에 저희가 의대에서 배운 멋진 것 중 하나, 그리고 앞으로 규범으로 자리 잡기를 바라는 건 바로 돌봄 계획에서 환자와 의사 사이의 더 많은 협력이에요. 저는 환자들에게 어떤 선택지가 있는지 최대한 많이 알려드리는 게 제 책임이라고 생각해요. 진짜 어려운 문제는 사람들이 당신이 내 입장이면 어떻게 하겠냐고 물어볼 때죠. 저희는 그런 질문에 의사로서 어떻게 대응해야 하는지 많이 배우지는 못했거든요. 그리고 이건 어떻게 해야 하는지의 문제에 자신의 개인적인 신념을 주입하는 일이기도 하고요.

하지만 저는 그 일이 저희 책임 중 하나라고 생각해요. 의료계 일원으로서 이런 대화를 유도하고 과감하게 조력사망문제를 제기하고 그런 다음에 "여기서 저는 중요하지 않아요. 환자분의 여정이 중요하죠. 그래서 저한테 어떤 질문이든 하실 수

있지만 이 문제는 제가 환자분을 대신해서 결정할 수 있는 일이

아니랍니다"라고 말하는 거죠.

'조력자살'에 반대하는 의사와의 대화

윌리엄 토플러,

공감돌봄의사회* 전국책임자,

오리건보건과학대학 명예 교수

    토플러 박사와 나는 오리건주 포틀랜드에 있는 박사의 자택에서 만났다. 키가 크고 날씬하고 잘생긴 데다 곱슬기가 있는 은발을 짧게 자른 박사는 5년 전 암으로 아내를 잃었다. 우리는 아내와 자녀들 사진이 들어찬 거실에 가깝게 마주 앉았다. 내가 우리 대화를 녹음하기 전 박사는 세상을 떠난 내 남편, 아이들, 성장 배경과 교육, 심지어는 지금은 무지개다리를 건넌 개 맥시 등 내 인생의 세부 사항들을 언급했다. 자신을 인터뷰하는 사람의 배경을 철저하게 조사한 게 분명했다.

윌리엄   이렇게 만나 뵙다니 영광이자 특권이군요.

다이앤   고맙습니다. 공감돌봄의사회에 대해서 이야기해주시겠어요?

---

*   Physicians for Compassionate Care, 임종을 앞둔 환자의 고통과 우울을 줄이기 위한 의학 연구를 장려하고 '조력자살'의 위험성을 알리는 일에 힘쓰는 단체

윌리엄 삶이 얼마 남지 않은 분들에게 최고의 돌봄을 제공하는 일을 전문적으로 하는 조직이에요. 모든 인간의 목숨은 날 때부터 값지다는 윤리 의식에 기반해서요.

다이앤 오리건에서 죽을 권리 법을 시행한 지 올해로 22년째잖아요. 이 법을 어떻게 생각하시는지 이야기해주시면 좋겠어요.

윌리엄 음, 일단 그 법의 이름이 "죽을 권리" 내지는 소위 존엄사라고도 하는데 우리가 얘기하려는 것과는 달라요. 당신도 저도 모두가 다 언젠가는 죽어요. 우리에게는 죽을 권리가 없어요. 모두가 언젠가는 죽을 겁니다.

제가 사는 주가 누군가의 생명이 다른 누군가의 생명보다 덜 소중하다고 보는 모델을 채택한 실정이다 보니 저희는 살 권리를 지키기 위해 투쟁하고 있어요. 오리건에서는 사람들이 어떤 조건에서는 처치를 받지만 어떤 조건에서는 받지 못하죠. 그리고 오리건주는 바버라 와그너 같은 사람에게는 보험을 적용해주지 않을 거예요. 이분은 스쿨버스 운전사였는데 폐암에 걸리셨어요. 그리고 암이 재발했고요. 담당 종양학자는 이분에게 타르세바라는 약을 쓰고 싶어 했고 당사자도 그 약을 원했어요. 왜냐하면 통계적으로 타르세바는 그분이 1년 동안 살아 있을 확률을 45퍼센트 증가시킬 수 있으니까요.

그런데 이분은 자기 보험사에서 이 약물의 보험 적용을 거부한다는 편지를 받았어요. 환자 본인도 원하고, 담당 의사도 환자에게 쓰고 싶어 하는 약인데 말이에요. 하지만 만약에 이 환자가 "고통 경감"이라는 미명하에 조력자살을 한다고 하면 그 비용은 100퍼센트 보장해줄 거예요. 이런 형편없는 말장난이 있나요! 와그너 씨는 화가 머리끝까지 났어요. 도대체 무슨 권리로 그러는 거죠? 자살 또는 치명적인 약물로 존엄하게 죽는 비용은 대주면서 환자 본인이 원하는 대로 환자가 자기 생명을 연장하는 비용은 대주지 않는다니요. 와그너 씨는 튼튼했어요. 암 환자라는 사실을 알아보기도 힘들 정도였죠. 놀랍게도 제약 회사가 와그너 씨한테 그 약을 무상으로 제공했고 와그너 씨가 1년 동안 잘 견딘다면 그 이후에도 계속 제공하겠다는 의사를 밝혔어요. 환자의 생명을 연장하는 데 오리건주보다 제약 회사가 더 많은 관심을 쏟는 듯 보이는 건 너무 역설적인 상황 아닌가요? 이게 바로 제가 우려하는 상황이에요. 사람들을 보살피는 데 쓸 돈이 있는데도 그 돈을 산 사람한테 안 쓰고 과용량의 약물을 복용해서 고통을 해결하는 데 쓰는 뿌리 깊은 이해 충돌을 걱정하는 거죠.

저는 이 패러다임을 믿는 사람들이 나쁜 사람들은 아니라고 생각해요. 제 동료인 데이비드 그루브 박사는 컴패션&초이스에서 의료장 역할을 하는데 우리는 이 세상을 다른 시각으로 보죠. 저는 고통에 대한 해법은 고통을 겪는 사람을 돕는 것, 고통을 겪는 사람 곁을 지키는 것, 환자와 함께 기꺼이 고통을 겪는 것이라고 믿어요. 저는 의사로서 지난 40년 동안 이 믿음에 제 삶을 바쳤답니다.

다이앤   박사님은 처음부터 오리건의 법을 지지하지 않으셨나요?

윌리엄   그럼요. 그때도 지금도 지지하지 않아요. 저는 그 법이 환자의 완결적인 권리를 크게 침해한다는 생각이거든요. 법정으로 비유해볼게요. 제가 당신 변호사예요. 그런데 제가 복도 건너편으로 넘어가서 당신은 조금 당황했어요. 이제 저는 사실상 당신에게 불리한 주장을 펼치고 있는데 이 사건은 강력 사건이란 말이에요. 당신의 목숨이 오락가락할 수 있어요. 그런데 당신이 이 문제를 이해관계의 충돌이라고 생각하지 않으면, 그러니까 제가 당신 편도 들고 반대쪽 편도 들고 해도 이상하게 여기지 않으면 저는 이번에는 어느 쪽 변호사의 주장이 더 나은지를 판단하는 판사 역할까지 해요. 그리고 당신이 여전히 별로 이상하게 여기지 않으면 전 당신의 사형을 집행하는 집행관까지 되죠.

많은 사람이 실수가 있을 수도 있다는 이유로 사형에 불만이 있어요. DNA 증거로 무죄를 입증했지만 이미 당사자는 저세상 사람인 사례가 많잖아요. 의사들이 의대에서 점쟁이처럼 꿰뚫어 보는 능력을 배우지는 않다 보니 우리도 가끔은 실수해요. 어떤 환자가 자기 예측보다 더 오래 산 경험은 모든 의사에게 있죠.

지금은 가고 없는 제 아내 마를렌도 의사한테 물었답니다. "얼마나 더 남았나요?" 우리 두 사람 다 아내의 암이 전이됐다는 사실을 알고 있었어요. 암은 아내의 자궁에서 시작됐죠. 자궁평활근육종이었어요. 그다음에는 폐에서 발견됐고요. 사형선고나 마찬가지였죠. 아무런 치료법도 없고 상대적으로 희귀한 암이거든요. 의사는 최고의 전문 지식을 동원해서 아내에게 3개월에서 9개월이 남았다고 추정했어요. 그런데 아내는 그보다 네 배의 시간을 더 누리는 축복을 받았죠. 그 시간이 얼마나 소중했는지 몰라요. 선생님도 겪어봐서 아시겠지만 말이에요. 매일이 특별해요. 그리고 점점 기력이 떨어진다는 사실을 알기 때문에 그 상태가 영원하지 않으리라는 점을 알죠. 이게 모든 걸 바꿔놔요. 제가 기억하기로 우리는 아내의 마지막 5년 동안 딱 한 번 싸웠어요. 과거 35년 결혼 생활 동안 싸운 것과는 아주 아주 다른 양상이었죠. 마를렌과 보낸 그 마지막 몇 년은 단 일분 일초도 저한테 얼마나 소중한지 몰라요.

삶을 마감하는 일은 첨단 과학이 아니에요. 매년 7만 명이 자기 목숨을 끊어요. 아무런 도움을 받지 않고 하는 자살이죠. 슬픈 사실은 우리 같은 의료 종사자들이 마치 자판기처럼 행동한다는 점이에요. 이 나라에는 의사가 100만 명이에요. 그런데 슬프게도 이 사람들 모두가 모든 단계의 생명을 똑같이 존중하지는 않죠.

다이앤 박사님이 보시기에 오리건주 법에서 가장 큰 결함은 뭔지 말씀
해주시겠어요?

윌리엄 우리는 사람의 가치를 양분하고 있어요. 어떤 생명은 살 가치
가 없다고 말하고 있죠. 사실 우리는 최소한 다른 41개 주에서
는 아직 불법인 일을 하면서 의사로서 우리가 그 사람을 돕는다
고 생각해요. 제가 그 법이 바른길이 아닐지 모른다고 사람들
에게 교육하려고 최선을 다하는 이유예요.

뭔가 얻는 게 있는 사람들도 있잖아요. 집과 9만 달러 정도
가 떨어지는 그런 사람들이요. 그런 사람들이 누군가가 이 일
을 할 수 있도록 도와요. 물론 좋은 의도를 가진 착한 사람도 있
죠. 제 동료 그루브 박사처럼요. 하지만 저는 절대 환자에게 이
렇게 물어본 적이 없어요. 그루브 박사도 마찬가지라고 생각하
고요. "생명 보험 약관이 어떻게 되어 있나요? 수혜자가 누군가
요? 그 사람에게 어떤 궁극적인 동기가 있을 수 있나요?" 같은
질문이요.

이러한 패러다임의 전환을 중단시키려고 노력하는 제 동료
마거릿 도르는 노인 학대 전문 변호사로 시애틀에서 일해요.
그 동료 말이 노인 열 명 중 한 명이 학대받는대요. 좋지 않은 일
이죠. 궁극적인 노인 학대 행위는 어떤 부차적인 이익을 위해
서 그 사람의 목숨을 빼앗는 일이죠. 빼앗으려는 게 심지어 돈
이 아닐 수도 있어요. 그냥 환자가 짐처럼 느껴진다는 이유뿐

일 수도 있죠. 실제로 사람들이 노인을 학대하는 주요 이유 중 하나예요. 사랑하던 사람이 짐처럼 느껴진다는 거요.

다이앤   제가 연구를 살펴본 바에 따르면 오리건주에서는 노인에게 강압을 행사했다거나 학대 행위가 있었다는 보고는 없었어요. 노인 학대만이 아니라 그 어떤 사람에게도 약물을 먹으라고 강요하는 일은 없었죠. 사실 그 약물을 받은 환자 가운데 약 삼 분의 일이 실제로 사용하지는 않는다고 하잖아요. 박사님은 이 보고가 틀렸다고 생각하시는지 궁금해요. 아니면 학대나 강압이 보고되지 않고 있다고 생각하시는 건가요?

윌리엄   과용량의 약물을 복용할 때 의사들이 입회하지는 않잖아요. 84퍼센트의 경우에는 말이에요. 그래서 모든 보고가 기껏해야 간접적이죠. 대부분의 사람에게 나쁜 의도가 없다는 점은 인정해요. 하지만 다 그렇지는 않잖아요. 오리건보건과학대학에 있는 제 동료 린다 간지니는 공식적인 정신 의학 인터뷰를 할 수 있었어요. 그 덕에 과용량의 약물을 받은 사람 중 25퍼센트가 심각한 우울 장애 기준을 충족하고, 23퍼센트가 불안 장애 기준을 충족한다는 사실을 밝혀냈죠. 이분들한테 과용량의 약물을 건넨 의사들한테 관련 문제가 있다는 진단을 받은 사람은 아무도 없었어요. 간지니 박사는 중립적인 입장인데도 이 때문에 사람들이 위험해질 수 있다고 말했고요.

오리건주에서는 이런 식의 조력자살에 대해서는 아무런 연구가 없었어요. 단 한 건도요. 그 데이터를 추적하는 오리건보건국 수장이 수년 동안 카트리나 헤드버그 박사였어요. 그분이 제 제자이기도 하고 저랑 같이 환자를 본 적도 있거든요. 그 사람 말이 보건국 부서에는 그런 문제를 조사할 권한도 기금도 없다는 거예요.

제가 일하는 동안 30~40명이 이 문제를 저한테 제기했어요. 저랑 생각이 다른 의사들을 비난할 마음은 없어요. 하지만 제가 대화도 나눠보지 않고 누군가의 소망을 그냥 들어준다면 어떨까요? 다른 의사들이 항상 그런다는 말은 아니지만……. 이렇게 얘기할 수 있겠네요. 한 50명인가 60명인가를 대상으로 한 연구에서 연구 참여자의 25퍼센트가 제 동료들한테서 기저 정신 질환을 진단받지 않았다는 결과가 있었죠. 전 분명히 알아요. 많은 사람이 제대로 된 질문을 하지 않는다는 사실을요.

다이앤 박사님 환자 중에서 박사님한테 "저는 할 만큼 했어요"라고 말한 분은 없었나요? 그리고 그런 환자에게 박사님은 어떻게 대처하시나요?

윌리엄 있었죠. 제가 돌보고 있는 어떤 환자분이 장애 문제가 많으세요. 원래는 몸이 아주 건강했는데 살면서 재앙과 같은 힘든 일을 여러 번 겪으셨죠.

그분이 저한테 그런 말을 많이 했어요. 이번 주만 해도 상당히 절망스러워하셨죠. 저는 기본적으로 다른 환자들하고 수년 동안 해오던 일을 해요. 동기를 부여하죠. 우리는 이분이 자신의 가치를 돌아볼 수 있도록 도우려고 두 배로 노력해야 했어요. 그 환자분에게는 이런 노력을 숱하게 했어요. 환자분은 "가망 없어요. 저는 더 살 이유가 아무것도 없어요"라고 몇 번이나 말씀하셨지만 저는 그런 기분을 절대로 부추기지 않아요.

이분은 어쩌다가 저를 의사로 둔 이유로 처치 과정이 변했어요. 제가 특별한 사람이라는 말이 아니에요. 자신이 고난에 처했든, 절망적이든, 짐이라고 느끼든, 모든 사람의 삶에 내재한 가치를 믿는 사람으로서 드리는 얘기예요. 그분들에게 당신들은 짐이 아니라는 믿음을 드리고 싶어요.

다이앤 만약에 어떤 환자분이 우리가 말하는 "다루기 힘든 통증" 때문에 박사님을 찾아왔고, 박사님은 그분을 완화 의료 전문가에게 소개했는데 완화 의료가 통증을 덜어주지 못하는 것 같으면 어떻게 하시나요?

윌리엄 통증을 잘 다스리지 못한다는 점을 조력자살의 이유로 내세울 때가 많죠. 하지만 통증은 오리건주에서 사람들이 조력자살을 하고 싶어 하는 상위 다섯 개 이유에도 들지 않아요. 여섯 번째죠. 그리고 "다루기 힘든 통증"이 아니라 "통증"이라고 나와 있어요. 통증에 대한 두려움일 때도 많은 거죠. 통증이 심해질수록 조력자살에 대한 관심이 줄어든다는 점을 보여주는 연구들도 있고요. 저는 아직 다루기 힘든 통증에 시달리는 말기 불치병 환자를 만나보지 못했어요.

제 환자 중에는 불치병은 아니지만 만성 통증을 달고 살거나, 그냥 다루기 힘든 통증에 시달리거나, 지난 30년 동안 사람들에게 오피오이드와 펜타닐을 주던 그런 관행을 못마땅해하는 분이 많아요. 그 관행이 어떤 재앙으로 이어졌는지를 아니까요.

불치병 환자분들의 경우에는 통증 약물을 걱정 없이 쓸 수 있어요. 복용량을 점점 늘릴 수 있으니까요. 저는 불치병 환자들의 통증 관리를 다른 사람에게 맡겨야 했던 적이 거의 없어요. 생전에 제 아내는 모르핀을 맞으면 편해졌어요. 데이터를 봐도 모르핀을 준다고 해서 그 사람이 더 빨리 죽지는 않는다고 나와요. 그저 편안하게 긴장이 풀어져서 사실상 더 오래 살죠. 그래서 만약에 그 사람을 도울 의도로 모르핀을 주사한다면 좋은 일이에요. 그 부작용 때문에 더 빨리 죽는다고 해도 괜찮아요. 죽일 의도는 아니었으니까요. 죽일 목적이 아니었잖아요. 고생을 덜어주려던 거였죠. 사람들이 자기가 살 가치가 없다고 느낄 때 우리는 그분들에게 당신이 돌아가신 남편에게 준 것 같은 그런 사랑과 돌봄을 제공해야 해요. 그리고 그분들과 함께 인생의 마지막 날들을 살아야 하죠.

다이앤   박사님이 계속 조력자살이라는 표현을 사용하시는 게 아주 인상적이에요. 의료조력사망을 지지하는 분들은 다른 표현을 쓰는데 말이죠.

윌리엄 말이 중요하죠. 모든 사회 공학 앞에는 언어적 조작이 있어요. 영국 표준 영어에서는 불과 일주일 전에 제 환자 한 명이 그랬듯이 과용량의 약을 먹으면 자살로 봐요. 저는 당시에 그 환자의 그릇된 판단에 반대하는 주장을 펼쳤죠. 저는 임종이 눈앞에 닥친 분들을 돕는 사람이니까요. 존엄사 얘기를 하고 싶으시다면 바로 저희 아버지가 존엄사를 하셨죠. 돌아가실 때 병원에서 형과 제가 뜬눈으로 아버지를 돌봤거든요.

다이앤 자살을 기도했다고 말씀하신 그 환자분 얘기로 돌아가고 싶은데요. 박사님은 그분 판단이 "그릇됐다"고 말씀하셨죠. 핵심은 그 판단이 누구의 판단인지가 아닐까요? 그분의 판단을 "그릇됐다"고 표현하는 건 자기 행동에 대한 당사자의 판단인가 아니면 의사로서 박사님의 판단인가 하는 문제가 아닐까 싶어요.

윌리엄 음, 제가 그릇됐다고 말했죠. 지금은 그분도 그릇됐다고 얘기하실 거예요. 근데 그때는 안 그랬거든요. 사람 마음은 변해요. 그런데 저는 의사로서 권한을 가지고 있어요. 저한테는 다른 41개 주에는 없는 권한이 있어요. 아주 위험할 수 있는 권한이죠. 선천적인 이해충돌이기도 하고요. 우리 사회가 그 일을 하고 싶다면 어째서 그 문제에 어느 정도 전문성이 있는 누군가에게 책임을 맡기지 않죠? 저는 아무런 교육도 받지 않았어요. 전혀 아무것도요. 사실 오리건의 주도인 세일럼에서 종양학과 과장을 하고 있는 제 동료 중 한 명이 몇 주 전에 공개적으로 증언했어요. 그 사람은 자기가 오리건주에서 그 누구보다도 조력자살을 많이 시켰다고 자랑스러워했죠. 맙소사, 그 사람은 종양의학자란 말이에요. 재능있고 유능한 의사예요. 하지만 조력자살에 관해 아무런 교육을 받은 적이 없어요.

그 사람과 다른 마취과 동료들이 주사제 형태의 혼합 약물을 만들려고 한다더군요. 그이가 증언한 이유는 지금은 법이 약물을 삼켜야 한다고 명시하고 있기 때문이에요. 그 사람들은 삼킨다는 표현을 바꿔서 약물을 주사하거나 직장 투여도 포괄하게끔 하려고 하죠.

다이앤 오리건에서는 그 외 모든 일이 순조롭게 돌아가고 있지 않나요? 미끄러운 내리막길 같은 건 없잖아요.

윌리엄 이쪽으로는 캐나다가 우리보다 한 수 위예요. 그 사람들이 우리 법을 연구했는데 과용량을 투약하고도 몇 시간 동안 고통스럽게 호흡하면서 살아 있는 사람들이 있었다는 사실을 알아냈죠. 그 사람들은 그 방법이 별로 효율적이지 않다는 사실을 알았어요. 이쪽으로는 네덜란드도 많이 앞서 나가 있죠. 네덜란드에서는 사망자의 80퍼센트가 직접적인 주사를 통한 안락사로 사망해요. 그래서 일부를 제외한 모든 의사가 주사제를 써요. 저는 그럴 생각이 없지만 만약에 사람의 생을 마감해주고 싶으면 사형을 할 때처럼 그렇게 하는 게 효율적이라는 사실을 알기 때문이죠. 일단은 진정제로 사람을 차분하게 가라앉히고 그다음에는 바르비투르라는 약을 주는데 그 약은 사람들을 잠에 빠지게 해요. 그러고는 근육 마비제를 주는데 먹으면 숨을 못 쉬고, 심장이 멈춰서 죽죠. 이제 그 사람들은 만일을 대비해서 의사들이 예비용 약상자를 들고 다니게 하고 싶어 하는 지경이죠. 그리고 이미 그렇게 하고 있고요. 캐나다에서는 이미 6천 명이 안락사로 삶을 마감했어요. 작년을 기준으로 오리건 방식을 이용해서 과용량으로 삶을 마감한 사람은 단 5명이었죠. 그 방식이 반드시 보기 좋게 끝난다는 보장이 없어서 그래요.

오리건주에서 발행하는 신문 〈더 오리거니언〉에 실린 러벨 스바르트의 사례가 생각나네요. 그분이 암에 걸렸는데 몇 달 동안 자기가 삶을 어떻게 마감할지 얘기하는 비디오 로그를 올렸단 말이에요. 마침내 약물도 손에 넣었고 그 약물을 들고 있는 영상도 있었어요. 인생의 마지막 순간에는 자기 아파트에서 파티를 열었어요. 친구들한테 둘러싸여서요. 스바르트 씨가 자기 친구랑 찍은 사진이 있는데 제가 이 얘기를 할 때 그 사진을 종종 보여줘요. 사진을 보면 어느 쪽이 곧 죽을 사람인지 분간하기가 힘들어요. 다들 즐거운 시간을 보내고 있고 당사자도 진짜로 즐기고 있으니까요.

30분 뒤에 스바르트 씨가 침실에 들어가요. 여기서는 아무래도 취향상의 이유로 비디오를 찍지 않아요. 대신 오디오는 있죠. 스바르트 씨를 안내하는 사람이 있는데 의사도 간호사도 아니고 그 당시에 컴패션&초이스의 사무국장인 분이었어요. 그 사람이 "하고 싶은 게 확실한가요, 러벨?"이라고 말해요. 그러니까 그분이 "차라리 춤추러 가고 싶어요" 한단 말이에요.

사무국장이 "그렇게 해도 돼요"라고 대답하니까 스바르트 씨는 "안 돼요, 이미 항구토제를 먹었다고요"라고 말해요. 목숨을 끊어놓는 그 쓰고 독한 약을 토해내지 못하게 하는 약이죠. "난 끝까지 할 거예요." 그러더니 진짜 그렇게 해요. 약을 마시기 시작하죠.

스바르트 씨의 마지막 말 또는 거의 마지막 말은 "제가 이제껏 먹어본 중에서 제일 끔찍한 맛이에요"였어요. 그런 다음 "저어떤 것 같아요?"라고 물어보죠. 약을 너무 빨리 마시면 토할수 있어서 안 좋고 그렇다고 너무 천천히 마시면 치사량을 다마시기도 전에 잠들 수 있어요. 사무국장이 "잘하고 계세요"라고 해요. 무슨 임상 실험이라도 되는 양이요. 그 사람은 인정머리가 전혀 없어요. 그리고 핵심은 바로 이거예요. 스바르트 씨가 만일 저한테 그렇게 말했다면 저는 "러벨, 당신 안에는 생명이 아주 넘쳐요. 오늘 그 파티를 생각해봐요. 이건 잘못된 길이에요. 좋은 생각이 아닌 것 같아요. 우리는 나중에라도 언제든더 많은 항구토제를 줄 수 있어요. 러벨, 나중에 다시 생각해보자고요"라고 말했을 거예요.

그러니까 추상적인 이론의 문제가 아니에요. 제 동료의 어떤 환자는 수술 불가능한 암이었어요. 결장암이었죠. 그분이 외과 의를 찾아갔고 그 외과의가 그 환자를 오리건보건과학대학에 있는 제 동료에게 의뢰했어요. 그 환자분이 제 동료한테 그랬 대요. "처치를 받으러 온 게 아니에요. 방사선이나 화학 요법은 안 할래요. 머리카락이 빠지는 건 원치 않아요. 그냥 약을 받으 러 왔어요. 저는 조력자살법 메져 16 Measure 16에 찬성표를 던졌 어요. 최초의 법이었잖아요. 그냥 약만 받으러 왔어요."

제 동료는 그분의 소망을 그냥 따르는 대신에 "저랑 잠깐 얘 기 좀 해요"라고 했죠. 그리고 그분에게 경찰 학교에 다니는 미 혼의 아들이 있다는 사실을 알아냈어요. 그래서 이렇게 말했 죠. "아들의 졸업을 보고 싶지 않으세요? 아들의 결혼을 보고 싶지 않으세요?" 그 환자는 집에 가서 생각해봤고 다음 주에 "처치를 해보고 싶어요"라고 말씀하셨죠. 그래서 그분은 처치 와 방사선 요법, 화학 요법을 다 받고 머리카락이 빠졌지만 곧 다시 자랐죠. 5년 뒤에 어떤 식당에서 그 의사를 알아보고는 "선생님, 선생님이 제 목숨을 살리셨어요. 선생님이 조력자살 에 참여하는 의사였더라면 저는 여기 없었을 거예요"라고 했다 는군요. 그 환자는 19년이 지난 지금도 아직 살아 계세요.

다이앤 박사님이 독실한 천주교 신자라고 알고 있어요.

윌리엄 그러려고 노력 중이죠.

다이앤 박사님의 종교적 신념이 박사님의 생각에 얼마나 많은 동력이 되나요?

윌리엄 항상 제 생각과 같이 가죠. 모든 생명이 선천적으로 고귀하다는 윤리를 지지한다는 게 우리 공감돌봄의사회의 모토예요. 저는 사람들이 자연적으로 세상을 떠날 때까지 우리가 그분들의 가치를 확인시켜줄 수 있다고 믿어요. 우리가 그분들을 편안하게 만들어줄 수 있다고 생각해요. 이건 호스피스를 설립한 시슬리 손더스 경의 전적인 동기이기도 하죠. 사람들이 죽기 전까지 잘 살게 하는 일이요. 제 일생의 목표죠. 저는 당신이 환자로서 제 동기를 걱정할 필요가 없다는 점을 알아주면 좋겠어요. 저는 당신이 원치 않는 일을 당신에게 하지 않아요. 생명을 터무니없이 연장하지는 않죠. 당신이 이제 다 끝났다고 말할 수밖에 없는 때가 있을 거예요. 저는 그 이야기에 완전히 열려 있어요. 하지만 당신이 자연스럽게 세상을 떠나기 전까지는 당신이 잘 살도록 도움을 줄 거예요. 당신은 고통을 겪지 않을 거예요. 제가 당신을 돕지 못한다면 당신을 도와줄 동료들도 있어요. 우리가 만성적인 비非말기 통증은 다루지 않는다는 이유로 저한테서 누가 도움을 얻지 못한 일은 한 번도 없었어요. 저는 언어 능력이든, 청력이든, 이동 능력이든 간에 장애가 있는 분들이 자기 생명이 가치가 있다는 사실을 알았으면 좋겠어요. 그래요, 제 신앙은 어쩌다 보니 항상 제 생각과 일치하죠. 저는 모든 인간의 생명은 선천적으로 고귀하다고 생각해요.

다이앤 브리트니 메이너드 씨가 처한 상황은 어떻게 생각하세요? 전이된 중증 뇌종양 환자였던 이 젊은 여성은 캘리포니아에서 오리건으로 이주해서 거처를 마련하고 그곳에서 남편과 어머니와 같이 살았죠. 그분은 끔찍한 문제에 시달렸어요. 통증만이 아니라 온갖 난관에 말이에요. 할 수 있는 일은 다 시도해봤지만 결국에는 "난 할 만큼 했어"라고 말했고요.

윌리엄 그분은 조력자살 운동에 찬성하는 전형적인 인물이었죠. 몹쓸 병만 아니었으면 건강했을 29살 청춘이었는데 이것저것 많이 해봤지만 치유에는 별로 효험이 없었고요. 마치 제 아내가 뭘 해도 별 효험이 없었던 것처럼요. 제가 브리트니 메이너드 씨의 남편이나 의사였다면 지금 당신과 나눈 이야기대로 행동했을 거예요. 그분에게 그분의 가치를 일깨우고 완화 치료를 해야 한다고 설득했겠죠.

다이앤 만약 말기 진단을 받은 어떤 환자가 박사님이 모든 생명은 선천적으로 고귀하다고 생각하는 줄 모르고 박사님한테 와서 의료 조력사망을 할 수 있도록 도와줄 의사를 추천해달라고 부탁한다면 그분한테 뭐라고 말씀하실 건가요? 혹은 어떻게 행동하시겠어요? 다른 의사 선생님을 추천해주실 건가요?

윌리엄 내적인 이해관계 충돌에 적극적으로 참여하는 행위도 있지만 소극적인 참여도 가능해요. 당신과 제가 1850년대의 대장장이라고 생각해보자고요. 하나님의 은총과 남부의 경험 덕에 우리는 노예제가 얼마나 사악한지를 알고 있죠. 그런데 어떤 사람이 자기 노예를 데리고 우리한테 와서 이러는 거예요. "이 쇠사슬을 고칠 수 있습니까? 이놈이 도망치려고 쇠사슬을 망가뜨렸소." 그럼 우리는 그러겠죠. 노예마저도 선천적으로 고귀한 존재라는 통찰력이 있으니까 "죄송합니다. 저는 도움을 드릴 수가 없겠어요"라고요. 그자는 고함과 분노를 쏟아내겠죠. 아마 우리가 자기를 돕지 않는다며 욕지거리를 할 거예요. 그런 다음에는 이렇게 말하겠죠. "그럼 다른 대장장이를 알아봐줄 수 있소? 제일 가까운 대장장이는 어디 있소?" 우리가 그 사람을 도와줘야 할까요? 당신과 제가 그 일이 잘못된 길이라고 믿는다면 우리가 그 신념을 더럽히겠어요? 그 당시 우리는 어떤 사람의 목숨은 다른 사람의 목숨보다 열등하다고 생각했고 그 실수에 대한 대가를 지금까지 치르고 있잖아요. 저는 모든 사람을 똑같이 대우하고 싶어요.

저는 당신에게 그 일을 권하지 않겠지만 당신에게는 당신의 삶을 마감할 힘이 있죠. 조력자살은 첨단 과학이 아니에요. 저는 알아요. 전 신경 공학자였어요. 그 일은 권하지 않아요. 심지어 식료품점에서 10달러도 안 되는 돈으로 구해서 똑같은 효과를 낼 수 있는 그런 단순하고 일상적인 것들이 있다 해도 당신에게 알려주지 않을 거예요. 어떤 사람이 이런 절망적인 생각을 하고 있다는 소식을 접할 때 저는 다른 어떤 의사가 그 사람에게 불치병이라는 진단을 내렸다고 해서 그분들을 다르게 취급하고 싶지 않아요.

다이앤 이제 메인주가 존엄사법을 발효했잖아요. 이제 50개 주가 다들 이 법을 받아들이리라 생각하시나요?

윌리엄 아니요, 그렇게 생각하지 않아요. 최소한 10개 주가 조력자살에 반대하는 법을 강화했잖아요. 캐나다에서 그랬듯이 대법원이 개입하는 일만 없으면 모든 주가 이 법을 포용하는 일은 없으리라 생각해요. 메인주 주지사 자넷 밀스가 "이 법이 많이 쓰이지 않기를 바란다"고 말했잖아요. 아, 그 사람은 대체 생각이라는 게 있을까요? 그 법은 오리건에서 확대됐어요. 오리건에서는 천 5백 건이 훌쩍 넘었고, 캐나다에서는 6천 6백 건이 넘는다고요. 지난 14년 동안 네덜란드에서는 세 배로 뛰었고요. 그 사람은 상황이 어떻게 돌아가는지를 모르나 봐요.

저는 임종이 진행되는 동안 의학적 조력을 하는 일이라면 찬성이에요. 그런 죽음이 존엄을 지키는 죽음이라면 그 죽음도 찬성이고요. 하지만 지금 우리는 의사에게 과도한 용량의 약물이나 주사제를 건넬 권한을 주는 문제를 놓고 얘기하는 중이잖아요. 여기 오리건에서 제 동료 일부가 원하듯이요. 이미 캐나다, 네덜란드, 벨기에에서는 그렇게 하고 있어요. 그건 사형 선고를 받은 연쇄 살인범에게 우리가 내리는 처치하고 똑같아요.

사형제에 찬성하냐 아니냐는 핵심이 아니에요. 핵심은 그 일이 사형제에 반대하는 사람들이 말하듯 잔인하고 비정상적인 처벌이라면 완전히 무고한 사람에게 똑같은 행위를 하는 게 어떻게 공감에 기반한 돌봄일 수 있냐는 질문이죠. 이 문제를 정당화할 방법은 없어요. 사형에 쓰는 약물하고 완전 똑같으니까요.

다이앤 박사님한테 좋은 죽음은 어떤 죽음인가요?

윌리엄 가족, 사랑하는 사람들한테 둘러싸여서 제가 원하는 만큼의 개입과 돌봄을 받는 죽음이죠. 전에는 라켓볼장에서 죽고 싶다고 생각한 적이 있어요. 그냥 잽싸고 편하게 죽고 싶었죠.

존엄사로 남편을 보낸
남자와의 대화

앨런 크리스토퍼 카마이클,

은퇴한 정원 디자이너, 테리 스타인과 사별한 남성

스테퍼니 마르케,

테리 스테인의 완화 의료 담당의

크리스 카마이클의 집 정문으로 다가서자 재능 있는 정원사가 입구를 설계했다는 점이 분명하게 드러난다. 입구에는 꽃과 양치식물 그리고 동부 해안 지역에서는 보기 힘든 식물들을 갖춘 사랑스러운 "자연" 정원이 있다. 녹색식물에 아름답게 둘러싸인 입구는 행인에게 가까이 와보라고 손짓하는 듯하다. 나중에 살펴본 뒤편 정원은 숨이 멎을 정도로 귀한 아름다움을 뽐내고 있었다.

정원 디자이너인 크리스는 이 인터뷰를 진행하기 6개월 전에 세상을 떠난 테리 셸던 스타인의 배우자다. 키가 크고 날씬한 크리스는 콧수염과 턱수염이 있다.

나는 그가 테리와 처음에 어떻게 만났는지 물었다.

크리스   미시간 이스트랜싱에서 만났어요. 그 사람은 정신 의학과 부교
         수였고 저는 석사 과정생이었죠. 그래도 나이 차이는 8살밖에
         안 났어요. 테리는 의대 교수진이자 심리 치료사였고, 수년 동

안 게이 레즈비언 문화 정치에 깊이 간여하면서 동성애를 병리학적으로 진단하는 태도에 천착했어요. 그런 분류 관행의 마지막 잔재를 청산하겠다는 의지가 강했거든요.

우리는 38년 동안 함께하며 아주 풍요로운 관계를 맺었어요. 그 사람 혹은 우리한테는 마틴이라는 아들이 있었어요. 그 사람의 전처가 낳은 자식이죠. 저는 마틴이 여덟 살이었을 때 만났는데 우리는 그 아이를 걔 어머니와 그 남편분하고 같이 키웠죠. 그리고 이 일은 테리에게 아주 중요한 정체성 중 하나였어요. 아빠라는 역할, 그리고 할아버지라는 역할이요. 이제 마틴은 자녀가 넷이거든요.

테리는 일찍 은퇴했고 우리는 베이 에어리어로 이주했어요. 이곳의 문화와 정치도 중요한 동기였지만 그이가 선불교에 깊이 빠진 까닭도 있었어요. 이곳의 선불교 공동체를 아주 좋아했거든요.

다이앤 테리의 건강에 문제가 있다는 첫 조짐은 무엇이었나요?

크리스 2015년 여름에 테리가 경증 인지 장애를 진단받았어요.

다이앤 그 증상이 어떤 식으로 나타났죠?

크리스 음, 테리는 정신 의학자였고 신경과 전문의 자격증도 있었어요. 그런데 같은 질문을 하고 또 하는 시기가 있었죠. 아니면 질문을 해놓고 자기가 한 말을 까먹는다든지요. 그래서 우리 둘 다 이상하다고 생각했어요. 그 일을 더 진지하게 여겼어야 했는지도 모르겠어요. 좀 무신경했달까요. 그러다 낮은 수준의 경증 인지 장애가 있다는 분명한 진단 결과가 나온 거죠. 그때 크게 걸리는 부분 중 하나가 테리 어머니가 치매로 돌아가셨다는 거였어요. 그래서 그 사람은 치매에는 절대 걸리지 않겠다는 생각이 아주 강했죠. 그런데 치매나 심리적 장애를 가진 사람은 임종 선택을 할 수 없단 말이에요. 그래서 테리가 아주 속상해했어요. 그 사람이 가장 두려워한 일 중 하나는 속수무책으로 치매에 걸리는 거였으니까요.

다이앤　그런데 그 뒤에 또 다른 진단을 받으셨죠?

크리스　맞아요. 첫 진단을 받은 지 거의 만 1년째 되는 날 말기 방광암을 진단받았어요. 넓게 전이된 상태였는데 처치를 시작했을 때는 곧바로 분명하게 드러나지 않았죠. 저는 안도라는 표현은 절대 안 쓰는 편인데 안 쓰기가 힘드네요. 그이는 자기한테 필요한 의학적으로 적절한 진단이 나와서 안도했어요. 그래야 두 질병 중 어느 쪽 때문에도 고생하지 않을 수 있으니까요.

다이앤　제가 이해하기로 선생님하고 테리는 이미 의료조력사망에 대해 이야기를 나누신 상태였죠? 그리고 테리는 죽은 친구분하고 똑같은 방식으로 죽지 않겠다고 단단히 마음먹은 상태였고요?

크리스　네 맞아요. 테리는 임종 선택을 하면서 주체성을 갖는 일이 중요하다는 생각이 아주아주 분명했어요. 그이 친구 중에 임종 선택을 알아본 이들이 몇몇 있었는데 그중에 릴리언 루빈이라는 작가이자 심리 치료사도 있었어요. 그분은 자신의 임종 시 바라는 바를 극도로 분명하게 밝혀두셨고 테리는 줄곧 루빈의 든든한 지지자였어요. 그이는 그 과정을 많이 공부했고 릴리언의 선택을 아주 헌신적으로 지지했죠. 테리는 임종 선택 시 제약이 줄어들어서 전보다 많은 범위의 사람이 임종 처치에 접근할 수 있다는 데도 흥미를 느꼈어요.

다이앤 테리는 컴패션&초이스에 언제 연락하셨나요?

크리스 처음부터 했죠. 경증 인지 장애 진단이 나온 뒤에도 하고 방광암 진단이 나온 뒤에도 했어요. 컴패션&초이스 사람들하고 아주 유익한 대화를 나누기는 했지만 그 사람들이 실제로 제안하거나 독려한 유일한 선택지는 섭식을 중단해보라는 것뿐이었어요. 테리는 그 방식이 자기한테는 도움이 안 된다고 생각했죠.

다이앤 마르케 박사님, 테리와 처음에 어떻게 만났는지 이야기해주시겠어요?

스테퍼니 이 집으로 와서 테리와 크리스를 만났어요. 그 외에 누구든 그 자리에 있고 싶었다면 반가이 만났을 거예요. 저는 의사로서 의료조력사망 일로 환자와 정식으로 관계를 맺기 전에 필요한 사전 작업을 처리해두기를 좋아하는 편이에요. 크리스가 경증 인지 장애를 언급했는데 우리는 다 인지 능력 부족이 의료조력사망 요건에 해당하지 않는다는 사실을 알잖아요. 대단히 중요한 고려 사항이고 의사로서도 꼭 유념해야 하는 부분이죠. 저는 상황을 제대로 파악하고 테리의 마음을 알아보기 위해 그분을 만나야 했어요. 테리의 인지 상태를 확인할 필요도 있었고요. 기록을 보면 테리가 자신의 의료 상황을 이해하고, 선택 가능한 처치들을 가늠하고, 그 결과를 이해할 역량이 충분하다는 점이 분명하기는 했지만 말이에요. 그분은 자신의 종양 담당의한테 아주 분명하게 의사를 표현했고 완화 의료 팀을 여러 차례 방문한 상태였어요.

저는 테리를 만나기 전에 의료 기록을 통해 그분을 파악하는 특권을 누렸죠. 테리가 아무것도 그냥 넘기는 법이 없는 아주 지적인 분이라서 의료 기록이 아주 꼼꼼하더라고요. 저는 그분이 경증 인지 장애였다는 점을 감안했을 때 사실을 구체적으로 펼쳐놓는 데 아주 능하셨다고 생각해요. 임상의들이 테리와 나눈 대화를 기록한 방식을 보면 그분이 구체적인 사실을 이정표로 의지하셨다는 점을 알 수 있죠. 그래서 테리를 직접 만났을 때 갑작스러운 발병과 그 이후 여정을 두고 아주 유익하고 긴 대화를 나눈 일이 저한테는 놀랍지 않았어요. 저는 환자분들이 불치병 진단을 받고 어떻게 지내는지를 이야기할 때 그분들이 이야기를 주도하는 쪽을 좋아해요. 테리는 처치가 의학적으로 효험이 있기를 진심으로 바랐어요. 여러 선택지를 놓고 최선의 수술을 선택하셨고 실제로 광범위한 수술을 받으셨죠. 하지만 수술을 받고 몇 달 뒤에 보니까 암이 간으로 전이된 거예요.

크리스   그리고 뼈에도요.

스테퍼니   그래요. 뼈에도요. 그러면 진짜 고통스러워요. 제가 이런 세세한 사항을 어느 정도 기억하는 이유는 테리가 더 많은 시간이 남아 있기를 바라는 게 어떤 의미인지 저한테 설명해주는 선물을 주었기 때문이에요. 암 진단은 두려운 일이지만 의사들은 테리에게 처치를 받으면 더 많이 살 수 있다고 이야기했고 테리는 더 많이 살고 싶어 했어요. 하지만 그 뒤 암이 치료 불가능하다는 점이 분명해졌고 테리가 선택할 수 있는 처치는 아주 적어졌어요. 부담은 큰데 질 좋은 삶이 늘어날 가능성은 낮은 그런 처치였죠. 의료조력사망에 관심을 가진 분들과 일하다 보면 주도적인 자아의식 같은 걸 느낄 때가 많아요. 테리가 완전히 그랬어요. 그분은 자기가 어째서 '전적으로 책임을 진다'는 표현을 좋아하지 않는지 아주 잘 설명해주셨죠. 불교 신자인 그분은 전적으로 책임지는 게 아니라 자신에게 일어나고 있는 현실에 열린 태도를 갖는 게 중요하다고 생각하셨어요. 자신에게 주어진 선택지 가운데서 고를 때 울림을 주는 무언가가 있었다는 거예요. 그게 의료조력사망이죠.

다이앤   크리스, 당신과 테리는 그 선택을 어느 정도 숙고하셨나요?

크리스   그 대안이 주어지는 게 테리한테 아주 중요하다는 점은 분명했어요. 그 문제를 놓고 우리가 많은 이야기를 나누기는 했지만 그 사람은 자신의 바람에 대해 워낙 분명하고 명료했죠. 완화 의료 팀도 그 사람을 지지했고요. 자기가 뭘 바라는지 그렇게까지 똑 부러지고 직설적인 사람은 아마 상대해본 적이 별로 없었을 거예요. 실제적인 사실뿐만 아니라 자기감정에 대해 이야기할 수 있는 그런 사람 말이에요.

다이앤　박사님, 박사님은 의료조력사망 일을 하기 위해서 어떤 수련을 받으셨나요?

스테퍼니　의료조력사망은 신생 분야예요. 우리가 발들인 지는 2년밖에 안 됐어요. 제가 테리를 만났을 때는 의료조력사망 경험 1년 차였어요. 전체적으로는 20년 경력인데 임종을 앞둔 분들과 일하려면 특수한 기술을 요구받죠. 10년간은 입원 환자 전담의로서 급성 처치를 맡았고 다른 10년 동안은 완화 의료와 호스피스 쪽에서 일했어요. 두 분야 모두 제게 상당한 영향을 미쳤고 거기서 자신감도 얻었죠. 이 일을 잘하려면 경험 학습도 잘해야 해요. 테리를 만났을 때 저는 비영리 의료 법인 카이저에서 일하고 있었는데 카이저는 이쪽에 몸담겠다고 선택하는 의사들을 교육하는 일을 아주 잘 해왔어요. 환자들이 의료조력사망을 이용하겠다는 선택을 내리듯 의료계 쪽 사람들도 각자 개인이 그런 선택을 하거든요. 카이저는 조직 차원에서 의료조력사망을 자기 일로 삼고 의료조력사망을 제공한다는 선택을 내렸지만 의사, 간호사, 호스피스 쪽 사람들이 그 일을 더 알고 싶은지, 환자들과 일대일로 일하고 싶은지는 각자 결정할 문제였죠.

저는 처음부터 법과 카이저의 정책을 교육받은 쪽이었어요. 일부 논란거리와 필수 요건 등을 공부하면서 카이저에서 의료조력사망 전문가로 간주하는 임종 선택 환자 코디네이터 훈련을 받았죠.

의사로서 저는 환자들을 만날 때 대부분의 경우에 우리가 그분들한테 무엇이 최선인지를 함께 결정한다는 점이 아주 흥미로워요. 그리고 의료조력사망이라는 환경 안에서 일할 때는 법이라는 제삼자가, 어떤 의미에서는 국가가 있다는 점도 그렇고요. 저는 테리와 함께 일한 팀 전체를 대신해서 발언할 수 있고, 우리는 전적으로 법을 준수하고 싶었지만, 법 때문에 상황이 조금 난처해지기도 해요. 한번은 크리스한테 좀 나가 있어달라고 부탁해야 했거든요. 법적으로 환자와 단 둘이서만 이야기해야 하는 요건이 있어서요.

다이앤   테리와 크리스가 결혼한 사이인데도요?

스테퍼니   네. 그 결정이 진짜 테리 자신의 뜻인지를 확인하기 위해 법적으로 저와 테리가 단둘이 보내야 하는 시간이 있어요. 저는 그 시간을 이용해서 가족이 없을 때 하고 싶은 말이 있는지, 그러니까 의료조력사망이 진짜 자기 선택인지뿐 아니라 가족들하고 나누기 껄끄러운 바람이나 두려움 같은 게 있는지를 물었죠.

다이앤   이 과정 끝까지 가는 환자를 몇 분 정도 보셨나요?

스테퍼니   지금까지 열다섯 분 정도와 일했어요. 의료조력사망 임종에는 한 번 입회했지만 의료 안내자 일원으로서는 그보다 많은 분과 일하면서 동료들을 돕거나 교육했어요.

다이앤   크리스, 마르케 박사님이 테리의 임종 당일에 당신과 테리 곁에 계셨나요?

크리스   그때 박사님은 이미 빠진 뒤였어요. 우리는 약물을 입수하고 테리의 임종일을 겨우 며칠 앞두고 약물 사용법을 파악하느라 함께 애썼죠. 테리의 마지막 날은 전 과정에서 가장 어려운 순간 중 하나였어요. 하지만 가장 만족스러운 지점 중 하나는 내가 언제 죽을지 안다는 사실이잖아요. 내 가족이나 친구, 사랑하는 사람들한테 언제가 좋을지 직접 결정하죠. 테리는 고통받지 않겠다는 의지가 강했지만 그 과정에서 자기 주변 사람들이 힘들어하는 일도 원치 않았어요.

다이앤   테리가 세상을 떠난 날 당신 곁에 누가 있었나요?

크리스   우리 두 사람 곁에는 지원 팀이 다 나와 있었어요. 테리의 아들 마틴 스타인이 곁을 지키며 마지막 순간까지 테리의 손을 잡아 줬죠. 그리고 아주 좋은 세 친구도요. 한 명은 내과 의사고 또 한 명은 은퇴한 호스피스 간호사고 마지막 한 명은 그 사람 절친이었죠. 그이한테 가장 의미 있는 사람들이 와 있었어요. 저는 테리가 떠난 그날을 떠올리기가 힘들어요. 그이는 자기가 뭘 원하는지 한 치의 흔들림도 없이 알고 있었고 저는 임종 선택에 대한 그 사람 입장을 알고 있었어요. 그 입장을 전적으로 지지하지만 그렇다고 해서 실제 죽음이 절대 편해지지는 않아요. 제가 그이한테 기분이 어떤지 물었더니 괜찮다고 하면서도 앞으로 벌어질 일에 대해서는 많이 얘기하지 못하겠다고 그러더라고요. 자기가 무서워할까 봐 겁난다면서요. 저는 그 사람이 주눅 든 모습을 한 번도 본 적이 없었기 때문에 그 대답이 조금 충격적이었어요. 결국 그 사람은 안 그랬어요. 무서워하지 않았죠.

스물두 번째   어머니를 치매로 보낸
노인과의 대화

셸와 "럭키" 루스벨트,

레이건 행정부 의전 책임자

　레바논 드루즈 교파 이민자의 딸인 셸와 "럭키" 루스벨트는 테네시 태생이다. 유년기를 그곳에서 보낸 뒤 바사 칼리지에 들어갔고, 졸업 직전 아치볼드 "아치" B. 루스벨트 주니어를 만났다. 그들이 만난 날은 토요일이었는데 바로 그다음 날인 일요일에 아치볼드가 럭키에게 청혼했고 둘은 3개월 뒤 결혼했다. 이들은 신혼 첫 몇 년을 해외에서 보낸 뒤 워싱턴으로 돌아와 4년을 살았다. 여러 정부 업무로 다시 해외에 나갔지만 결국에는 워싱턴DC에 자리 잡았다. 아치볼드가 1979년 세상을 떠날 때 이들은 결혼 40년 차 부부였다. 럭키 루스벨트와 나는 같은 아파트에 살았고 좋은 친구가 되었다. 이 인터뷰는 럭키와 그의 사랑하는 남편 사진이 곳곳에 놓인 럭키의 아름답고 편안한 집에서 이루어졌다. 우리가 대화를 나눈 시점에 럭키는 90번째 생일을 앞두고 있었다.

다이앤　　럭키, 여기로 이사 오기 전에 어머니가 바로 이 건물에 사셨다고 들었어요.

럭키   맞아요. 어머니가 저와 함께 살려고 테네시에서 오셨어요. 여동생은 뉴욕에 있었고요. 우리 둘이서 어머니를 보살폈는데 마지막 몇 년은 아파트에서 지내실 수 없었죠. 그래서 어머니를 도우미가 있는 생활 시설로 모셨는데 치매에 걸리셔서 그 시설의 또 다른 구역으로 모셔야 했어요. 그곳에서 돌아가셨죠.

다이앤   워싱턴DC 의회에서 의료조력사망 조치를 검토하고 있을 때 의회에서 증언하셨다고 알고 있어요. 어머니의 임종과 그 과정이 동기였나요?

럭키   네. 저한테는 큰 비극이었고 존엄 같은 것도 없었죠. 어머니는 살아생전에 엄청나게 많은 일을 하신 분이에요. 사랑이 넘치고 정력적이셨죠. 돌아가셨을 때 98세셨는데 마지막 4~5년을 너무 끔찍하게 보내셨어요. 이 일로 저는 진짜 충격에 빠졌어요. 믿을 수 없을 정도로 생산적이고 훌륭한 여성이 망가지는 모습에서요. 그래서 제가 어머니 때문에 겪은 일을 다른 사람들이 겪지 않도록 뭐라도 해야겠다는 조바심이 일었어요. 그 이후로 조력사망이 필요하다고 강하게 의식했고요.

다이앤   남편분하고도 이 얘기를 해본 적이 있어요?

럭키   음, 네, 했죠. 남편이 세상을 떠났을 때 저는 젊은 편이었지만 많은 걸 건너뛰었어요. 그 사람은 자다가 심장 마비로 떠났거든요. 저는 그런 일이 일어나는지도 몰랐죠. 그런데 다음 날 일어나보니 남편이 숨진 거예요. 물론 너무 힘들었고 상실감이 막대했지만 고통 없이 세상을 떠나다니 남편은 참 행운아라고 항상 생각해요. 신이 도왔죠.

다이앤 워싱턴DC 의회에서 했던 말을 저한테 간단히 추려서 얘기해주시겠어요?

럭키 저는 존엄함이라는 표현을 고수하는 쪽인데, 기본적으로 사람들이 존엄함을 지키는 일이 저나 다른 모두한테 아주 중요하다고 생각하거든요. 죽는 게, 형언할 수 없이 끔찍한 방식으로 죽지 않는 게 얼마나 중요하다고 생각하는지를 얘기했죠. 자기가 죽고 싶을 때 죽도록 허락하지 않으면 그런 끔찍한 죽음이 일어날 수 있다고요. 어머니는 치매가 심해지기 전에 저한테 그랬어요. "이제 갈 때가 됐다"고요. 어머니는 당신이 갈 때가 됐다는 걸 아셨고 저한테 당신을 도와줄 수 있겠냐고 물어보셨어요. 저는 법을 알고 있으니까 할 수 없다는 사실을 알았죠. 어머니가 딸이 범법자가 되기를 원치 않으시리라는 점도 알았고요. 제가 어머니께 그렇게 말씀드리니까 어머니는 저한테 크게 화내셨어요. 제가 당신께서 세상을 떠날 수 있도록 도와야 한다고 생각하셨으니까요. 하지만 저는 어떻게 해야 할지를 모르겠더라고요. 이제는 다른 사람을 도울 가능성이 있다는 데 얼마나 감사한지 몰라요. 증언하러 나온 모든 의사가 법안 통과에 반대하는 모습을 보고 정말 실망했어요. 우리는 각자 판단할 권리가 있잖아요. 무슨 근거로 다른 사람이 우리 대신 판단을 하죠?

다이앤 럭키 자신은 어떻게 할 생각이에요?

럭키 글쎄요, 저한테 무슨 일이 있을지 아직은 잘 모르잖아요. 그래도 계획은 있어요. 저는 최대한 신속하고 의미 있게 죽음을 맞고 싶어요. 죽음이 제게 공포담이 아니면 좋겠어요. 저는 건강복을 타고났죠. 끝이 어떨지는 모르지만 제가 떠날 준비가 됐을 때쯤이면 전국에서 법이 바뀌어서 사람들이 비행기를 타고 스위스나 자신이 수용할 수 있는 죽음을 맞으러 다른 장소로 떠나는 일이 없으면 좋겠어요.

그 얘기는 너무 어렵죠. 진짜로요. 하지만 미국은 이 문제가 얼마나 중요한지 각성해야 해요. 저는 당신이 하는 일이 진짜 멋지다고 생각해요, 다이앤. 당신을 정말 존경하죠. 저는 그 길이 우리가 가야 할 길이라고 생각해요. 컴패션&초이스는 태도도 지향하는 바도 올바르죠. 저는 그들이 맞다고 생각해요.

다이앤 럭키, 저는 좋은 죽음이 어떤 죽음인지에 관한 저만의 생각이 있는데 당신은 어떤지 궁금해요.

럭키 제가 좋아하는 쪽은 심장 마비죠. 하지만 그럴 가능성이 별로 없잖아요. 저는 그러면 좋겠어요. 제가 떠날 때 또는 가능하면 떠날 날이 별로 멀지 않았을 때 제 의사와 가족들과 아끼는 모든 사람에게 내가 갈 시간이 됐다고 말할 수 있다면요. 그 선택을 할 수 있으면 좋겠고, 제대로 삶을 끝낼 수만 있다면 제가 혼자서 알약이든 뭐든 먹을 수 있으면 좋겠고, 그런 식으로 세상을 떠나면 좋겠어요. 아주아주 강력하게 그렇게 생각해요.

다이앤 주치의하고 바라는 바를 실제로 이야기해보셨나요?

럭키 그분은 그렇게 수용적이지 않아요. 제가 설득해야 해요. 그분한테 목록이 있다는 얘기는 해뒀어요. 심폐 소생술을 하지 말 것, 이런 것도 하지 말 것, 저런 것도 하지 말 것. 저는 병원에서 하는 응급조치는 절대 안 하고 싶어요. 온갖 기계 없이 죽도록 내버려 두지 않는 병원에도 갈 생각이 없어요. 의사한테 그렇게까지는 말했어요. 그 사람은 저를 특정 병원에 데려가야 해요.

다이앤 그분이 이해하시던가요?

럭키 그 사람은 반쯤 죽은 사람들의 목숨을 붙여놓으려고 끔찍한 짓을 할 필요가 없는 병원에는 저를 흔쾌히 데려다줄 거예요. 그런 건 진짜 싫어요. 차라리 제 집에서, 제 침대에서 죽는 게 좋아요. 가능하다면 말이에요. 제가 아프면 간호사랑 사람들이 저를 보살펴주면 좋겠어요. 그런데 어떻게 알겠어요. 그런 일은 계획을 세우기가 진짜 힘들어요. 내가 어디에 있을지, 나를 죽음에 이르게 할 병이 뭘지 알 길이 없잖아요. 최악은 어머니가 앓으신 치매죠. 하지만 어머니는 때가 됐다는 사실을 아셨어요. 당신의 정신 상태에서는 일이 아주 잘 풀리지 않으리라는 점을 아셨죠. 저도 그러면 좋겠어요.

다이앤 저도 그래요. 실은 저는 아이들하고 손자녀들한테 말해뒀어요. 내 아파트에 모여서 다 같이 용기와 사랑을 북돋기를 원한다고요. 그리고 같이 건배한 다음에 저는 남편이랑 아이들이랑 손자녀들이랑 조용히 제 침실로 들어가서 작별 인사를 하는 거죠.

럭키 저한테도 이상적이네요. 참 완벽해요. 그 이상은 없을 거예요. 저는 여기에 반대하는 사람이나 입법가들이 너무 잔인하다고 생각해요. 그 사람들은 이해를 못 해요.

다이앤 그분들이 뭘 이해하지 못한다고 생각하나요?

럭키 자기 정신과 각자의 감정에서 신이 의도하신 대로 떠나기가 얼마나 중요한지를요. 저는 딱히 그렇지는 않은데, 만약 당신이 종교를 믿는 사람이면 신은 당신이 불필요한 고통에 시달리게 할 의도가 없다는 점을, 당신은 때가 되면 가야 한다는 점을 믿어야 한다는 거죠. 그런데 지금은 다이앤도 알겠지만 여러 입법가가 온갖 종교적인 믿음이나 그런 동기로 고집을 부리잖아요. 그 사람들은 사람들이 준비가 됐을 때 떠나지 못하게 하면 무슨 비극이 벌어지는지, 얼마나 끔찍한 고통이 찾아오는지 몰라요.

다이앤 마침내 워싱턴DC에서 법이 통과됐다는 소식을 들었을 때 어떤 감정이 들었는지 얘기해주시겠어요?

럭키 소름이 끼쳤죠. 제가 얼마나 기뻤으면 가서 증언까지 했겠어요. 그 사람들한테 제가 어떤 기분인지, 그 일이 얼마나 중요하다고 생각하는지 얘기했죠. 우리 입법부에 지금 당장은 제일 인기도 없는 일을 해낼 배짱이 있다는 사실이 진짜 놀라웠어요. 아직 많은 주가 그런 용기를 못 냈잖아요. 하지만 곧 다른 주도 같은 길을 가리라 생각해요.

다이앤   어째서요?

럭키   논리적이고 타당한 일이니까요. 조만간 입법가 일부, 그러니까 의료조력사망을 열렬하게 반대하던 그 사람들은 이 점을 직시해야 할 거예요. 그리고 존엄함을 지키며 죽는 일이 얼마나 중요한지 깨달을 거예요.

다이앤   만약에 당신이 불치병에 걸렸는데 더 나아질 가망이 없다는 사실을 미리 감지한 상황이라면 원하는 방식대로 떠날 수 있게 의사가 지지해주리라고 생각하나요?

럭키   너무 어려운 질문이에요. 당장은 확신이 별로 없어요. 하지만 앞서도 말했듯 저는 의사들을 설득할 테고 그 사람들이 내 생각을 받아들이게 만들어야겠죠.

다이앤   제가 보기에 미국의 전직 대통령 의전 책임자로서 당신에게는 그렇게 할 만한 말재주가 있을 거 같아요.

럭키   글쎄요, 제가 주치의랑 이 얘기를 해봤는데 그 사람은 아직은 아닌 것 같아요……. 많은 의사가 이쪽으로 교육받을 필요가 있어요. 아직 의학 교육이 이 내용을 포함하고 있지 않잖아요.

그 사람들은 임종이 가까워지면 자기들 사명은 무슨 수를 쓰든 환자의 목숨을 붙여놓는 일이라고 생각하죠. 이제 그렇게 하는 게 환자에게는 최선이 아니라는 사실을 깨달을 때가 됐어요. 20년 전만 해도 사람들이 80살쯤이면 죽었잖아요. 이제는 90대까지 살아 있는 사람이 이렇게나 많다니 얼마나 놀라워요. 의사들은 자기들이 의대에서 배운 내용을 다시 생각해봐야 해요. 시대가 변했잖아요.

다이앤 럭키, 누구도 당신이 90살에 가깝다는 생각은 못 할 거예요.

럭키 알아요. 저는 건강해요. 그러니까 제가 아주 럭키한 거죠.

다이앤 럭키라는 애칭은 어디서 왔나요?

럭키 대학 때요. 제가 브리지 게임을 아주 잘했거든요. 그런데 다들 실력 덕분이라고 생각하지 않았어요. 카드 패가 '럭키'하다고 생각했죠. 다들 저를 럭키라고 불렀어요. 결국에는 어머니까지도요. 저도 그 이름을 사랑해요. 진짜로 럭키하다는 기분이 드니까요. 제 행운이 세상을 떠나는 그날까지 이어지면 더할 나위 없겠죠.

스물세 번째 손자와의 대화

벤저민 자이드,

다이앤 렘의 손자

벤저민 자이드는 내 손자다. 이 대화를 녹음했을 때 벤은 18살이었다. 벤은 봄방학 중 일부를 나와 함께 보내려고 워싱턴으로 왔는데 내 기쁨과 우쭐함은 하늘을 찌를 지경이었다. 벤 또래의 남자애 중에서 늙어가는 할머니와 시간을 보내고 싶어 하는 경우가 얼마나 있겠느냐는 말이다. 하지만 우리는 벤이 젖먹이였을 때부터 사랑이 가득한 훌륭한 관계를 유지했다. 벤의 엄마(내 딸 제니퍼)는 세상을 떠난 남편과 내가 보스턴에 있는 딸네 집을 찾았을 때 우리가 떠날 때가 되면 벤이 서럽게 울곤 했던 일을 즐겨 얘기한다. 이 녹음을 하던 당시 콩코드 아카데미 졸업반이던 벤은 이제 다트머스대학 학부생이다. 우리가 이 대화를 나누기 전에 나는 제니퍼에게 허락을 구하고 승낙받았다.

다이앤   벤, 너랑 얘기하고 싶은 게 있어. 너 핸드폰 가지고 있니?

벤   네.

다이앤	벤, 핸드폰으로 우리 대화를 녹음해주면 좋겠구나. 너도 가지고 있고, 네 엄마랑 아빠랑, 데이브 삼촌(내 아들)이랑, 낸시 숙모랑, 내 남편 존 해기돈도 갖고 있게 해주면 좋겠어. 괜찮겠니? 내가 삶이 끝나갈 때 뭘 바라는지 다들 정확히 알고 있었으면 해.
벤	그러니까 제가 할머니 말을 녹음했으면 하시는 거죠?
다이앤	그렇단다. 지금 녹음을 시작하면 돼. 몇 달 전에 앤 모로 린드버그*가 남긴 완벽한 문단을 발견했단다. 딸 리브 린드버그가 그분이 돌아가신 뒤에 발견했대. 내가 원하는 바를 아주 아름답게 압축하고 있더라고. 그러니까 벤, 내가 이 단락을 읽고 난 다음에 네가 질문이 있으면 같이 이야기해보면 좋겠어. 어때?
벤	좋아요.
다이앤	좋아. 그분은 이렇게 쓰셨어. "내 가족, 주치의, 병원에 전합니다. 제가 정신적 또는 육체적 장애에서 회복할 수 있다는 합리적인 기대를 할 수 없는 상황일 경우 인위적인 방법과 거추장스러운 수단들을 동원해 제 목숨을 연장하지 말고 죽음을 허락해주시기를 요청합니다. 최후의 시련을 다스릴 수 있는 약물을 자비롭게 투여해주시기를 부탁드립니다. 제 임종 순간을 앞당기더라도 말입니다. 저를 아끼는 여러분들이 이 절박한 요구

---

* 미국의 작가이자 비행사

를 들어주는 것이 도덕적으로 올바른 일이라고 느끼면 좋겠습니다."

자, 이게 앤 모로 린드버그가 쓴 글이야. 어쩜 이렇게 내 생각과 똑같지 싶더라고. 만약에 내가 알츠하이머병에 걸렸고 내가 그 병에 걸렸다는 사실을 알거나 아니면 네가 알아차리기 시작했으면 나한테 "디디, 상태가 나빠지고 있어요, 조금씩 안 좋아지는 게 보여요"라고 말해주면 좋겠어. 네가 나한테 그렇게 말해주면 좋겠구나. 우리 가족 모두가 나한테 그 말을 해주면 좋겠어. 난 내가 언제 나빠지고 있는지 알고 싶어. 이제 내 앞에는 내리막길만 있다는 사실을 아는 상태에서 평화롭게 가고 싶거든. 만일 나한테 신체적 장애가 있어서 더는 내가 나를 돌볼 수 없고, 혼자 밥을 먹지 못하고, 혼자 씻거나 어떤 식으로든 나를 챙기지 못하면 난 요양원에 가고 싶지 않아. 평화롭고 고요하게 죽고 싶단다.

이제 곧 직접 준비를 하겠지만 내가 정말 바라는 일은 이 세상 마지막 날 온 가족이 같이 있는 거란다. 내가 너희 모두와 같이 있을 수 있게 말이야. 우리는 같이 웃고, 서로가 옆에 있다는 데 기뻐하고, 행복 속에서 서로 함께 있을 거야. 그러다가 침실로 들어가서 침대에 눕는 거지. 그리고 세상을 떠나는 거야. 그렇게 된다면 그 순간이 나한테는 아주 행복할 거란다. 당연히 남편 존도 그곳에 같이 있기를 바라고. 그 사람도 나랑 같이 있고 싶어 할 거야. 넌 그래도 괜찮겠니?

벤   괜찮아요.

다이앤 나한테 물어보고 싶은 건 없니?

벤   있어요. 할머니가 스스로 삶을 마감할 신체적 능력이 안 될 때
      는 그 책임을 누가 져요?

다이앤 아가, 그때쯤이면 네가 의료인으로서 충분히 수련받아서 내 마
      지막 순간이 가까워지고 있다는 사실을 알려줄 수 있을 것 같구
      나. 내가 혼자서는 그 일을 해낼 수 없으면 너희 중 한 명이 도와
      주면 좋겠어. 나는 의료조력사망이 필요하다고 믿고 나한테는
      내가 죽을 시간과 장소를 선택할 권리가 있다고 생각해. 그리
      고 난 그렇게 죽고 싶단다. 너희 중 누구든 생각이 다른 사람이
      있더라도 내 바람을 가장 우선하면 좋겠고 너희 중 한 명이 날
      도와주면 좋겠어.

벤   그리고 할머니가 아직 신체적으로는 능력이 있는데 정신적 능
      력이 약해지면 할머니가 더는 살고 싶지 않은 생각이 들 정도로
      정신적 능력이 저하되는 때가 언제인지 저희가 어떻게 판단해
      야 하죠?

다이앤 그 문제는 너희하고 내가, 아마 너희 엄마랑 나랑 데이브 삼촌,
      존과 상의를 해봐야겠구나. 우리는 그 시간이 왔을 때, 그 시간
      이 아주 가까워져서 내가 더는 나 자신한테, 너희한테, 사회에
      쓸모없게 됐을 때를 알 거야. 우리는 그 마지막이 왔을 때 알아

차릴 거란다. 난 모두에게 사랑과 협조와 신중한 판단을 부탁할 거야.

벤 알았어요.

다이앤 벤, 내가 하는 모든 말이 너한테 엄청난 책임감으로 다가오리라는 거 알아. 우리가 이 대화를 기록할 때 네가 나와 여기에 있으니까. 그리고 이 기록은 나뿐만 아니라 모든 후손을 위한 거니까. 내가 지금 81살이잖니. 내가 얼마나 살지 누가 알겠어. 나도 몰라. 네가 18살인데 이런 얘기를 하는 게 너한테 많은 부담이라는 사실을 알아. 이런 얘기를 다 하고 나니까 기분이 어떠니?

벤 제 바람보다 심장이 훨씬 빨리 뛰네요. 비(벤의 할아버지 존 렘의 애칭)를 잃었을 때가 생각나요. 비는 제 인생 최고의 멘토였고 제가 존경하던 분이었잖아요. 비가 정신적으로는 괜찮은데 육체적으로 무너지는 모습을 보는 건 다시는 경험하고 싶지 않은 일이었어요. 그러고 나서 다른 할머니를 알츠하이머로 잃었는데 그 일도 다시는 겪고 싶지 않아요. 그래서 할머니가 어떤 식으로 삶을 마감하고 싶어 하든 그 선택을 전적으로 지지해야겠다고 마음먹었어요. 저는 비도, 알츠하이머로 돌아가신 할머니도 마지막에 그런 상태가 되기를 절대로 원치 않으셨으리라는 사실을 알아요. 만약에 할머니도 그러기를 원치 않으신다면 저는 완전히 이해해요. 당장은 불편한 대화일 수 있어도 중요한 이야기죠.

다이앤   네 말이 맞아. 네가 그렇게 생각해준다니 고맙구나. 벤, 나는 너희 엄마랑 아빠, 데이브 삼촌이랑 낸시 숙모, 존 모두가 이 영상을 가지고 있으면 좋겠어. 슬프다고 생각하면 안 돼. 나는 이 모든 게 다 삶의 일부라는 생각을 늘 하거든. 너희 할아버지가 그랬지. "난 다음 여행이 너무 기다려져." 난 다음 여행은 분명 존재한다고 확신해. 너도 그런 식으로 생각하면 좋겠구나.

감사의 말

1996년 처음으로 밥 고틀리브를 만났을 때 그 사람이 이후 20년 동안 내 인생에, 내 머릿속에 들어오리라고는 전혀 알지 못했다. 처음부터 그는 작가로서뿐만 아니라 삶이라고 하는 이 복잡한 여행의 안내인으로서 나를 교육하고 도움을 주었다. 그이를 친구로, 편집자로 두는 행운을 누리다니 감사할 뿐이다.

크노프 출판사의 편집장인 소니 메타는 아주 오래전 나를 믿고 모험을 감행했고, 다시 한번 이 책 뒤에서 자신의 강점을 발휘해 지원해주었다. 나는 라디오 일을 시작한 초기부터 폴 보가르드와 행복하게 그리고 성공적으로 함께 일해왔다. 내가 방송인으로 그리고 작가로 일할 때 그는 항상 내 편에서 싸워주었다.

편집을 비롯한 모든 면에서 도움을 준 마크 재피에게 특히 감사의 마음을 전한다.

역시 크노프 출판사에 있는 리디아 베츨러, 수전 브라운, 페기 스메디, 베티 류, 켈리 블레어, 에밀리 머피에게도 감사의 마음을 전한다.

우리의 팟캐스트 〈온 마이 마인드〉를 만들고 구성하는 데 큰 책임을 맡아준 리베카 코프먼과 앨리슨 브로디에게, 그리고 이제까지 만나본 WAMU(라디오 방송국) 관리자 중 최고인 JJ Yore에게 감사의 마음을 전한다.

마지막으로 조 패브와 다이앤 노튼은 2년 전 죽을 권리에 관한 다큐멘터리 아이디어를 가지고 나를 찾아왔고, 너그럽게도 내가 이 책을 만들 때 그 다큐멘터리의 대본 중 많은 부분을 쓸 수 있게 해주었으며, 데이브 굴딩은 카메라 뒤에서 재능을 발휘해 내가 화면에 잘 나오게 해주었다.

한국에서의 삶과 죽음
그리고 존엄사

유성호

서울대학교 의과대학 법의학교실 교수

우리나라 인구는 2024년 현재 5,170만 명을 조금 넘어선 정도다. 그렇다면 한 해에 몇 명이 사망할까? 매년 30만 명이 넘게 사망한다. 사망 원인은 암, 심장 질환, 폐렴, 뇌혈관 질환, 치매 등 만성 질환이 높은 순위를 보인다. 인구 구조를 본다면 매해 백만 명 가까운 인구가 태어나던 1950~1980년대 초반의 인구는 서서히 늙어가고 있다. 반면 2020년대 이후 아이의 출생은 20만 명대를 간신히 유지하고 있으며, 통계청의 예상에 따르면 앞으로 우리나라는 점점 노인 인구가 가득한 사회로 변모할 것으로 보인다.

하지만 현대 의학과 의료의 발전 때문인지 우리 사회에는 노화 방지 또는 젊음을 유지하려는 노력만 가득하다. 전체 사회가 죽음과 관련된 문제는 도외시하며 부정적으로 반응한다. 중환자 의료의 발달은 치명적인 상황에 빠진 환자를 많이 살려냈지만, 중환자 의료가 소용없어 이를 중지할 필요가 있을 때는 그 절차와 시기가 명확하지 않아 의료 현장에 많은 혼란이 있었다. 특히 우리 사회에는 지난 10년 남짓 동안 인구 구조의 변화와 노인의 증가 때문에 안락사, 존엄사, 연명의료 중지 등 전에 겪지 못한 논쟁들이 발생했다. 2016년 2월, '호스피스·완화의료 및 임종 과정에 있는 환자의 연명의료결정에 관한 법률' 소위 '연명의료결정법'이 공포되고 2년의 유예기간을 거쳐 2018년 2월 4일 시행됐으나 연명의료 결정에 관한 충분한 홍보 부족 및 복잡한 절차 때문에 많은 혼란이 있었다.

법에 따르면, 현재 건강한 상태 혹은 질병에 걸린 상태에서 생애 말기의 연명의료를 원하지 않을 때 두 가지 방법이 있다. 첫째는 사전연명의료의향서로 민법상 성년인 19세 이상이라면 누구나 작성할 수 있다. 먼 훗날 자신이 생의 말기에 들어섰을 때 의학적 처치를 중단하겠다는 결정을 스스로 내릴 수 없는 상황(혼수상태 등)을 대비해서 본인의 의사를 표시할 수 있는 문서다. 둘째는 연명의료계획서로 생의 말기에 직면한 상태는 아니지만 적극적인 치료에도 근원적인 회복의 가능성이 없는 환자가 의료 기관에서 자신을 담당한 의사와 함께 본인의 연명의료 중단에 대한 의사를 표명하는 문서다. 즉, 연명의료계획서는 담당 의사(주치의)가 질병과 치료에 대한 설명을 하고 환자의 의사를 확인하는 과정을 포함한다. 생애 말기에 의사가 환자에게 직접 확인하지 못하더라도 미리 사전연명의료의향서나 연명의료계획서를 작성했다면 의사가 다른 의사(전문의)와 함께 이 문서의 적법성을 확인한 후 연명의료를 중단할 수 있다.

우리 사회는 현세주의 사회다. 즉, 우리는 오랫동안 자기 자신과 사랑하는 부모님 등 소중한 사람의 죽음 이야기를 꺼내는 것이 금기인 사회를 살아왔다. 최근에는 의학 기술의 발달로 건강하게 장수하는 삶을 추구하는 경향이 심화되면서 죽음 과정과 삶의 마지막을 어떻게 준비할지에 대한 고민을 더욱 외면하고 있다. 게다가 사람들이 최신 의학 장비에 둘러싸여 사망하는 일이 점차 늘면서 고인의 마지막 삶의 뜻 또는 의지가 무엇인지를 알기가 매우 힘들어졌다. 때문에 연명의료결정법이 시행된 후에도 여전히 자신과 가족이 원하는 생의 마지막 모습이 무엇인지, 즉 우리의 마지막 순간이 어떠하기를 원하는지에 관한 충분한 대화가 이루어지지 않고 있다.

한편 현대 사회의 죽음과 관련된 용어, 특히 안락사, 존엄사, 조력사망(의사조력자살) 등의 용어는 대중의 큰 관심에 비해 그 적확한 내용은 생경하여 사회적 논쟁이 본격적으로 이루어지지 않았다.

우선 안락사安樂死, euthanasia는 이중 가장 오래되고 가장 큰 오해를 불러일으키는 용어다. 안락사의 본래 뜻은 말 그대로 편안한 죽음이다. 그리스어 'eu'는 유토피아 eutopia 등에 쓰이듯이 '좋은' 또는 '편안한'이라는 뜻이다. 라틴어 'thanatos'는 죽음을 의미하는데, 로마의 역사가 수에토니우스가 고대 로마의 초대 황제 아우구스투스의 마지막 순간을 기술하며 처음으로 이 용어를 사용했다. 이처럼 안락사라는 용어 자체의 의미는 좋다. 하지만 누군가가 편안한 죽음을 맞으려면 다른 사람의 행동이 필요하다는 의미도 내포하여 나치 정권이 유대인, 집시, 장애인 등에게 행한 학살을 지칭할 정도로 반인륜적이고 부정적인 의미 역시 갖는다. 최근 캐나다와 베네룩스 3국(네덜란드, 벨기에, 룩셈부르크)에서는 회복하지 못할 중병에 걸린 환자에게 자발적이며 적극적인 안락사voluntary active euthanasia를 허용하여 이 용어를 제한적으로 사용하고 있다.

두 번째로 살펴볼 용어는 존엄사尊嚴死, death with dignity다. 우리나라에서 존엄사라는 용어가 등장한 때는 2009년 2월 16일 이후다. 이날은 김수환 추기경께서 선종하신 날이다. 당시 김수환 추기경은 "무리하게 생명을 연장하지 말라"고 당부하며 산소 호흡기를 사용하는 등의 연명치료를 거부했고 사후에 장기를 기증했다. 언론은 이를 존엄사라 부르고 그 사회적 영향력을 보도했다. 그러나 가톨릭교회에서는 김수환 추기경의 선종을 존엄사로 표현하는 데 적극 반대했다. 미국 오리건주에서 1998년 실시한 자발적, 적극적 안락사를 허용하는 존엄사법이나 이후 2009년 워싱턴주의 존엄사법과 다르다는 점을 강조하기 위해서였다. 이렇듯 존엄사라는 용어는 안락사에 더해 스스로 목숨을 끊는다는 의미가 부여될 수 있다. 따라서 의사의 조력을 받는 사망(자살)의 의미를 포함한다.

한국인은 안락사 또는 존엄사를 어떻게 생각할까?

서울대학교병원 가정의학과 윤영호 교수팀은 2021년 3월부터 4월까지 19세 이상 대한민국 국민 천 명을 대상으로 안락사 혹은 의사조력자살에 대한 태도를 조사했는데 조사 결과 찬성 비율이 76.3퍼센트로 비교적 높게 나타났다.*

찬성 이유로는 남은 삶의 무의미(30.8%), 좋은(존엄한) 죽음에 대한 권리(26.0%), 고통의 경감(20.6%), 가족 고통과 부담(14.8%), 의료비 및 돌봄으로 인한 사회적 부담(4.6%), 인권보호에 위배되지 않음(3.1%) 등이 있었다. 반대 이유로는 생명 존중(44.3%), 자기결정권 침해(15.6%), 악용과 남용의 위험(13.1%) 등이 거론되었다. 이외에도 2023년 한 신문사 조사**에 따르면 국민 81%가 의사조력사망 도입에 찬성한다고 답했다. 찬성의 가장 큰 이유로는 자기 결정권 보장(29.0%)이 꼽혔다. 이들 조사를 보면 우리 국민은 죽음에 대한 권리, 존엄사 또는 안락사에 대한 정보가 많지 않은 상황에서도 이 문제에 대한 관심이 매우 크며 심정적으로도 찬성이 많다는 사실을 알 수 있다.

다이앤 렘의 책 《나의 때가 오면: 존엄사에 대한 스물세 번의 대화》는 우리 현실에 맞는 죽음에 대한 정보가 부재한 상태로 엄혹한 현실을 살아가는 우리나라 국민의 가치관에 적절한 방향을 제시하는 유의미한 정보와 내용을 담고 있다. 책 제목은 삶이 끝날 때, 스스로 삶을 마무리하고 싶을 때 또는 죽음이 필요할 때 등의 중의적 의미다.

미국은 이미 1998년 오리건주를 시작으로 워싱턴, 몬태나, 버몬트, 캘

---

*   윤영호, "국민의 76%, 안락사 혹은 의사 조력 자살 입법화에 찬성", 서울대학교병원 홈페이지 병원뉴스.

**   유영규, 신용아, 이주원, "국민 81%·의사 50%·국회의원 85% '의사조력사망 도입 찬성'", 〈서울신문〉, 2023.07.12.

리포니아, 콜로라도, 워싱턴DC, 하와이, 뉴저지, 메인, 그리고 이 책이 출간된 후 뉴멕시코까지 10개 주에서 존엄사, 의료조력사망을 법률적으로 인정하고 있다.

이 책은 미국 일부 주에서 허용된 존엄사 경험을 토대로 존엄사 옹호론자와 반대론자의 치열한 논쟁을 생생히 보여준다.

존엄사 제도가 죽음이 임박한 환자의 권리와 선택을 향상하기에 마지막 순간에 그들의 인간성을 지켜줄 수 있는 수단이라고 옹호하는 사람의 이야기에 깊이 공감하다가도, 죽음이 임박한 환자에 대한 사회, 의료진, 법조계 등의 인식이 인종에 따라 차별적일 수 있으며 자칫 사회적인 압력으로 생명 존중의 가치가 떨어질 수 있다는 걱정에도 고개를 끄덕이게 된다. 또한 종교인들이 이 문제를 어떻게 생각하는지도 확인할 수 있다.

존엄사를 강력히 옹호하면서도 그에 반대하는 의견을 최대한 수용하려는 열린 자세의 저자는 옹호자와 반대자를 교대로 배치하여 특정 주장을 강요하지 않으며, 그들의 논리를 있는 그대로 이해하게끔 도와준다. 따라서 우리는 이 책을 통해 존엄사, 의료조력사망에 대한 서로 다른 생각을 확인할 수 있으며 존엄사의 실상에 대한 정보를 얻을 수 있다. 컴패션&초이스 전국 의료장 데이비드 그루브 박사가 말하듯, 존엄사를 합법화했다고 해서 그 방법을 선택하는 사람이 급속히 늘었다는 통계도 또 존엄사를 오남용하거나 심지어 범죄로 악용했다는 통계도 없다. 1998년 처음 존엄사가 실행된 오리건에서 존엄사로 사망한 사람이 전체 사망자 중 극소수에 불과하다는 놀라운 사실은 우리에게 시사하는 바가 크다. 이 책은 치매나 장애가 있는 사람에게도 존엄사를 허용할 것인지, 즉 존엄사를 어디까지 허용할 것인지에 대한 고민 역시 함께 제시해 독자가 이 문제를 더 깊게 고민할 수 있도록 해준다.

부검을 하다 보면 말기 환자와 관련된 많은 죽음을 목도한다. 고통에 몸부림치는 아내, 생명이 꺼져가는 아버지의 고통을 줄이려는 그들의 처절한 비극을 보면 더는 존엄사 문제를 개인적인 문제로 치부할 수만은 없다는 생각이 든다. 앞으로 우리 사회에서는 안락사, 존엄사 등에 대한 치열한 논의가 진행될 것이 분명하다. 우리에게는 이 논의를 위한 생명 그리고 죽음에 대한 사유가 절실하다. 내게 그러했듯, 독자들에게 이 책이 죽을 권리란 무엇인가부터 현재의 삶과 죽음을 맞이하는 방식까지 무겁지만 꼭 필요한 고민에 대한 사유의 폭을 확장하는 계기가 되기를 기대한다.

옮긴이 성원

대학에서 영문학과 지리학을 공부했다. 책을 통해 사람을 만나고 세상을 배우는 게 좋아서 시작한 일이 어느덧 업이 되었다. 노동, 도시, 환경, 여성 등을 주제로 한 여러 학술서와 대중서를 번역해왔다. 옮긴 책으로 《사라질 수 없는 사람들》,《쫓겨난 사람들》,《여성, 인종, 계급》등이 있다. 《공기 전쟁》으로 한국과학기술도서 우수번역상을 수상했다.

나의 때가 오면
존엄사에 대한 스물세 번의 대화

1판 1쇄 발행   2024년 6월 28일

지은이	다이앤 렘	옮긴이	성원
펴낸곳	(주)문예출판사	펴낸이	전준배

기획·편집	박해민 백수미 이효미	디자인	최혜진
영업·마케팅	하지승	경영관리	강단아 김영순

출판등록   2004.02.11. 제 2013-000357호 (1966.12.2. 제 1-134호)
주소   04001 서울시 마포구 월드컵북로 21
전화   393-5681
팩스   393-5685
홈페이지   www.moonye.com
블로그   blog.naver.com/imoonye
페이스북   www.facebook.com/moonyepublishing
이메일   info@moonye.com
ISBN   978-89-310-2358-9 03840